臺灣原住民文學選集

小說

四

孫大川 主編

目錄

胡信良

〈山瘟〉（二〇二一）

Lulyang Nomin，一九七九年生，桃園復興區巴崚高岡群流域依苞部落（Ibaw）泰雅族。就讀臺北大學文化資產研究所。

作品以小說及散文見長，曾獲臺灣原住民族文學獎小說首獎、散文首獎等獎項，也榮獲臺灣文學獎、鍾肇政文學獎、吳濁流文學獎、臺中文學獎、後山文學獎、夢花文學獎、教育部原住民族語文學獎小說及散文獎等。

自喻「左手寫漢語，右手寫族語的部落人，拿過幾個獎項，但ㄅㄆㄇㄈ常常拼不準，卻很努力學習羅馬拼音的ＡＢＣＤ。」很努力要找回祖先的舌頭，嘗試從泰雅的神話傳說與耆老口述中融入自己的文字。近年，在河岸邊開了一間達遶岸部落書屋，擔任達遶岸園丁，做為文學築夢的基地。

山瘟

砍下樹瘤之後，一隻山老鼠從樹根的縫隙鑽出來，冷不防地在我右腳踝的阿基里斯腱狠狠地咬了一口，被咬到的那一瞬間，腳踝的刺痛讓我的心臟緊縮，幾乎昏厥過去。待我回過神後，穩定了身勢，便坐在蕨類繁生的地衣上，脫下黑色雨鞋查看，鞋踝上有兩道洞口深入到我後腳踝肌膚上，我照模板工被釘子扎到的慣例，拍了拍腳幾下，用力擠出毒液，兩道汩汩殷紅的血痕沿著傷口上流下來。

回到家後，我對妻子雅素說：「我要先暫居到離部落外兩道彎口遠的果園竹寮一段時間。」因為我想起祖父曾說，只要部落發生瘟疫時，族長會強制要求感染者封鎖在部落兩年以上的事情。

說這番話的當下，她正在廚房剁白面鼯鼠，是從塔曼山用飛鼠陷阱捕獲帶回的。

雅素聽了之後一開始不以為意，她的臉頰甚至捲起一圈酒窩開玩笑說：「走啊，分房也就算了，還要分居。」說完，她開始剁下第一刀。

第二刀還未落下，我一字一字不疾不徐地說：「我不小心被山老鼠咬到了。」

她停下剁肉的工作，瞥見我挽起褲底，露出右踝部兩道紫青色的孔洞。妻子手上的刀子滑落到砧板上，鐵器撞擊在木砧板時，在廚房裡發出哐咚哐咚的響音。

第二次雞啼時分，我將妻子備妥的禦寒衣被全塞入貨卡後座，準備暫居到果園工寮。幾乎攝氏零度的高山氣候，可見刺蔥葉面與碎石路面撒上一層薄薄的白霜，我搓揉雙拳，往拳眼呵出的寒氣貫穿出拳頭成為一團白霧。

駛近部落第一道髮夾彎口處，農路車轍滿是坑洞與顛簸的碎石鋪面，後照鏡搖搖晃晃，鏡面反照我一頭栗色的頭髮，凌亂的頭髮好似大赤啄木鳥巢覆蓋在我的頭上，臉面就像被牠敲啄爆的腐木失去血色。連日上山無暇刮理的短髭已悄悄地爬滿腮頰，眼珠因缺乏提神劑的滋補，宛若兩粒龍眼核懸吊在眼窩裡。貨車行進間，我心想，這一刻似乎一點也不真實，我望著鏡中抖動的自己，夾道景象從身旁咻咻地閃過，我凝視著鏡中人：他很陌生，陌生得連我也不認識。

駛進果園不遠處，我可以清晰看見從日治時期以前，祖父在日警阿里麻桑教導墾植的水田，如今已改植水蜜桃園。果園中心豎立一根柏油電桿，桿上米黃色吊燈斜斜地投射在將近半世紀以前的老舊竹寮。

我曾聽被祖靈收割的祖父亞威說，竹寮柱基是耐腐的九芎木，當年從塔曼山砍伐後一路背下來的，九芎木之上榫接櫸木，總共有六柱基木，搭設的橫桿、邊梁、斜架與大梁皆取自不耐潮的杉木，最後再以三層桂竹對剖成公母接合的屋頂，每逢三至五年便需要更替頂層。

我逕自走向竹寮，屋外種植一株山櫻花，櫻花瓣凋落滿地。我開啟鏽蝕的鋅鐵小門，門楣不高，需要彎腰進屋內，走進屋內門重又咯吱咯吱地關閉，一股潮溼的霉味撲鼻而來。我撳啟室內的黃絲燈，溫暖的黃光照耀四面的竹牆。走進去左方是父親在世時就已編織的竹蓆。我放妥衣物和暖被，吸了一口氣，竹屋陰冷使我渾身直打哆嗦，這才讓我回想起屋內左處的三石灶。這些年，汲汲於上塔曼山砍伐經濟價值高的木瘤，好變賣給收購木頭的上盤商，伸指算算已將近兩年未曾在竹寮灶火。我拉了一只板凳，試著升起火，潮腐的木柴花了一段時間才燃起，灰煙裊裊上升竄至屋頂，在室內形成蕈狀的對流，堆火立時驅走寒氣。

坐在火塘邊時，我努力回想這一路出神的過程，但不知怎的，即使我不斷地用指尖撓破頭皮，也刮不出一絲絲路上的印象。我解釋不了是如何從家中駕駛著貨車過來、抵達竹寮目的地、從貨卡下車的片段，這一趟從部落到竹寮的車程記憶，宛若硬生生地從大腦中被抹去。坐在四尺見方的空間裡，或許是將近兩年沒有再回到這狹小陰暗的竹寮，室內的壓迫感讓我感受到無法規律地喘氣，三石灶裡的火勢逐漸凶猛，火堆的中心發出嘶的一聲向我吐出火舌。一股冷颼颼的晨風從鋅鐵門縫鑽出來，在地面上捲起灰塵形成微形的旋風，竄起來後襲向我的身上。一邊是火塘之熱，而另一邊是陰冷的晨風。木頭燒起的焦味瞬間充斥在竹屋內，我吸納一口氣，先前一路上混沌、斷裂與消失的記憶，突然間被昨日塔曼山歸程時填補，鼻息裡是陣陣焦灼的刺鼻味。

我的腦海中浮現出外籍移工帕提耶的背影……他背著一塊方形扁柏，剛切割下來的樹瘤飄溢著濃濃的辛刺味。腳踝的咬傷拖慢我的速度，我亦步亦趨地跟在他後面。

帕提耶是前幾天從大城市移居部落開民宿的老闆介紹來的揹工，對他的了解只知帕提耶初至部落時，和幾位皮膚黝黑、身材瘦小的工人各騎著一輛野狼，儼然他是那群人的工頭。他們在部落為人低調、從不討價還價，不到半年光景，帕提耶的工群在部落建立良好的評價，成為各戶爭相臨時聘用的流動揹工。他沒有正式單一僱主，價碼空間彈性，個個身手矯健，一鑽入山間後腳底猶如安上了山鼠腳趾，任憑十來位山林警察追擊，也只能望著他們的背影嘆息，工頭帕提耶更是部落上山背樹的人們最忠實的揹工。

那一天，本就沉默少語的他，行走在日本警備道遺留下的三尺林道上，我幾乎可以聽到山櫻花葉瓣飄落在鬆軟的腐葉路面上的輕脆音聲，為了移轉腳踝的疼痛感，我用標準的部落英語問：「Where are you from? 帕提耶。」

「老闆，英文我聽不懂。」帕提耶加重語氣，額頭頂著背帶，側身對我用倒裝句的中文回應：「國語一點點，一點點會。」他用食指和拇指比劃，在耳邊用手指轉兩圈。

「帕提耶，你的家很遠嗎？」背脊上的鏈鋸壓得我氣喘吁吁。

「五個小時坐飛機就可以到，老闆。」他伸出手掌，張開五指比了個數字五。

森林異常寂靜，夜間領角鴞在樹上發出「不……」的鳴叫聲。我們順著國民政府初期伐木遺留的棧道，三尺寬的緩坡道溼漉漉，沿路夾道的闊葉林伸向漆黑的天空。我的頭燈照射在幾顆倒塌的腐木上，樹面覆蓋苔蘚植物，一株山毛櫸樹基上冒出集體的變紅絲蓋傘。

「有想要何時回去嗎？」我胡亂地塞了個話題。

「等到你們鋸樹的人，不需要我背這背上的木頭。」帕提耶指向背後網袋的木塊說：「我就會到派出所自首，坐免費的飛機回到家鄉。」

我笑了一聲回說：「這座山永遠不缺背樹的人。」

帕提耶雖然背負一塊至少四、五十公斤的生扁柏，看他不到一米五左右的身高，卻擁有粗壯的下盤與後臀，使勁地撐住沉重的上半身，他的步伐穩健，始終仍能與我保持三至五步的間距。

「想念家鄉嗎?帕提耶說說你的家鄉。」

帕提耶停下腳步,他弓著身拄著木杖,緩慢地轉過來,露出黝黑的半邊臉頰,突出的顴骨,凹陷的眼部,連結背網的頭帶覆蓋額頭。

「只要一閉上眼睛,」他瞇縫著眼,右手一揮,「那片綠綠的稻田、一層層的木造平房、紅紅的磚瓦屋頂就會一直一直出現在我眼前。」

他的嘴裡像含著辛辣的山胡椒粒,冒出不連貫、斷裂的語句,說完話後,以右手木杖抵住地面,把重心推回前方又繼續順著步道前行走。地上蓋滿了落葉與青剛櫟果實,踩到櫟實時爆出碎裂聲。他在我前頭行走,驀地頭燈的亮光朝樹林的天際直射,帕提耶在林道間閃爍一下,連人帶木摔落谷底,消失在古道上。

我怔怔地站在原地,腦袋裡一片空白,然而,那是昨夜回程的最後一段記憶,等到我重拾意識時,卻已是在家中的廚房。

坐在火塘邊,我定睛在燒得發紅的篝火中心,想著昨天的來龍去脈,卻又再度陷入出神的狀態。裊裊灰煙幻化成形狀大小不一的黑影,影子們各個面目猙獰,他們圍繞在我四周,挨近我耳邊發出低語,手上擎起尖刀,威脅我要取走我的靈魂。我移開目光,盡力不去直視黑影,拿出一根菸,夾起一顆炭球燃點菸頭,雙手仍是不斷地顫抖,吐出幾口白煙後，便往手臂上這麼一點，火燙感可以讓我恢復鎮靜，得以找回自己的靈魂，才能感覺到自己存在的真實，而那幾縷黑影子也旋即消失在我眼前。

我脫下工作褲，拉一只樟樹切製的矮凳，坐上去時覺得後臀部感到不怎麼舒服。拆開昨夜在山上包紮的傷口，瘡口的血已全然凝乾，皮膚微微紅腫，因為發炎而略感熱痛。我在山老鼠門齒囓咬的傷口澆上清水，擦拭乾淨後再蘸點酒骨藤液，塗抹在兩處發炎的咬合點。黃絲燈隱隱約約地照在四肢，我看到原本是鈍角的腳趾和趾甲已成尖銳，腳掌逐漸扭曲、萎縮，手掌就像是浸在水中過久而顯得皺巴巴，我試著撫摸臂膀和下肢膚面，毛孔都長出黑硬的體毛，如橙皮般的肌膚表面都是如此，我搖搖頭不敢置信，又好奇地摸了摸令我著實不適的後臀，股溝上部位微微隆起。

隨即我又站起身來，走近掛在梁柱的鏡子，鏡身斑駁有一道裂痕，鏡子裡是一個滿臉鬍鬚的男子，嘴唇上邊兩撇的短髭向外伸出至唇角外，我捋了捋鼻鬚般的幾根短髭，它們粗而堅硬，觸摸起來又特別的敏感，更令我訝異的是，透過它們我好像對整個室內產生了立體的空間感。我撐開上脣，那一片脣竟然分成左右兩瓣，好似在嘴巴上生了兔脣，輕易就露出整排黃垢的牙齒，上顎正門齒和側門齒異常的突出。我愣愣地站在原地凝視鏡中的自己，眼神一個晃動，卻見他正皆目瞪視著我，眼球如行將奪眶而出，倏地，我的整個身體猶如觸及高壓電般震顫，於是全身直打哆嗦，我喃喃自語道：「那是神話傳說，是兒時祖父在篝火邊說的神話故事。」

清晨第一道曙光從門隙照射在地面上，被攪動起的塵埃在一束亮光中舞動、飛揚、翻轉。晝光刺痛我的眼睛，我實在沒有辦法直視它，於是本能地蹲身挨近牆腳，靠著那幾根硬長的鼻鬚，竟然能夠測知暗室內的路徑，一路摸索回到竹床上。我避開光線往陰影裡塞，一頭埋進手臂中，我身體瑟縮著，意識愈來愈渾沌，這兩天發生的所有事情，就如殘片般交疊著，在腦海裡迅速閃過，耳內充斥著嘈雜的音聲，我摀住雙耳，頃刻之間，便沉沉地睡去。

再次醒來時，月亮已在塔曼山背光的剪影上空懸掛，星星一明一滅地閃爍。雖然我閉著雙眼，卻能聽見屋外夜間極細微的音源，是水圳的水源分流入至各田畦間，是數百公尺屋卡拉溪溪石滾動的聲音，是山羌臨近部落時吧啦吧啦叫響的聲音，是夜鷺啾啾地鳴囀。屋外的聲音此起彼落，每一個響聲的發起都令我不安、驚嚇甚至痛苦到顫慄。當我睜開雙眼，在我眼簾印上的是淡灰色的世界，我試著揉了揉眼袋和下眼瞼，心忖：「應該只是剛起床，惺忪的雙眼還不適應暗黃的燈光。」我呆坐在床上，心想要等到適應了室內的蛋黃色光源。

我眼瞳裡的世界是灰色的，淡淡的，沒有任何一點色彩，我愣怔久久……就在發愣的時間裡，我靈敏的耳朵聽到在廿幾公尺開外，兩個人的腳步朝著工寮方向走來。我輕輕地搓揉耳朵，觸摸到的竟是扁薄的耳甲、耳舟和耳輪，我想到的是山老鼠的鈍耳。於是，我使力地捏弄耳朵。

突地一個聲音吼叫：「你再這樣用力擰，是存心要把我美麗的耳朵抓破是嗎？」我身子震了一下，從床上原位跳開，左右觀望四周，尋找這沙啞的發話者。

「Ux! Ima sa?（Ux！是誰？）」

「Knan ga knan, sunan ga sunan.（我就是我，你就是你。）」我再次聽到那聲音說，他也同樣用族語回覆我，但我環視室內只有我一人，沒有任何人同我身處在工寮內，屋外的腳步聲逼進過來，也不可能是從屋外向我喊話，而且，我不確定那聲音的發話源來自於自己。

「Cyux su maki' imu?（你在哪裡？）」我喝斥道。

「Ana su maki' inu, cyux kya' knan uzi'.（你在哪裡，我也就在哪裡。）」那聲音說。那聲音又再一次發話，每一次聲音一來時，我就會短暫失去意識，一如從這個時間點離體出來，這身體也就不再是屬於我的，及至我再次掌管我時，才有辦法掌握發話的主權。我心裡起了寒慄，回想他說的話，你在哪裡，我也就在那哪裡這句話，半晌後，他也不再回應我任何字句。

此時，屋外的腳步聲已踩到門前的泥濘地，我聽得到泥水濺落到他們的腳旁，兩雙鞋正在跺地，刮除黏在鞋底板上的泥土，我預知出兩雙鞋子中有一雙是麋鹿鞣製的皮鞋，另一雙是平時上工時的塑膠雨鞋，我心想，那一定是妻子雅素。

門沒有鎖，他們走進竹寮內，開啟黃絲燈，燈色和暖穿透在角落四處。我避開地面上堆火的火源，跟在雅素後頭的是部落裡的達利．比令老牧師，一進門就一眼看出他方方正正的臉形和那一頭像斯納列山冬雪覆蓋山頭的白髮，鼻梁上掛了廿幾年的著銀絲框眼鏡，他身穿一襲黑色西裝，襯衫衣領頸部配戴白色小片硬領。

我心裡忐忑不安。牧師在一塊樟腦木椅上坐下來，他彎下身，銀製十字架項鍊在他頸子前左右擺盪。當牧師出現在我跟前時，我緊盯著他頸項的十字架，那一身莊嚴肅穆的濃厚宗教衣飾、厚重的《聖經》讀本與印著小豆芽封面的詩歌本，似乎突然喚起六歲時烙印在心底的創傷，又再一次從沉睡的記憶深處渲染開來。

那一年，父親從塔曼山摔落山谷，再也沒有回到家中。母親獨自背負起傷痛，想起父親的夜晚，她便會拿起竹鞭往我的背上抽兩、三輪。她發作時我總會逃離她，躲進床底下。一次，我在床底下看見母親推開門，她倚在床沿，露出兩只鞭紅了的雙眼，衝我綣縮的身體抽打，忽然間，我從自己的身體抽離出來，躲進比軀體更深之處，在一旁觀看我瑟縮在陰暗的角落，母親不停地鞭撻，我沒有任何疼痛感，一切顯得如此不真實，我躲在自己的身後怔怔地望著自己，他代替我承受一陣陣的痛楚，母親頸項上的十字架，隨著她手中的抽鞭子來回搖曳。

「Talagay! Yaba Utux krahu'!（哇！天上阿爸父啊！）」達利牧師第一眼看到我時，對著雅素說：「他到底是什麼東西啊？」

「上帝啊！求您看顧你的兒子，雖然他至今還沒有接受主的浸禮。」妻子雙手合十，舉目望天。

達利．比令牧師手持鑲金邊的《聖經》和聖歌本，妻子雅素把包裝好的晚餐放在木桌上，他們兩人打量我全身，妻子的臉唰地一白，癱坐在地上。

我往牆邊貼得更近，開始感受到他們朝我投射而來的異樣眼光，把頭埋進胸窩。那些埋藏在過去的潛意識，以殘片回閃在腦子裡時，我不自覺地拱起背部的肩胛骨，骨與骨節好像要隨時脫臼，令我窒息的疼痛，才有辦法稍稍減輕我內心裡的恐惶和焦躁，但這一晚我卻對某些部分的身體失去知覺，慢慢地連自我存在的感覺也麻木，原本被深鎖在記憶封箱的某處角落的憤怒、恐懼以及曾經失去的安全感，因為心中的焦慮感而愈發嚴重。我已經控制不了自己的身體，聽到腦袋裡有一道聲音對我說——

「我要出來透透氣。」

聽到這句話時，心裡的恐慌開始發作，充斥著罪惡感，世界就像要倒塌下來在我的身上，於是，整個靈魂猛然被一股力量推離出軀體，我的意識被取代，就像站在一旁看著自己，也如在一旁觀看電影似地，我隱形起來，望著他們兩個人站在床邊，和隱避在角落的他——內中的另一個人完全占據了我的軀體，成為了另一個全然陌生的我——他爬下床，坐在熄滅的火堆旁。我如旁觀者，無法置信眼前所見滿身灰毛的人，形體宛若一隻龐大的活生生的囓齒動物。

老牧師轉頭對雅素示意先行禱告，他們兩人唸誦祈禱文。那個我，不，是牠，雖然身形似我，但從頭到腳不再像人類，牠，雙手握拳緊靠鼠鬚般的嘴前，祈禱文似乎刺激到了牠，我看到牠全身微微顫抖。

簡單的祈禱儀式過後，達利老牧師捋起袖子到手肘以上，鬆開項上的衣領，他乾咳了一聲，清了清喉嚨。

「以拿撒勒人基督之名問：你是誰？」老牧師拿出《聖經》對著牠，氣勢洶洶地問。

牠嗤嗤地笑了一聲說：「馬崚部落的青年都知道我是誰，一點毒一塊木瘤，我就在背木人的身體裡重生，你在空虛的教堂向僵死的十字架雕像禱告時，只知道兩千年前掛在十字架後三天重生的人？」

牠說話的同時，頭顱總是快速地來回晃動，左顧右盼似地。

「報上你的名字，撒旦！」老牧師不理會牠的嘲諷，用更嚴厲的語氣斥責牠。

牠沒有理會老牧師，撿起火坑邊隔夜燒剩的竹尾，再用燒焦的竹尖之處在水泥地上寫字。炭筆以羅馬拼音的字體寫下第一段「W-a-t-a-n」，牠又在名字上劃了一個大叉，接著又在Watan的名字之下空白處寫下「B-u-s-u-s」。每寫下一個字母，我都可以聽到牠凸起的上下門牙磕磕作響，從B到S的字體歪歪斜斜，就像牠那顆頭顱斜倚在肩頭。

「以你的基督之名回答你，他們都稱呼我的名字叫瓦旦，但我不是瓦旦，」牠突然發出詭異的笑聲，圓紅的鼻尖哼出共鳴音：「我是甫素斯[1]，我是鼠，我是部落的王。」

在燈下，我看到牠裸露的四肢和全是綿密的棕灰色體毛，鼻頭覆滿茸毛，面頰突起成錐形狀，嫩薄的鈍耳向上豎立，可以清晰看到耳廓的微血管。牠頻頻揩拭兩撇灰長的鬚髯，溫黃的黃燈色照射在牠眼睛時，我驚詫不已，牠的眼球全是烏黑如炭，沒有任何一丁點眼白。

「甫素斯，從附在的軟弱的軀體裡出來！」老牧師站起身對牠大吼。

「啊哈！是你該從你十字架的巨塔釋放自己。」牠反諷老牧師說。

達利．比令牧師高舉右手，另一隻手拿著《聖經》按壓在牠的額頭上，妻子雅素和牧師大聲誦讀祈禱文。

「甫素斯，對神的僕人狡辯的後果，會讓你再次墜入另一個地獄。」老牧師高舉的右手放下，按在抓住《聖經》的手背上，倏地達利．比令牧師拉高聲量：「我奉拿撒勒人耶穌基督的名，奉那獨一真神耶穌基督之名，命令你馬上離開那憂傷困苦的身體。」

屋外颳起狂風，整棟工寮震動著，天花板的鏽鐵屑飄落地上，竹牆搖晃發出嘎嘎的響聲。

1　甫素斯：原文busus，大老鼠，為山老鼠的一種名稱。

雅素跪在地上，閉上眼唸誦祈禱文：「我們在天上的父，願人都尊祢的名為聖……」妻子兩行淚液和著鼻水直流，顧不及臉面的形象。

甫素斯顯然受到老牧師的驅魔儀式刺激，牠極其憤怒，從原地跳上竹床，在床上不斷沿著牆角打轉，牠的嗓門發出尖細的叫聲，一根環紋狀長尾巴從後臀衣褲迸裂出來，後腳踝的傷口血流如注，斑斑血跡沾黏在床面上，隨著牠繞轉的次數形成環形的血圈。

「吱，這裡沒有上帝，上帝不在這裡，吱，山裡沒有上帝，部落沒有上帝，只有甫素斯，吱！」牠繞圈子吱吱地叫著。

「出來！甫素斯，別西卜的隨從！我以上帝之名命令你馬上出來回到你的群裡。」老牧師大聲呼喚。

達利牧師愈對牠發號命令，甫素斯愈是在床上兜圈子，口裡發出令人刺耳的聲音：「你們的上帝連我背脊上的木瘤都拯救不了，拯救不了，所有青年的上帝在他們背上，拯救不了……」牠狂吼說。

甫素斯突然停止繞轉，背對人甩動牠的長尾巴，拍落老牧師手中的《聖經》，《聖經》掉落在隔夜已然熄滅的火堆中，炭灰瞬間飛揚，飄盪在室內。風聲倏地歇止，屋內暫時歸於平靜。甫素斯以懾人的黑瞳逼視老牧師，黑濁的眼目熒熒發亮，前肢匍伏，全身的毛髮直豎，橫眉瞪眼視著達利．比令。

老牧師無懼那恐怖的眼神，他深鎖眉心，眼中仿如有一把火炬，正視那對邪惡之眼。畢竟是一把年紀了，僵硬的氣氛下，老牧師早已汗流浹背，上氣不接下氣的。最後，他放棄了堅持，先移開視線，轉身拾起石灶中的《聖經》，嘆了氣，說：「唉！牠既不是鬼，也不是別西卜的邪靈。」老牧師停頓半晌，這才鬆開衣領道：「況且……他沒有受過上帝的洗，我也無能為力了，願上帝憐憫。」

妻子雅素聽到這句話，哭喊聲更是淒厲，她拉扯老牧師的小腿。「只要信，不要懷疑，不是嗎？」她苦苦哀求，「牧師不曾也為死人受洗？」

「上帝的慈愛與公義搆不到這非人非靈的三不管地帶。」

達令．比令牧師一生驅魔無數，從來沒有像今天面對一隻似人似鼠的惡魔，如同吃了人生第一場敗戰的將軍，逃離了他的屬靈戰場。即便他曾經從一個女教友身上驅趕出一〇八隻鬼，有說一口流利韓文的男孩，有說印度語的佛僧，也有說著消失的方言的遊靈，有裝扮妖嬈色誘他的妓女，有風度翩翩的美男子，自稱是巴比倫王尼布甲尼撒……在屬靈的爭戰他從未喪失鬥志。他仔細地端詳今夜的敵人，達利．比令牧師搖搖頭，白髮亂蓬蓬，嘆息聲從他的白鬢吐出，「我沒有把牠擊倒，牠也沒有擊敗我。」

他用衣袖撢去《聖經》表面的塵埃，把《聖經》與詩歌本攥在手中。妻子雅素淚流滿面，她絕望地看著不成人形的他，在哀哭聲和老牧師的嘆息中離開工寮。

也許是和達利牧師徹夜對抗用盡了體力，甫素斯失去了意識，累癱在竹床上，此時，我又回到自己的身體裡，回復自我意識。趁著牠沉睡中，我稍微能掌控自己的身體，但此時此刻卻覺得身體比先前更為擁擠。我才意識到在同一副軀體裡有兩個靈魂的存在，另一個正在沉睡的牠占據了一半，而我卻只能擁有一半的身軀。

幾個時辰過去，已聞第二次雞鳴，牠還是沒有甦醒過來。我點了一根菸，趁著菸頭的星火還冒著煙，衝我左內臂燒燙，菸頭的火星在毛茸茸的臂上留下一點烙印，瞬刻燒燙的疼痛猶若千百隻螞蟻在印痕上咬。

甫素斯從睡沉中驚醒，軀體一半屬牠，一半屬我，牠在我腦子裡說：「啐！你是精神病發作？這樣自殘已於事無濟，我不會再回到那黑暗的深淵了。」

我用食指捺著腦門道：「還給我身體，甫素斯，滾回你的老窩去。」

牠用左手拍開我的手，說：「竹子已盤根錯結深入地底了，你還有辦法把根拔出來嗎？」

「說什麼？就算是用鋤頭，我也要親手把你挖出來。」我雙手使勁扯頭髮說。

牠說：「這副身軀不屬於你，屬於我——鼠王。」牠恣意操縱我的身體，即使我集中意念要牴觸牠，也沒有辦法突破甫素斯，牠的意念始終凌越於我，掌管了一切。牠用手掌和腳掌著地起身，手指頭和趾端都各有乳白色的爪，我的身體完全跟隨著牠，澈底失去了對抗牠的能力。

甫素斯在床上伸展肢體，牠打了個呵欠，伸伸懶腰，接著搓了搓門牙，牠又拽引著我走向一根柱子，張開口囓起木頭，不消一時半刻，柱面已凹陷成一口碗狀。啃完柱後，牠得意地用食指磨了磨兩對門齒，之後，又回到漆黑的角落。

疲倦的睡意襲上心頭，半闔半開的眼皮沉甸甸的，我瞇眼看著地上的三石灶，突然間，出現許多模糊的臉龐，三石灶已被燃起，幾張熟識的家人圍著火灶取暖，我聽到祖父亞威依的聲音……他懷中抱的是孩時的我，眾人聽著他講述起男人變為猴的傳說故事——「從前馬崚部落有一位網袋之肩帶[2]，他是個遊手好閒且懶惰的青年，每當上山工作的時候，在農田時都任意地丟棄石頭，不把石頭有秩序地排列及堆砌，甚至把小

---

2 網袋之肩帶：原文 wakil tokan（泰雅式網袋之肩帶），是象徵有能力上山狩獵的「成年男子」。tokan（網袋）是專屬於男子的器具，成齡男子上山狩獵時會使用它來背負獵物，網袋上的 wakil（肩帶）則視獵物大小調整，以方便肩膀來背負重物。

鋤子故意插入樹根並撬斷它，因此，只要他上工，小鋤頭的把柄幾乎都會斷裂。在一次他上山去撒播小米種籽，沒一會兒工夫就把小鋤子弄斷，藉機返回家中偷閒。

他的母親懷疑地問他：『你真行，怎麼那麼快就完成你的工作，你真的完成撒播小米種籽嗎？』『小鋤子的把柄太鬆了，用沒多久就斷，只有拿回家來修理。』他回。

母親接過那把小鋤修理好之後，就吩咐他上山繼續完成播種的工作。她跟在兒子身後，在小米田窺視他工作。青年抵達田間之後，他刻意往有樹根的方向鋤著，又如法炮製地把小鋤子插入根底硬撬，小鋤子的木柄又斷了。這回他沒有回家，而是把斷落的木柄，往自己的肛門部位塞入，沒多久就 troq、troq…… 抖動，爬上樹枝上。此時，可以清晰地看到那一把惱人的木柄變成了毛茸茸的猴子尾巴，而他真的變成了猴子，全身覆滿灰毛。」

懷中的我問起祖父，「那個變猴的青年最後的結局如何？」

祖父亞威繼續說起故事後段：「當變成猴子的青年爬到樹梢時，看到了母親，就對她說：『我確實沒有能力作一個人類，容許我成為猴類，尋找樹上的果子溫飽就行了。』從此牠把背部給了所有同族的人，離開了部落，奔向大自然……」

朦朧之間，祖父亞威依沙啞的音聲，引領我進入到一個虛實難辨的世界，一半是夢的邊界，一邊是真實的境地，徹夜的纏鬥啃蝕薄弱的意念，我闔上眼，他們又全部消失，黑暗再一次籠罩我。

我醒來時，已近黃昏。從烏黑的瞳眼裡，火紅的夕陽穿過牆隙，乍看如同在牆面點綴灰色的斑點。我感覺全身緊繃繃，猶如捆紮過的竹子，連透一口氣似乎都難。驀地我嗅到灶旁的小木桌上擺放著一層油紙袋包的隔夜菜，食物雖然有點酸化，不過這些天因為食欲不振，嗅到酸掉的菜反倒更能刺激食欲。我循著味道摸黑前進。工寮內昏暗，就算不開燈，單憑微弱的鳴鼻回音本能，以及鼻梁前的鬍鬚觸覺，就能預知室內的空間格局和路線。我爬行下床，尖銳的指甲非常俐落，稍稍一摳紙袋就劃破一道開口，我掰開袋子，袋內的湯汁順著破口流淌出來，幾堆煮熟的五花肉掉落出來。我本能的用手指夾起幾塊五花肉，但肉塊一再的從指隙間落下，更可惡的是，兔唇裡的兩對上下門齒擋在嘴唇前，使我難以塞進任何食物，細長的指尖還不時扎到臉頰。一段時間後，我終於才學會要先將肉塊以雙掌壓在地上，張大滿是細毛的嘴巴咬碎肉塊。進食期間，最糟糕的是那一條長尾巴，總是甩東甩西地完全不受控制，常常會打到下巴頦影響我進食。我埋頭享受這一頓殘羹冷炙時，牠在我腦子裡醒來，牠沒有干預我用餐。

牠說：「還習慣這些酸臭的食物？這是被咬到後蛻變的第一步。」

我心裡說：「人非人，鼠非鼠，倒不如一死白了。」

牠說：「背木人的宿命已定，註定要成為我們的一群，只消一管冰毒，一塊木頭。」

傍晚時分，霞光和煦。我心想到屋外吐納些新鮮空氣，「黃昏是走動的時機，出去透透氣，待會兒要上山。」牠意會到我心思便說：「況且這一身衣服就要撐破了。」牠把我領到屋外空曠地，山櫻花樹上稀稀疏疏，花梗垂吊緋色花瓣，櫻瓣的萼筒垂頭喪氣地朝下。一開始我是依照常人直立方式行走，後臀掛著的那一條尾巴磨擦地面著實疼痛，走起路來東倒西歪。

牠又對我心裡說：「彎下腰，會讓你更舒適。」

我有點遲疑，先是輕輕地觸碰地面，傍晚草皮地衣降溫後，柔軟而溫和。我把雙手支撐在地面上，手心與大地契合。我伏向地面，身軀盡量保持與地面平行。霎時，長年背木導致脊椎側彎的腰椎不再刺痛，也許是多了前肢輔助，分擔上身的重量，不但有利於爬行，行動也更為敏捷。當我的雙眼貼近地表，扁平的視野反而利於鬚髯觸覺去辨別方位，讓我欣喜的是那一條尾巴，平放下來易於操控，也為我取得了平衡感。就這樣，一路上我匍伏前行，心底開闊起來，我心裡暗想，四肢爬行原來比兩條腿走路更順暢，平行的世界看上去更為立體。這樣的想法才劃過，有聲音又在我裡頭發出，說：「學會鼠行是預備入山的第二步。」

我不想順從牠的話，不過，每當我刻意按照自己的意思行走，前腳邁出後腳蹬腿時就會左右拉扯衣服，阻礙我的步子，這時候，我突然有個詭異的念頭——脫去所有累贅的衣物——這念頭一閃而過，牠旋即在我腦子裡大聲說：「捨去！你才能夠得到真自由。」

話音方落，我的身體就如同人偶傀儡，毫無自由意志地順著牠的意念，褪去身上每一寸衣物。以極其野蠻的手法，撕裂了迷彩衣衫，扯破了下半身的牛仔褲，手指輕輕一撩，內褲如斷線的旗子脫落。每剝除一件衣物，我就聞到一股刺鼻的尿騷味，隱藏在尼龍衣底下，蓄積已久的粗褐色體毛乍然噴放，如一株象草尖端的小穗，表面披覆剛毛狀的總苞。

「跟隨我吧！塔曼山有你一生享用不盡的木頭。」牠溫和地說，音聲極其誘人。

不，我要回去，或許這只是一場夢，我沒有發聲，只是在心中想，屬於我的聲音愈來愈小，牠的聲音反而在折磨著我。我一路走下去，朝塔曼山的方位，不知不覺臨近山徑與部落的交界口。

「我該回到我祖父親手建造的工寮。」我懇求牠說，但聲音極其微弱。

我焦急地回頭尋找返回工寮的路徑，記憶就如田埂的邊坡被豪雨沖刷，依稀我只記起距離最接近我的小徑，回首道路的盡頭則是模糊不完整的。我向南走，繞過幾道髮夾彎又回到原地；再向北走，朝著掛在山頂上的月亮的方向，月亮照射在我身上，我的方向感反而更混亂；我折回原處，往東跑是斷崖，我停在斷崖邊，聽到溪谷的激流；我再往西邊伏著地奔跑，卻心覺與祖父的竹寮背道而馳。我的背脊發麻，一股恐懼感油然而生，我忘了自己是怎麼來，也忘了來時路。

回到邊界的交岔路口，我要回到我父親手編的床席上，只要我一醒來，一切就會如往昔回到正常，我心裡如此安慰自己說，也暗暗的對牠懇求。然而，直到此時我才猛地驚醒，那原本存在我肉體的二分之一意念，似乎逐漸被另一股黑暗意念蠶蝕，我心中微弱的亮光正在熄滅，我要回到工寮的篝火邊，尋找失去的記憶，否則我將被牠強大、汙穢、罪惡與無止的欲念所占據，我將會完完全全的成為牠——甫素斯，我心想。

夕陽落入馬崚部落的背脊後，夜鴞開始鳴叫。牠領我止步在馬崚部落與塔曼山的交岔路口，像在等待著什麼。我盡力回想返回的路，但我已全然遺忘，不管我怎麼盡力回想也喚不起。妻子雅素的臉容漸漸淡忘，直到成為一縷朦朧的幻影。

我像站在時間的洪流裡，這些日子腦海中所有的影像快速地流逝：帕提耶摔落山谷前伸手向他求援的恐懼的眼神、達利老牧師擎起《聖經》對我驅魔、妻子雅素離開竹寮前的最後一瞬、三代存留下來的竹寮模樣、竹寮裡三石灶、畫面凌亂交錯……回想到最後，我的名字是誰，我已記不起來，祖父為我取的族語名在記憶的深處中也被抹去，甚至那原本屬於我自己的聲音，就像扔進無邊無底的洞穴的一顆石頭，傳來的只是一波陣陣的回聲。

與此同時，桂竹林被谷風吹撥，竹與竹相撞發出爆裂聲，林間不斷騷動，耳邊傳來嘰嘰喳喳的嚷鬧聲。

「是時候了，我們走向豐盛之地。」牠在我心裡說。

恍惚間，從我迷茫的眼裡，看見十幾隻與我身形相似的龐大山老鼠，皆由馬崚部落的方向忽奔而至。牠們各個腳步輕盈，穿梭在竹林裡，凸出的眼睛有的閃爍著螢光色，有的是血紅色，有的黑亮。群鼠在甫素斯的跟前打住，匯聚至交岔路口，牠叫了一聲發號施令，牠們一隻接著一隻井然有序地把尾巴搭在牠的尾端，直到群鼠尾毛交纏一塊。

此刻，我眼前的亮光全部熄滅，也發不出任何的聲音，只剩下孱弱的聽覺。甫素斯仰首，用鼻尖在空中嗅了嗅，向天空發出悠長的嘶鳴聲。

一陣嘯嗷後，牠領在前頭，與纏繞著尾巴的山老鼠們，把背部給了部落[3]，朝向揹工帕提耶墜落的山谷方位，頭也不回地直奔部落最後的獵場——塔曼山。

3 把背部給……原文 pbbiq turuw，象徵互不相和或是離棄對方之意。

姜憲銘

〈馬大丁的海涯〉（二〇一三）

Tupang Kiciw Nikar，一九八〇年生，臺東都蘭部落阿美族，年齡組織「拉千禧」組成員。現於國立高雄師範大學臺灣歷史文化及語言研究所攻讀碩士。

曾獲得第三屆、第四屆臺灣原住民族文學獎，並以〈莎沐駙海〉獲得第十二屆臺灣原住民族文學獎散文第一名。

馬大丁的海涯

飛機越過高雄港的上空，降落在小港機場，這段約莫一分鐘的飛行，馬大丁卻折騰了幾萬公里。他撐著拐杖回到半年前的航海起點，沮喪，是因為不知道身上的傷要花多少時間才能復元，失落難耐，以為這段航程能像 Singlay 漁撈長一樣，出海一趟就可以賺個兩、三千萬回來，只要忍受時空隔絕的痛苦，就能讓家人過著無虞的生活。

馬大丁是一個國中還沒有念完，就被學校三振出局的人。記憶中，他不壞，只是行為偏差，也常出狀況，在那個「甘蔗布滿南村」的年代，他一直是個焦點人物。

和馬大丁再認識，是我們出社會以後。那時候的我們，一個剛滿二十五，一個也有三十，我還算是個社會新鮮貨色，而他呢？已經在異鄉闖蕩許久，一個帶著鐵鎚、老虎鉗、鐵絲在工地打拚的部落青年。

投宿在馬大丁家前一晚，我和幾個在部落裡一起長大的朋友在臺北聚會，外地工作，最能緩解想家的方法，就是這種異鄉團聚，不聊工作，可以抱怨老闆，聊個天南地北，心思一同牽繫在遠遠的都蘭山下。開心喝多了，我被阿珍姐姐牽回家休息。阿珍姐是馬大丁的室友，聚會中，她知道我沒有夜宿的去處，所以主動提供我休息的地方。

從南邊北上拜訪朋友時，我常常碰到像阿珍姐姐一樣，樂意收留我的朋友，而且要把一個酩酊大醉的人帶回家，是件困難的事情，不過，那倒還好，朋友們都能體諒我、容納我，然後委屈自己，讓出住處的沙發，給我一個安穩的睡眠。

清晨，臺北的陽光找到了角度，穿越高樓大廈，投射在客廳裡，這陽光沒有即刻的溫暖，溼冷的空氣還瀰漫在街道巷弄中。平時，請我起床的號角聲，換成了車輛急駛的聲音，人們快速移動腳步，星期假日，孩童一早就開始補習，大人還得忙碌地工作。陽臺上，我發現臺北人的匆忙，和我的「蘭調節奏」，有蘋果和地瓜的差別，一個在天空，一個在泥土裡面。

浴室裡，緩慢地淋浴，聲響在空氣裡的傳遞清柔得很，正當我享受流水的節奏，自以為置身在部落的溪畔，美好地想東想西，就在毛巾粗魯的擦拭聲而停止了，唉！裡面的人是馬大丁！為什麼不是阿珍姐姐的美女室友呢？我的晨間幻想完全破滅了。

你就是希季唷！長大了耶！這是浴室門打開之後，馬大丁對我說的話，還來不及跟他打聲招呼，他的手就已經碰觸到冰箱的門把，然後兩手啤酒出現在桌上，開始了這趟臺北訪友的第一頓早餐。久久沒見面了，那一天，我們都聊得好遠好遠。有些事情感覺像是幾天前發生的，可看看彼此的臉，帶著過期的青春痘，髮線和海平面一樣持續高漲，想起了我們從前稚嫩的模樣，竊笑只是剛好而已，臉上多了些社會歷練的油汙，若想要完全洗乾淨，也只有家鄉的海水能幫助我們呢！

隔年夏天，我和馬大丁在豐年祭過後的一星期後，相約在他家聚一聚，大部分的朋友都已經回到工作崗位上了，這時候會出現在家裡的只有兩種人，一是沒有放假每晚失眠的阿兵哥，第二呢？則是為了回家參加豐年祭，不能請假，最後只好開除老闆的人。馬大丁出社會後，第一次回來參加豐年祭，過去是因為工作不能回來，現在呢？他把老闆換掉了，換了心情，也停止了從早到晚敲敲打打的生活。

我們湊在一起相互平緩心情，錯過了一年之中最重要的節慶，我只能聆聽朋友分享這幾天發生的趣事，聽他們講話，或多或少可以填補心裡的空虛，要不然，回到部隊後容易分心，整天都會處在冥想的狀態。

閒聊中，有輛車子停在馬大丁家門口，外型特別，名字也很高貴，如果沒有記錯的話，它的名字應該叫「賓士」。我們把目光擺在車子上打量。這種車款的出現算少有，居住在部落裡的漢人朋友也沒幾個人養得起，部落族人呢？那就更不可能擁有它了！

馬大丁似乎已經認出車主了，他走過去隨即開了個玩笑說：「漁撈長！你開得起這種車嗎？平安回來就好了，幹麼還要租車裝闊啊！」

車門打開後，先下車的是一位中年人，另一側下車的則是一位穿著清涼，飄有重重香水味的老辣妹，上了年紀還裝年輕的婦女。馬大丁難掩興奮地和他抱了起來，可想，兩個人有一段時間沒見面了，這個人是馬大丁的表哥，是一個三年才會出現在陸地上的人。表哥一家人都在高雄定居，久久才會回到部落裡面看看，他的父母親都已經過世了，兄弟姊妹們也都散居各地，若不是重要的節慶，親朋好友要團聚，還比政府拆「美麗灣渡假村」簡單一點點呢，怪不得他們會如此熱絡。

馬大丁的表哥年近五十歲，航海年資卻超過他大半的歲數，十六歲上船捕魚，扣除掉兩年的兵役，開始航海後，他未曾在陸地上待超過兩個月。三十歲就當上船長，不到四十歲，就擔任漁船上的靈魂人物——「漁撈長」這個集合年資、經歷、航海技術、漁撈知識，才能被公司聘任的職務。

他的名字叫 Singlay，國中畢業就一個人到了南邊，順利考取船員證，接受漁撈訓練，透過漁會的介紹，搭上「中和號」遠洋漁船，開始他的航海事業。閒聊中，可以感覺到 Singlay 漁撈長談吐樸實，胸襟廣闊，面對他就像面對一片大海。反倒是他的另一半，馬大丁的表嫂，她沒參與大夥兒的聊天，只是在一邊翻閱她的雜誌，沒一會兒，她突然冒出驚人的一句話：「老公！你看這輛休旅車，才五百萬而已耶！我們明天去買好不好？」。

一旁聽到這句話的人都嚇歪了，心裡面有了共同的疑問：「跑遠洋漁船，真的有那麼賺錢嗎？」席間，有個熟識漁撈長的哥哥，見大家都歪著臉，為了要幫大家把臉扶正，閒聊中也開始慢慢地加入他的航海事蹟。

漁撈長這趟回來，會在陸地上待得比較久，因為他所屬的「中和號漁船」，要進船塢大修。中和號是他跑的第一艘船，航海生涯中，他也曾經到過其他船上工作，當他爬到航海事業的頂點後，又回到了初次航海的中和號，再次和它一起，在大海上奔波。Singlay 漁撈長這一趟的航海，是個豐收的航程。據說，他一連三年在「世界漁業協會」的評比，都評為漁獲量前三名，曾在一次的捕撈中，一下子捕獲了價值六千萬臺幣的「黃鰭鮪魚」，怪不得，在他一旁的太太語出驚人，五百萬的汽車也是「而已」。

這次的聚會，原本是為了讓我們收拾那玩樂的心，Singlay 漁撈長旋風般到訪，給了我們新話題，不再只是工作和豐年祭。在想，三年都在海上捕魚是什麼樣的生活呢？光想到不斷搖晃就夠了，還必須承受時空隔絕的苦悶，以及隨時喪命的風險，我想，還是在陸地上安穩的工作比較好，有摩托車騎也不錯，五百萬而已的汽車，聽聽就算了。

夏天結束了，大家回到工作崗位上也有一段時間，我工作的地方在南邊，可以每天俯視著南邊巨大的港口。回到部隊，每天看著進進出出的船隻，還是會想到 Singlay 漁撈長和我們分享遠洋漁業的故事。港區裡面大大小小的船隻，有著不同的工作，裝有貨櫃的是輪船，上面布滿管線的是油輪，船中間開了大洞的是運砂船，只有遠洋漁船我還是沒能分清楚！漁船都長得很像，上面的構造也相同，若沒有特別註記的話，要把它們區分為遠洋和近海的漁船，這還真不簡單呢！

秋天和冬天交替的時節，我接到馬大丁的來電，他說要請我吃飯，但地點約在部落裡頭，夏天時一起聽遠洋故事的地方，什麼名目他沒說，只是要我當天一早帶著刀具在他家集合。赴約的早上，馬大丁家的庭院早有人在外面擺桌喝早餐，大部分的人是我上一個階層的哥哥，他們前一夜搭乘夜車從外地趕回來，只為了馬大丁的邀約，而且還是神祕的邀約。

馬大丁公布答案了，賣了我們關子，他總是得說清楚講明白：「很高興你們回來，今天我要殺豬請客，因為我下個星期就要出港了！」

出港？正當我們還在跟腦筋打結的時候，思考什麼是出港？以為自己還沒有睡醒，他又再次說明：「我要出港去捕魚了，這次要出海三年」，所以想請大家吃飯。

馬大丁出海捕魚的事情太突然了，夏天時還為了參加豐年祭離開臺北，離開了敲敲打打的工地，現在突然決定要出海，這心境，實在是讓人難以琢磨。我想，最大的誘因應該是來自於 Singlay 漁撈長，馬大丁看著他的老婆、小孩過著物資充裕的生活，這或多或少會影響他！不過，只為了讓家人過好一點的生活，而出海捕魚，這也太犧牲自己的青春了吧，我想他一定有不能說的祕密，要不然今天的聚會，不會弄得這麼低調。

要出海捕魚的人會有什麼樣的心情呢？不清楚！只知道今天要好好陪著馬大丁，好讓他安心地出航。在我們的年代，想出海工作的人很少，大家也是第一次為準備去海涯工作的朋友餞行，究竟是什麼動機讓他下了這個決心，要遠去南邊的海域捕魚，這也是餞行的聚會中，大家不斷猜測的問題。

夜深了，參加聚餐的老人家也都回家休息，馬大丁的餞行，還剩下幾個特地回來赴約的年輕人，明明是赴約，卻在馬大丁刻意的隱瞞，變成了回來幫忙，幫忙他準備今天的餐點，也幫忙他填補思念的能量。酒喝多了微醺，有人開始向馬大丁抱怨，為什麼突然要出海捕魚，你才剛剛回到部落裡面和我們團聚，沒一下子又要離開我們，這算什麼啊！我是現場唯一的弟弟，這樣的場合，我只能在一旁聽哥哥們抱怨，對馬大丁的不捨的怨言。馬大丁所屬年齡階層的組長 Kalitang 說話了，連忙緩解現場怪誕的氣氛，

Kalitang講話還算婉轉，若不是他，我想今天晚上應該會沒完沒了。

「我們這個年代，難以想像，還是會有人願意放棄陸地上安穩的工作，選擇到海上工作，馬大丁會出海工作一定有他的苦衷，你們就別再苛責他了！」

果然是組長啊！三兩句話就軟化了這僵硬的場面，講得大家不再出聲唸馬大丁，怪了的是馬大丁，開始低著頭默默不語，雙手握著酒杯，一幅有苦難言的樣子。「你們看看我的家！」馬大丁突然說出了這一句話，當大家還在思考這句話的同時，他又加重了語調地說，「對方開價四百萬，才肯把房子賣給我們！我家早就被銀行拍賣了！被賣掉的時候我也不知道？我一直以為，當初拿房子去抵押借錢的哥哥有持續還款，所以，我沒有去過問這件事情。現在這邊一個月要付五千塊的房租，已經付了兩年了。豐年祭前才和房東續約，房東說再給我兩年，時間一到，房東就會把我的老家賣掉。」

聽完馬大丁的解釋後，大家也漸漸釋懷了，原來馬大丁突然出海捕魚的原因，是為了要把老家買回來，好讓他把家園守著。今晚的責備和怨言沒了，變成了同情，餞行的氣息依然凝重，畢竟出海捕魚不是件安全的事情，大家還是為他獻上最深最深的祝福。

馬大丁在夏天時到了南邊的港口，經由Singlay漁撈長的介紹，進了他所屬的遠洋漁船公司，他也幫馬大丁找到了一艘家鄉味十足的漁船，這艘船上的幹部都是來自東海岸的族人，船上有自己的族人照顧，馬大丁的航海，也會來得比較安全和順遂。剛剛到南邊的馬大丁，以為 Singlay 漁撈長會安排他到自己的船上，才知道 Singlay 漁撈長的船上員額滿了，而且還有一大堆人排隊搶著搭上他的漁船，因為他的名聲響亮，所以很多人都想搭上他的漁船，和他一起航海。

馬大丁第一次的航行，搭乘的船是「祥宇號」，船上的成員包含他，共有五名臺籍船員，三名印尼籍船工，剩下的船工還得在航行途中找齊，然後再一同前往漁場。馬大丁在漁撈基礎訓練的時候，船公司安排了船長輔導他，船長的名字叫 Alang，是個擁有四十年航海經驗的老船長，這趟航海結束後，他就不能航海了，因為遠洋漁業有年齡限制，Alang 船長趕在年滿六十歲前出海，回來之後他就退休了，所以船公司刻意安排他訓練馬大丁，也是想傳承經驗給新進船員，讓他的航海智慧繼續留在大海上。

漁船一出了港口，馬上就要面對的就是一望無際的藍色，海鷗跟不上了，剩下的就是漁網、海風、思情，看不到陸地了，心裡面想的只有家裡的父母親和部落裡的朋友。

一早，船員的家屬聚集在碼頭邊，老船員的家屬早習慣送船員出港的場合，表面上談笑風生，但心裡面卻掙扎得很。馬大丁的家人和朋友，把平和的氣氛搞得像來參加喪禮似地，又哭又鬧以為他一出港就回不來。幸好，親友團裡面有個跑過船的長輩看淡了這一切，先是將現場的人痛罵一頓，要大家往好的地方去想，再這樣哭鬧只會影響馬大丁的航海，讓他更加難過。

時間到了，船長招呼所有人登船，收起登船板梯後，船員集中在舷邊，再次和家人道別。「嗡……嗡……」汽笛聲響起，漁船將要和陸地分開，再次相聚就是三年以後，唯一能夠連結的是，家人和船員之間的思念。

舷邊離開碼頭後，呈四十五度角向通信塔過去，彼岸的人，隨著距離的增加變得愈來愈渺小，船員都已經各自回到自己的工作崗位上了，唯獨馬大丁，從舷邊慢慢地移動到還能看得到碼頭的船艉，一個人待在那裡，望著岸上的家人，從清晰的臉孔到還能區分的身形，一點一點地消失在視覺範圍，直到模糊不清，最後家人的模樣，只能從腦海裡拉回到，記憶裡的「時空存放區」。

漁船還沒有離開港區，在南邊的巨大港區裡，遠洋漁船只占有小小的船埠，第一次出海的人，這時候還要再跟自己的決定煎熬一次。

真正的考驗是從船隻通過燈塔開始，船隻剛離開碼頭時，因為目光集中在家人身上，而忽略了兩側的景物，通過燈塔沒了堤岸的海面，湧浪逐漸變大，新船員慢慢地產生無助感，沒一會兒，陸地和船隻有了距離，「絕望」在心中泛起漣漪。症狀開始發作，噁心、全身無力、四肢癱軟不能自己，很多不會經過大腦的舉動，常常會在這個時候發生。其實，收起梯板後，老船員都會暗中觀察新船員的一舉一動，直到他的心情恢復了平靜，老船員才會把心思放在自己的工作上，這麼做是為了防堵馬大丁後悔，做傻事，跳海游回岸上，而影響了航海的時序。

心情平緩了，漁船遠遠超過馬大丁可能跳船的距離，船艏切破湧浪的聲音清脆響亮，陣陣傳到他的耳朵導入胸口和心跳相呼應，兩種音頻各自叫囂，分割了意識，讓人不能穩穩地行走在甲板上。航行了一段時間，海鷗一隻一隻地不見了，這時候也脫離了陸地的拉扯，馬大丁清楚了自己，已經搭上海涯的航道。

馬大丁花了一段時間適應船上生活，昏昏沉沉的一個星期，搖搖晃晃的一個星期，半個月後總算恢復視覺、聽覺、嗅覺、味覺。視覺清晰了，行走在甲板上有了距離感，物體在眼睛裡的成像，不再雙影有落差。聽覺平衡了，輪機聲和湧浪拍打船體的聲音有了區隔，層次分明也減少了壓迫，待在船艙裡面，也不再產生「幽閉空間」。嗅覺與味覺的喪失是因為暈船，嘔吐是胃酸過多造成的症狀，不暈不吐後，吃東西的時候也比較輕鬆，不再擔心嘔吐這件事情，正常地進食，體力漸漸地恢復，工作時不再軟手軟腳。

漁船航行了多久不清楚？日月星辰起起落落反覆幾日，誰還有耐心去記錄呢？出海了一段時間，馬大丁已經適應了船上生活，白天時，眼前是一望無際的大海，夜晚孤寂，艙間裡更是靜默。

一個月後，馬大丁在漁船上的工作已經上手，也利用工作以外的時間，走訪船上各個工作崗位。夜晚，他最喜歡在甲板上欣賞海涯的星空美景，海上的光害是來自於其他星星，在陸地上呢？要找個無光地帶只比中樂透還簡單一點點。

夜間航行的船隻，只有船艏、舷邊、船艉、桅杆的識別燈亮著，船艙裡淡淡的黃光，漁船像是漂流在海上的孤島，島與島的距離有時咫尺，有時遠在千里。船上的燈光，被明亮的夜空壓抑著無法延伸，沒了船燈的影響，夜空的星光照亮整個海面。黑暗的夜晚即使能吞噬一切，但在海涯裡，只要還有一絲微光的出現，沒一會兒，一絲微光便能渲染整片天空，遍及眼睛能看見的所有範圍。好亮啊！這是第一次出海的人一致的口吻，明明就是沒有太陽的天空，只有星月輝映，視線卻能放在海與天空的交織處，以為沒有盡頭。天上的河流倒映在海面上，光之河流耀眼，但比起日光，它總能舒服地讓眼睛吸收，在夜晚行了一段光合作用。

漁船逆著洋流來到了南太平洋，這裡是遠洋事業的漁場，競爭的對手都在這片南海上。馬大丁的夥伴們開始捕魚了，擔任實習船員的馬大丁，這一次只能在甲板上觀看漁撈作業，了解作業流程後，他才可以跟大家一起工作。

陸地上的漁撈訓練只是模擬海上作業，真正到了海面上，又有不同的感覺了。大夥兒等待漁撈長的指示伺機出動，先遣人員是兩名「海上牛仔」，他們的任務是騎乘水上摩托車，配合漁船發起包圍戰術，將魚群趕進圍網，來個一網打盡的策略。

起落架吊起海上牛仔，緩緩地把他們放入水面，通信機是通知他們前進後退左右轉彎的信差，因為海上不像陸地一樣有城鄉街道，只要告訴他們在哪條路轉彎，就能找到確實目標。有了通信機的導引，可以讓他們繞越魚群的後方不被發現，靜悄悄地隱身在海面上。漁船放下圍網開始捕撈，鉛錘應地心引力的邀請，迅速往海裡下沉，拉撐了漁網，直到浮球抵制了海水的包覆，鉛錘才停止下沉。

圍網下卸完了，在海面上布置成一個巨大的半圓形，這時候漁撈長通知遠在對向的牛仔，開始驅趕魚群，他們配合信差的指令，穿梭在湧浪間，進行了一段追逐後，馬大丁看到水面下迅速竄流的黑影，忽左忽右地移動，牛仔控制了它的方向，讓它進入圍網的範圍，漁船同時拖行網子由一端往彼端過去，牛仔則在圍網的開口處，繼續控制黑影讓它滯留在漁撈的範圍內，漁船結合了網子兩端，第一階段的作業總算完成了。

漁網圍好了，船上的夥伴們利用機具開始回收網子，隨著收拾上來的網子愈來愈多，漁撈的空間也變小了，馬大丁以為會看到驚人的畫面，可是圍網內平靜，只有幾隻躍出水面的魚，可能是裡面的空間太大了，有些魚還利用這足夠的距離，加速躍出圍網，逃離了馬大丁他們的捕撈。

漁場是個祕密基地，漁撈長們都暗藏了幾個。這一次的作業失敗了，抓上來的魚堆放在冰艙內，頂多把一個角落擋住，看著空空的冰艙，馬大丁不知如何感受，也試著用一些理由說服自己。船長拍拍他的肩膀要他先去準備晚餐，馬大丁離開冰艙前船長對他說：「以後這種情形還會出現很多次，不要期望太高，認真地做好自己的工作，漁船才會不斷地滿載。」

漁船進港兩樣情，在海上漂流了近一個月，油艙的存量已達下限，廚艙的食材只剩幾日備糧，馬大丁他們的漁船，準備進港補充物資。

滿載漁貨的船進港，心情上，愉快地卸下不少疲勞，一趟豐富的航程，累積在公司的獎金又添一筆。馬大丁第一次進港，沒有歡樂的氣氛，在海上作業的時間沉長，最能讓人忘卻時間的方法是，不斷地工作，不斷地漁撈，不斷地堆積冰艙內的漁獲。漁船和漁船之間經常有比較，比誰的漁獲多，比誰的獎金多，也比誰的福利好。第一次進港的馬大丁，看著其他公司的漁船載著滿滿的漁獲進港，心裡不平衡地為自己船上的漁工感到氣憤。他盡量讓自己平緩下來，出海前 Singlay 的經驗分享中，進港是快樂的，進基地港不但可以好好休息，玩樂時還有零用金。

船長為難，漁獲少又不敢跟公司爭取獎金，在自己心裡面酸澀難耐的比暈船還難過。沒有獎金是個擾人的問題，語言相通的臺籍船員，還可以口頭安撫，外籍船工呢？比手畫腳還不比五塊美金有用！

海外基地是遠洋漁船錨泊的港口，基地港並不只有設在一個港口、一個國家。「太平洋和印度洋」周邊的國家，都設有臺灣遠洋漁業的辦公室，進基地的時間短暫，卸漁獲、補充物資、加油料、休息。馬大丁這次深刻地體會到遠洋捕魚的現實面，自己也暗自盤算著，跟了這個漁撈長，是否真能夠賺到錢。

時間、距離漫長，陸地上很多事情，無意識地輕輕走過，轉眼間，孩子成家立業了，沒一會兒，年輕的船員白髮蒼蒼，在家等他回來的不只是老婆和孩子，還有他只見過一、兩次面的孫子。

馬大丁的船長，從十幾歲的實習船員開始航海到現在，他們那個年代的男人幾乎都去過海涯工作，大部分的人去一、兩趟就不再航海了，只有少部分的人像船長一樣，能耐得住這種時空隔絕的苦悶。

這次出港是他最後一趟的航程，對年事高的人來說，這不是件困擾人的事情，他曾試過回到陸地上工作，但只做了短短兩個月，就耐不住陸地上的平穩，又回到海上繼續和漁船為伍。遠洋漁業有年齡限制，不像近海捕撈的水手一樣，想做到幾歲退休都可以。Alang 船長趕在法定年齡到達前離開陸地，跑完這趟航海之後，他就不得再出海，航海生涯也算到達了終點。

一天晚上，Alang 船長找來馬大丁到他的艙間閒聊，這樣的邀約馬大丁自然了解他的明白，收拾掉晚餐，他從冰箱拿出兩片切好的黃鰭鮪魚，灑上薄薄的鹽，倒入少許的沙拉油在鍋子裡面小火乾煎，今晚的「陪酒菜」就讓乾煎鮪魚坐檯了。

馬大丁啊！Faki 最後一趟了！這是 Alang 船長在艙間裡跟馬大丁說的第一句話，聽在馬大丁的耳朵裡一點也不意外，因為出港前他就已經知道了。

上次離開基地港時，老船長就已經準備好過生日的時候，為自己慶生的醇酒，他放在櫃子裡面忍了好幾天，最怕在心情不好的時候，忍不住把它給喝了。今晚，海面平靜的像鏡子一樣沒有波紋，猶如停留在一段無風地帶。第一杯酒，滿滿的與杯口切齊，在船上喝酒有點小技巧，杯子也要隨著湧浪的起伏固定好它，邊喝酒邊體會湧浪高低。在海上，酒是很珍貴的，寧可全部灌到肚子裡面，也不願灑在地上慢慢地蒸發掉，然後滯留在空氣中，造成讓人毛躁的氣味，這一杯酒，給了Alang船長無盡的感嘆。

生日、航海盡頭、平靜海面，沒有刻意安排，巧合的故事一般。Alang船長有所遺憾，最後一趟航海沒有為他劃下完美的句點，好幾次進港只為了補充物資，滿載漁獲沒幾次，老是看著其他的漁船，歡喜地出航，快樂地進港，心裡面有種不如當年的感覺。船長難過的是，沒有辦法和其他船員交代，這趟航海的印尼籍船工，全都是一起奮鬥多年夥伴，有些人已經退休了，也在家鄉開始安定地工作，會再次航海也是衝著Alang船長而來，沒想到大家都失算了，現在不比以往，魚愈來愈難捕撈了。

「洋流是流動在海面下的脈絡，它活絡了海洋，也活躍了整個地球，現在氣候變遷，熱熱的天氣造成南北邊的冰塊融化，海水升高，洋流也慢慢地改變了，漁場的漁群不見了，所以魚會愈來愈難捕獲。」

從Alang船長口中說出這些話嚇到了馬大丁，以為他酒喝多了變成另一個人，這是他到海涯工作以來，聽到最具學識的言談，怪不得以前常常聽到老人家說：「悠遊在大海上的男人，擁有又圓又大的智慧」，當時聽到的時候不以為然，現在聽到了 Alang 船長的講話後，才有所共鳴。

當海上搖起巨大湧浪時，這表示附近的海域正有風暴肆虐，它的出現並非突然，因為大氣的推擠，使得它們在天空糾纏起來，變成了巨大漩渦。所到之處不斷地將住在裡面的風和雨宣洩出來，地上的人們只能等它氣力放盡，才能安定下來不再恐懼，恢復平平穩穩地航海。

清早，馬大丁被劇烈的搖晃給驚醒，昨晚睡覺時就已經知道湧浪逐漸增強，Alang 船長還告訴他，附近海域有颱風形成，要他睡覺時注意船隻的晃動，別光顧著做夢而摔下床。航行到這片海域已經五個多月了，他從沒有見過比船隻還高的湧浪，以為自己會被吞噬，可奇怪的是，一波一波的湧浪，和平常見到的頻率一樣，只是湧浪比較巨大，漁船航行在上面，像似在陸地上的車輛行駛在「蘇花公路」，一會兒爬坡一會兒下坡，這樣子反覆不停。馬大丁走出自己的艙間，就緊抓住扶杆不放，直想著先找到其他人問問狀況，他走到了駕駛艙，看見只有 Alang 船長一個人掌舵，沒見到大車 Siki 在一旁，問了問才知道，昨晚的夜航是由 Siki 掌舵，船長在旁邊先休息，直到脫離颱風影響的範圍，才交手讓船長航行。這樣的海象沒有辦法捕魚，船隻劇烈搖晃，人員都禁止停留在甲板上，船員們哪也去不了，只能待在艙間裡面休息。馬大丁走到駕駛艙後，留在那裡陪著 Alang 船長開船，專注於駕駛船隻的時候很耗體力，待在船長旁邊，馬大丁感覺到開船不是件輕鬆的事情，特別是遇到湧浪大的時候，要將船隻與湧浪保持四十五度角航行，若是對正湧浪或者舷邊迎向浪體，那後果只有一個，就是船隻被湧浪淹蓋，然後翻覆接著沉沒，最後船上所有的船員，只剩下照片回到陸地上。

馬大丁看看時間也是該準備早餐了，和船長說了要去廚艙工作，就離開駕駛艙了。離開前 Alang 船長還特別叮嚀他注意安全，因為海水弄溼了甲板，有些溼滑，走路時要抓緊扶杆，千萬別滑倒了，馬大丁轉過頭向船長說聲謝謝，便關上門走下樓梯。

沒一下子，船長就聽到船員們的喧嘩，先是一陣笑聲，突然轉為急促吵雜的呼救聲，一時之間漁船在搖晃中更加忙碌。這時候大車 Siki 回到了駕駛艙，向船長報告馬大丁剛剛在走道上摔倒了，請他去看看，Siki 把船舵接了下來，隨後告訴船長馬大丁好像摔得很嚴重，現在倒地不起。

看到船員們都圍繞在馬大丁身邊，Alang 船長要船員先讓出空間，好讓他看看馬大丁，「剛剛不是叫你注意安全了嗎？怎麼還會摔倒啊你！哪裡在痛？」

「我的腳！」看著馬大丁痛苦的表情，船長心裡面開始有些不祥的預兆，他先請船員將馬大丁抱回艙間，再看看他跌傷的部位。

回到艙間，船長再次詢問馬大丁疼痛的位置，才知道馬大丁剛剛摔倒的時候撞傷了左腳踝，船長翻起了他的褲管，摸摸馬大丁的腳踝，直說完了！馬大丁聽到船長的講話後，些些質疑，有那麼嚴重嗎？他的心裡面是這麼想的。

祥宇號兩天後在新加坡靠港，這次進港不是卸除魚貨也不是補充物資，是為馬大丁才進港休息，南太平洋的基地很多，但Alang船長考量的是馬大丁的傷勢才在這裡錨泊，船長心裡面，一直有不祥的徵兆，所以選擇了新加坡的基地，讓馬大丁接受最好的治療，這裡的語言相通，若是錨泊在其他國家看診，語言不通就算了，沒有良好的醫療環境，只會造成馬大丁的傷勢更加嚴重！

靠港後，船長帶著馬大丁直奔醫院就診，在診療間，醫生看完了X光片，對著馬大丁說：「馬先生，你的左腳踝和左腳掌有骨裂的狀況！」

怎麼可能！我的腳明明就沒有很痛啊，醫生你是不是拿錯了啊？馬先生，我沒有拿錯！這是你剛剛照的。醫生，那你現在想怎麼樣？還能怎麼樣啊馬先生，兩條路讓你選，第一條路，是你等一下可以回船上繼續航海，然後一個月後回來讓我截肢。第二條路，是你現在立刻辦理住院，然後我排時間幫你動手術，出院後最少要休息半年，才能健康地回到船上工作。

船長不祥的預感果然成真了，兩天前在船艙看過馬大丁的傷勢後，他就預想到了。馬大丁可能暫時要離開在海涯的工作，因為公司有它的人力的考量，馬大丁受傷了，船公司可以接受他在海外治療，但休養呢？公司寧可他提早回到臺灣在家休養，等到他可以正常地在船上工作了，才安排馬大丁再回到海上。

馬大丁辦完住院手續，船長要求臺灣的公司讓漁船在新加坡多停泊幾天，船長想要等馬大丁的手術結束，才出港回到海上作業。「馬大丁啊！你的護照和證件我幫你裝在你的背包裡面，Faki 也不想把你留在這邊，因為公司要我們明天就要出港！」Alang 船長在病床邊，對馬大丁說了這些話，聽在他的耳朵裡面真的很失落，半年前才從臺灣南邊的港口出發，現在因為自己的疏失，不得已要暫停自己在海涯的工作，在心裡面，卻又不甘心地責備自己為什麼不去注意那溼滑的走道呢。

馬大丁完成手術後，一個人留在新加坡的醫院休養，三個星期後醫生也准許他出院療養，公司安排他在港口的基地站休息，那裡有公司的員工可以幫他打理一切，提供了住宿，但只有短暫的兩個星期。在這裡休養的期間，馬大丁常常會一個人，撐著拐杖走到碼頭邊等待自己的漁船，當然，他自己心裡明白，漁船不會為了他刻意安排航程回到新加坡，他是個受了傷的人，夥伴們都知道他必須在陸地上好好休息，等傷勢復原了，才能和大家一同在海涯打拚。

航空站裡來往的旅客很多，愉悅的、匆忙的都有，唯獨失落的馬大丁，一個人呆坐在旅客休息的座位上，痴望著大廳牆上的時鐘，慢慢地迫近到登機時間。才半年而已，因為受傷不得不提早回到臺灣，這種感覺無法形容，只知道回去之後還得花時間休養，腳傷好了，不知道能不能再次搭上Alang船長的祥宇號。

馬大丁的座位沒有靠窗，他想看看窗外的景物，只能斜視著，或者趁鄰座的旅客靠在椅背上的時候，占有窗戶的視角。飛機慢慢加速升空，畫面一格一格地連接了起來，直到湛藍的海面出現，才能俯視過去半年來他工作的大海，這不算是有所遺憾，只是離開了這裡，沒賺到錢，爸爸媽媽的家，要怎麼幫他們買回來啊！

馬大丁一個人搭乘火車，從南邊回到了東邊的家鄉，半年前到海涯工作時，他也是循著這個路線，帶著爸媽的盼望離開。現在回來了，雖然不如自己當初的期望，可思情催促，再怎麼說也得先回去，幫自己也幫父母親，解除那一望無際地等待。

公車沿著海岸線往北邊移動，馬大丁望著窗外上下的兩片藍色，視線放在遠遠那交織的地方。心想，在那裡才待了半年，回來之後也沒能把家買回來，現在沒賺到錢，還得花時間養傷，自從搭上飛機開始，賺錢和養傷這兩件事情不時地困擾著他。

馬大丁在離家不遠的都蘭南站下車，眼睛看得到的地方發現家的外觀變了，被青苔染成深綠的磚牆不見了，外面圍上了鐵皮，站在家門外，卻被生硬的鐵圍牆阻擋，這景象嚇壞了馬大丁！心裡面有了疑問，為什麼會這樣？半年前出港的時候，不是已經和房東簽好了合約，說好了要給我兩年的期限。老家現在為什麼變成了這個模樣呢？現在圍上隔離牆就算了，上面還有「大明寺香客大樓」的字樣。想不透，是不是房東反悔？趁他出海的時候把土地賣掉！或者家裡出事了！哥哥姊姊們沒有告知他？

呆坐了一會兒，馬大丁起身走往鄰近的姑姑家，去那裡先探個口風，順便問一下爸爸媽媽現在棲身何處。

遠處，馬大丁發現兩個老人，坐在姑姑家門外的菩提樹下，走近了，看見那熟悉的臉孔，三個人的眼神交流了好一陣子，不說話，並不代表此刻的心情沒有波瀾，這只是言語一時沒有辦法說出。

「馬大丁！家裡被賣掉了！」

聽到這句話，他的思緒空盪了許久，爸媽跟他說，老家在他出海三個月後就被房東賣掉了，沒通知你是怕你不會工作，想說，讓你好好捕魚，等你賺到錢之後我們再去買別人要賣的土地，怎麼知道你突然回來，結果還是受傷地回來。

馬大丁聽完父母親的解釋之後，久久得不能自己，現在父母親還寄住在姑姑家裡，心裡難過得直說，早知道就不出海捕魚了，就算沒有受傷，三年後賺到錢回來了，老家還是沒能保住，這樣子的付出有意義嗎？

馬大丁從海涯回來以後，就一直待在姑姑家裡面休養，有時，他會請鄰居載他去海邊，在那裡呆坐著。當初搭上遠洋漁船，是為了保住家園，現在家都沒了，再出海工作也沒有意義。不知道他現在是用什麼樣的心態過生活？但我知道，在他心裡面一直牽掛著被賣掉的老家！

希望他能早早釋懷，別再一個人暗自承受這一切，馬大丁的海涯，雖然只有短短半年，但在我們的心裡面，總覺得，他去了好久好久。

以新・索伊勇

〈赤土〉（二〇一〇）

Ising Suaiyung，朱克遠，一九八三年生，屏東來義部落排灣族。

作品曾多次獲得臺灣原住民族文學獎小說及新詩獎項，目前為TAI身體劇場團員。

赤土

序景

「爸爸，人是不可能在這樣的試管內存活的，就算環境再優美、物質再豐富、經濟再富裕。你難道忘了小時候打水漂也是一種幸福嗎？人，是沒有辦法脫離土地生活的。」

第一章　竹林

maraseas 流出來的水是紫色的，Dare 的土是紅色的，一望無際的 revek 是黑色的，像鏡子般高高在上的 LaniT 也是黑色的。

咚……沙……咚……沙……。

又來了，這幾天鏟土翻土的聲音此起彼落地在耳邊響起，一定又是怪老頭在赤土上不知在翻掘著什麼，他難道不知道十公尺之下是我的牢房而不是藏寶箱嗎！在這片占地十六平方公里的島嶼上，觸目可及盡是裸露呈紅棕色的土地，在東南方聳立著一座呈圓錐形的山，老一輩的說那是座死火山，它最後一次的噴發時間，已無人記得。在這塊紅棕色的土地上，空無一物，空氣稀薄，沒有任何動植物的蹤跡。這些乾涸龜裂的土卻像是有生命力，會吸收掉任何在土地上或土壤內的東西，我們把它稱為紅惡魔。

兩年前，赤土上的建築物、大樹、溪流、動植物等等，就像不曾存在過，都被它吃光了。如今這塊土地已經看不出它以往興盛的面貌，更看不出生命的痕跡。這裡是赤土，曾是我們的家園，現在像是墳場般沒有生命的存在。赤土，本來不是這樣，至少在兩年前它從來就不是這樣。

赤土正下方連結著一個巨型的透明管，直挺挺地往下扎根、直達海底。在透明管內，所有的人、生物在這裡生存著，這邊沒有白天和黑夜的分別，透明管壁日以繼夜散發著幽白色的柔光不曾熄過。這裡的居民依著社會地位、財產貧富與權力高低分屬在不同的生活區塊，愈接近赤土表示離權力愈遠，也愈貧窮。我跟絕大多數的人在兩年前被安排於此區生活。

我們被嚴格監視著不得進入避難所以下的區域，那邊住著另外一種人，控管白環圈的掌椅者、政府官員與高官名流。我們戲稱他們為小丑魚，因為沒了這試管他們哪裡也去不了。

黑色的海緩緩地接近赤土，停放在沿岸邊的船不知怎地竟冒起了濃濃的黑煙，一時間天搖地動！「救命啊！」「快跑！」「抓住媽媽的手！」尖叫哭喊聲從赤土各處傳了出來。一個老婦突然在我耳邊發出尖銳的聲音：「你爸死了！你媽死了！你全家都死光了！大家都死了！」

呼呼呼……被惡夢驚醒的我豎直身軀滿身都是汗，牢房內只有我的心跳聲跟喘息聲迴盪著，我著急地往四處看，這漆黑的狹小空間僅在角落掛了盞微弱的黃燈，還苟延地亮著，我專注地盯著燈光心情逐漸平息下來。

獄卒緩緩走到門邊把餐盤沿著小縫推了進來，不用猜我也知道那是泡水的加工食物。白環圈沒有土地、沒有日照，他們的食物都以海洋微生物為基礎去研發，無汙染、無迫害、不破壞基因的生技飲食。好友牛蛙說，他在大爆炸前曾跟一位地底通道的白環圈駐守兵要了個鮪魚肚壽司來吃，味道嘗起來像是淋上濃厚人工香料的塑膠皮。而我吃的這種泡水食物，原是針對戰亂或食物短缺時所設計的特殊口糧，現在特別優惠給罪犯吃。我發誓我寧願去啃那香香的塑膠皮，也比這嘗起來像胃中物的東西好。

流放區的獄卒為了不讓罪犯有固定的生理時鐘表，常會把送餐的時間任意變動，讓罪犯不知道自已吃的是第幾餐，也會在食物內摻入些微安眠藥，使恍惚狀態下的罪犯喪失思考能力。應該是第五次送餐吧？我開始無法計算這是第幾餐，我決定，不再進食。

咚……沙……咚……沙……。

是怪老頭，他又開始了。他常在他的土地上挖土、鏟土、灌溉，沒看過他埋什麼種子進去，也從沒看過土地上長出任何幼苗，更甭談收成；不過，他向來就是如此，是個奇怪的人說著奇怪的話：「我們是竹林裡的人，要回到竹林，回到我們的祖源地。」大家推測他的異狀，應是從二十年前她女兒失蹤後才變這樣，大家覺得他瘋了。

最近怪老頭鏟土翻土的聲音愈來愈頻繁，卻倒成了我保持心靈理智的唯一辦法，更是我和外界還存有連繫的慰藉。

marasea 流出來的水是紫色的，dare 的土是紅色的，一望無際的 revek 是黑色的，像鏡子般高高在上的 LaniT 也是黑色的。kadaw 玩著捉迷藏，bulan 睡著了，指引方向的 Tiur 你們在哪裡？

第二章　蜥蜴女

建智緊張地扶了附著木質鏡框的眼鏡，頭髮蓬鬆且凌亂，慌張的神情彷彿胃隨時會從他開合著的嘴吐出般。面對著建智的女子臉一瞬間紅了起來，魯莽地點了頭便快步地朝向辦公室另一隔間，直到建智看不見她在空氣中遺留的羞澀。女子敲了敲門後開門進去，辦公室正中央的人穿著一襲深黑七分袖的西裝外套與及膝短裙，神情嚴肅地講著手機。她沒回頭只比了個忙碌中的手勢，左手懸在半空中揮舞著，像是要把眼前看不見的鬼魂撕裂般地甩動著。

「難道案子就這樣嗎！膠著，什麼叫膠著，喂！喂！喂！媽的！竟掛電話。」

女子狠狠地把電話掛上，這才回神瞥向站在門邊臉部泛紅的小凌。

「律師，還好吧？火氣這麼大。」

律師把盤著的黑長髮一股腦地鬆綁開來，她一向討厭散髮，因為這讓別人覺得她的女性特質勝過她的專業能力。

「難道荷爾蒙就凌駕於知識嗎？」幾杯黃湯下肚後她常這麼叫罵著，「能不生氣嘛！上次那個願意跟我們合作的集團負責人現在突然收手不幫了，好不容易案子已漸漸明朗了，正有機會揭發一樁駭人醜聞現在又回到原點。就缺臨門一腳……氣死了！」

律師氣呼呼地把桌上冷掉的咖啡一飲而盡後，心力交瘁地癱軟在沙發椅上。

「小凌幫個忙，去避難所那找委託人跟他說再給我們一點時間。順便再倒一杯水進來，還有，若是有電話找就說律師死了。」

她，從來不是白環圈的人，在赤土出生沒多久後就被領養過來。

養父母不曾跟她說過赤土的家人或親戚，或有關那裡的一切，所以她對赤土一無所知。在學時常被同學譏諷為是蜥蜴的小孩，他們說赤土的人野蠻、落後、沒有生活品質，在土地上天天頂著太陽晒跟蜥蜴沒兩樣。幾乎只要有人提到赤土就是一陣的狂笑與無盡的嘲諷，但她卻從來沒有因為這件事生氣過，或許，是對於這樣的謾罵，她早麻痺適應了。

怪老頭溫柔地拿著水瓢從木桶裡挖出一大瓢水，細心地對著一小塊土地潑灑著。「雖然現在只有你們，但是再過不久大家都會活過來的，你們的孩子跟孫子會加入你們，期望你們能將他們帶回祖源地。」

兩年前事件發生前的一個禮拜，我照常前往赤土的廣播電臺上班，當初進電臺本是想學後製的東西，誰知唯一的電臺主持人正好請了產假，我在人手不足的情況半推半就成了主持人，而這巧合竟讓我在這張褐色塑膠椅坐了三年。

我還清楚記得當時報的第一則島內新聞：「白環圈正式與赤土簽訂和平共處協定，並在新開通的地底通道舉辦了一連串的開幕活動。」之後的新聞不外乎是誰家的家禽走丟，或哪一家的孩子慶祝滿月，甚至是超商的減價活動，澈底活用了大眾傳媒的便利性。

「播報本日最後一則新聞：死火山近來動物銳減，專家指出或許與大型動物近來發生的異常攻擊行為有關，也傳出有飛禽與小型動物的相互攻擊事件，請大家注意安全並請在近日避免前往死火山，以上是今天最後一節新聞，謝謝您的收聽。」

下班後走在返家的碎石小徑上，習慣性地往遠方海面眺望，湛藍的海面已經被夕陽染成澄黃色。

「快來了、再過不久、誰都阻止不了，就快來了。」怪老頭拿著鋤具定睛地對著海面喃喃自語，我幾乎很少跟他說到話，但那一天不知怎地，我竟著魔似地走向他，「怪老……阿公，你還在這裡喔，在忙什麼？」

他看了我，眼神交會時我注意到他依舊跟以前一樣，眼睛好似空洞卻又像會洞悉人心般地深遠。從小我就很怕看他，怕他看出我做了什麼壞事。

「孩子，你是從竹子裡面生出來的，要記得，要回到我們的祖源地，跟自己相會，跟自己的家相會，跟自己的血源相會。」

這下好，早知就不要雞婆打招呼了，「喔，阿公你要早點回去休息喔，天快黑了。」硬是擠出一絲笑容後，我轉身離去，還依稀聽得見怪老頭說著，「紫色……黑色……紅色……」

「真的要執行嗎？但這項計畫可能會危害到赤土上所有人的性命，再說這案子現在還在實驗階段，發展得還不夠成熟啊！」

開幕不久的律師事務所內，張律師留著貌似新聞主播的短髮造型，神情緊張地來回踱步著。

「律師，妳忘了這場官司是因為妳才能打贏，讓我們能合法經營這項實驗的吧！」戴著棕色圓頂帽的男子悠閒地拿起了櫸木方桌上的鋼筆來回把玩。

「但這項計畫涉及到人命啊！這些，你們事前根本沒說過。」她忍不住提高了音量強調事態的嚴重性。

「呵呵，張律師，別相信那些危言聳聽了，它的確有些不穩定，跟我們無法計算與排除的不確定狀況。」

男子從容地將鋼筆靈活的在他指間轉動著。

「不、不行，絕對不行！」堅決反對這項計畫的律師，臉因為緊張整個皺在一塊。

「呵呵，妳或許不知道掌椅者已經看過我們的計畫案，甚至參觀過實驗室，他非常認同這項決定喔。」男子把鋼筆放回桌上直盯著律師的雙眼。

「你有跟他說明你所謂的不穩定因子跟不確定狀況嗎？」律師不敢置信地開口問。

「呵呵，張律師，看來妳還是不了解這個行業的規矩，在上位者，他們只想聽到好消息而不是壞消息。」

第三章　微小的美好事物

快速電梯只到白環圈的頂層，再上去只能靠步行沿著環狀石梯走。電梯內醞釀著一股令人緊張、胃抽搐的微妙情緒，小凌步出電梯後梯肢體僵硬地把胸前的通行證給警衛看，便慢慢地開始往上走去。白環圈的柔光從這裡顏色逐漸轉淡，變成有些混濁的灰色，跟石梯的顏色搭起來，讓人難以看出踩著的是石子還是空氣。

兩個人默默地走著，空氣裡凝結著難以打破的冰點，建智突然走近小凌身旁停下腳步，「關於上次在辦公事對妳說的話……」「你累了嗎？休息一下吧！每天待在辦公室真的會悶出病來的。」小凌強硬地把話題扯開，講些她自己都覺得愚蠢的話。

自從上次建智突如其來的告白讓她不知所措地離去，他們就一直保持在這種微妙的待客距離。她從沒談過戀愛，也還不打算談戀愛，只想把張律師交代的工作做好，她的心裡暗自想著。建智的視線不曾離開過她，而她卻盡像個傻瓜左右環顧迴避他的眼神。

「嗯，妳不想給答覆沒關係，慢慢來，那我們繼續趕路。」

建智很快地恢復到工作狀態繼續往前走，留下心裡千頭萬緒的小凌困惑地在後頭跟著，兩人緩緩的接近目的地，這也是小凌自領養過後第一次這麼靠近赤土。

「快出來，2009-88，出獄了。」獄卒持著警棍對著牢門不斷敲打。

我躺在地板一動也不動，我想我是餓昏了。

「這小子不會是死了吧？喂、起來了！」另一個獄卒提了桶水潑了我全身，我顫抖地動了起來，但根本無力將自己撐起來。「喔，還活著嘛！快站起來，出獄了。」

我躺在地板，慶幸著還保有清楚的意識。

「出去就別再回來了，這個地方可不是人待的。」獄卒用他猩猩大的雙手粗魯地把我扶了起來。「比起他們那個鬼避難所，他搞不好更想待在這邊！」站在門邊的獄卒說完後開始大笑。說得對。「這裡有飯吃、有床睡、甚至還有個人房間。你可不要跟那些蜥蜴說你在這裡吃香喝辣喔，免得他們一窩蜂跑來睡，哈哈哈……」

我看著他們誇張地捧腹大笑著，很想往他們兩人臉上狠狠地揍上幾拳，再朝他們比螞蟻還小的腦袋補上幾腳，但我連說話的力氣都沒有，就這樣被拖行出去直接丟在流放區外。流放區跟避難所間僅象徵地隔了一公尺多的斜坡距離，流放區的門口守衛甚至只要抬起頭往下一瞧就能看見那間搖搖欲墜、無人聞問的馬戲團棚子避難所。

一如往常，老人在早晨拎著他的農具前往赤土。他總是穿著白色短袖汗衫跟米白色的麻質長褲，他望向大海，用虔敬的眼光看著遠方，死黑色的海那深黝的顏色像是會把人的靈魂吸進去。老人嘆了口氣回到他專注耕耘的那塊土地，突然間他倒吸了一口氣，手上的農具掉落在地上，木桶裡的水也全灑了出來，紅惡魔不吝嗇地把水都接收了不留痕跡。那一小塊土地竟冒出了東西，是一小搓綠綠的東西，它脆弱得彷彿再握緊些就會碎掉。老人激動地跪了下來，原以為淚水在女兒失蹤時就已流光，沒想到這時卻因無法抑制的情緒滿溢出來，他開起口對著天、地、和海洋說起了一大段沒人聽得懂的話語。

那一天尖叫聲四起，黑色的海自遠方開始占據海面，天空也逐漸染上紫黑色的顏色，像有人朝天空揍上幾拳。倏時路面劇烈地搖動起來，我迅速趴伏在地上等待，以為是地震的結束，結果搖動非但沒有緩息反而更加劇，四周也有一群因恐慌蜷伏在地或緊貼房屋牆壁的民眾。突然間，一聲尖銳刺耳的聲響由遠而近地傳來，刺痛的聲響彷彿有人拿著針往你的耳鼓鑽。我使盡摀住耳朵聲音卻響個不停，我放聲地喊叫出來，接著視線模糊成一片。

有一道濃豔的綠光自海上爆散開來，我的視線被這綠光給占據了，什麼都看不見。房子不見了、我的身體不見了、附近的人群不見了、魔鬼般的聲響與綠光無限地在擴大，我撐不住了，昏死過去。

進入避難所前有一扇偌大的鐵門，鐵門之高就算十個人疊起來也搆不著吧。警衛走了過來，看了通行證後把我們帶到鐵門邊的一個小空間內，他找了找嵌在牆壁內的把手往下一拉，牆壁突然變得透明而且可以直接穿牆出去。「你們回來時對著牆壁站好，門就會開了。」警衛瞧了還訝異著自牆壁走出的我們，「只有裡面看得到外面，外面是看不進來的，那些傻瓜蜥蜴到現在還納悶我們是怎麼進來又是怎麼出去的。」警衛露出一嘴黃色爛牙撇頭大笑後，牆壁回復原有的顏色。

「看，我們的目的地應該在那邊。」

建智指著不遠處一座巨大藍白相間很像馬戲團搭的塑膠棚子，白環圈的幽光在避難所這邊結合了赤土表層的顏色變成骯髒且汙濁的泥黃色。沒錯，整個避難所就像建築在爛泥巴上，即便小凌跟建智對爛泥巴的認識是透過學校的教科書。

「喜歡這個試管嗎?很漂亮對吧?白淨無暇的，住在裡面心靈也會變得澄澈。」穿著一身深灰西裝的父親手拿著小試管背對著夕陽跟孩子說話。

「爸爸，難道這裡不能住了嗎?」小孩在父親身邊撿著小石子朝海面打水漂。

「乖孩子，爸爸會找到更好的環境給你喔。」父親蹲下來撫摸著孩子的頭髮。

「可是這裡有好多我的朋友、還有山、有海、有太陽、月亮、還有星星。」小孩子繼續說著，「而且，不住這裡那我們要住哪裡？」

爸爸露出了一抹微笑用手指著地，小孩子只淡淡地回應了一聲，繼續撿拾石子。

第四章　陰謀

若用小淩的生活去界定居住的樣貌，那眼前的事實就是虛幻與不可思議。她天真地認為避難所除了離赤土較近外，其餘生活機能應該都與白環圈無兩樣，但在這，天真顯然沒辦法活命。這裡像個軍營般的大通鋪，大家共有這塊空間，一同吃、一同住、一同睡。沒有隔間，沒有隱私，沒有你家的牆壁或是他家的圍籬。小淩不發一語回想起兩年前的新聞，主播的面孔還深刻地好像才在昨夜看過般：「赤土居民慶祝豪華新居落成，白環圈掌椅者特來參與剪綵儀式，赤土民眾激動落淚表示感恩。」

他們在人群裡搜索著委託人的身影，居民們的眼神充滿了敵意與怒氣，每一對視線都像要把兩人撕裂般。小淩不敢說話，更不敢望向他們，直低著頭走路卻無可避免地注意到他們的膚色與長相，那是不斷糾結著她從求學到職業生涯的嘲諷與譏笑，在他們身上閃閃發亮著。她呼吸變得急促，心臟也撲通跳著。「妳是赤土的人，妳具有他們的血緣，妳屬於這裡！」潛意識紮實地把每句心聲意念重重打在她腦裡，小凌暈了並不自覺地抓緊建智的手臂，走到了委託人的所在位置。

他是一位中年男子頭髮略禿，光著上身穿著灰白色短褲，當建智跟他打招呼時他還側躺在地板樣貌看似悠閒，「喔，兩位，歡迎歡迎，負責管理避難所的小丑……不……管理員先生，有來說律師事務所的人會來，沒想到竟是兩位年輕人。」

他盤坐起來示意兩人也別客氣隨地坐下，附近的居民因好奇紛紛圍坐過來。

「你好，想必你就是委託人，古將村長。」

建智禮貌地跟古將村長介紹了自己並說明兩人的來意，見小凌還沒張嘴說話，建智用手臂頂了她，始終低著頭的小凌被這震動嚇到，渾身冒著冷汗緩慢地抬起頭。

「我……是小凌，也……是張律師的助理。」

當她的視線跟村長交會時，心臟快跳了出來，趕緊地又把臉縮了回去。

村長看到小凌時也一臉茫然，「凌小姐，請問妳是白環圈的人嗎？」

她腦海中嗡的一聲，保護線斷了。建智似乎發現她的異狀連忙幫她解圍。

「沒錯，她是白環圈的人。」

「是喔，因為她的樣貌不大像白環圈的人，反倒很有赤土的味道。」

古將村長的視線停留在小凌身上，她身體抖動著，頭暈眩得厲害。

「常有人對她這麼說過，不過白環圈內什麼人都有，什麼長相都不奇怪。甚至還有比小凌膚色更深的白環圈人。」

建智把手順勢搭在小凌肩上，她感動地快哭出來了，這是她所聽過最窩心最溫柔的謊言。她的長相跟膚色在白環圈一直都是個特殊的存在，不被期待、不被重視，遭受許多的歧視與不對等待遇。白環圈內只有她的養父母與張律師把她當作人看待，所以當建智對她告白時，她整個人嚇傻了，直覺反應告訴她又是個跟朋友打賭輸了必須對小凌提出交往的大冒險遊戲。

「妳還好嗎？妳全身都在發抖。」建智溫柔地望著她。「沒事，只是有點不舒服。」一瞬間她不確定自己是不是喜歡上建智，但從他身上感受到充分的安全與呵護。

建智繼續對委託人說著：「那我們再回到主題，也就是整起控訴案的來龍去脈，你說：兩年前的大爆炸其實是白環圈所策畫的一場屠殺！」

「東清、東清，你還好吧？原來你出來了，太好了。」

我倒在地上疲憊地睜了開眼，是我的好友牛蛙，體型壯碩的他一把將我扶了起來，慢慢攙回避難所。「你怎麼……會出現在這邊？」我頂著微弱的氣息勉強說出話。

「避難所來了兩個不曾看過的人，是小丑魚，大家鬧哄哄地聽得心煩，於是出來散步，沒想到你就倒在流放區前。」

三年前她沒能阻止「基因轉碼」工程，還興奮地為打贏這史無前例的官司，跟同業吹噓自傲著。一年過去，「基因轉碼」實驗結束，赤土的人死了三分之二，僅有少部分的人逃到象徵兩地和平共處的地底通道存活下來。

和平，聽起來真諷刺。實驗工程結束後事務所近乎停擺，她每天靠酒精麻痺自己，好讓那些冤死的鬼魂離她遠一點。她不奢求他們的原諒，只哭著求他們把她殺了，把她帶走。那陣子她像個遊魂般，直到兩年前那個女孩上門要一份工作。她一眼不看地叫女孩滾，女孩哭著求她至少讓女孩面試，她拿起酒瓶自沙發床蹣跚起身，看到女孩的瞬間驚覺，她是該從惡夢中起身了。那個男孩沒多久也來了，她倒忘了他是怎麼進來的，只知道他常追著那個女生的屁股後邊跑。

「當然是陰謀！白環圈的人跟我們簽定什麼友好條約，打從一開始白環圈就在為那個『基因』什麼的作盤算了吧！」古將村長鼓起胸膛控訴著。

「基因轉碼？」建智吃驚地回答道，原本身體不舒服的小凌聽到這句話也驚醒了起來，「你為什麼知道『基因轉碼』？你之前委託律師時不是只說兩年前發生在赤土近海的大爆炸嗎？」建智見她如此激動，連忙要她坐下來並安撫著她。在稍微收拾情緒後小凌繼續追問：「『基因轉碼』這件事赤土的人應該不知道，而且也僅少數白環圈的高層跟律師知道這件事。」建智同意地點了頭。

「這件事我們本來也不知道，直到有人在避難所成立的兩週年紀念會上，無意間從白環圈高層的耳語中聽到的。從那時我們才知道，大爆炸既不是鄰國戰爭的彈火波及，更不是天災，而是白環圈所下達的誅殺令。」古將村長愈講愈憤怒，說到激動處眼睛還疑似冒出火光，「白環圈為了奪取赤土的資源，跟我們談什麼友好、共存根本就是謊言，甚至還在事後高調地對外表示，他們願意接納赤土的民眾一同在白環圈居住。住在這個比動物巢穴還簡陋的籠子裡！這群偽善者不是種族屠殺難道是優生計畫嗎？」

古將村長面紅耳赤地大口喘氣著，附近的民眾聽了不是同感憤慨，就是想起爆炸時的記憶而哽咽起來。

「古將村長，東清回來了、東清回來了！」

一個小男孩慌慌張張地跑進人群內對著村長叫喊。

「東清是？」建智問了村長。

「他，就是那個聽見高層對話，起身反抗卻不小心打中某脆弱官員的鼻子，被迫關進流放區的可憐蟲。」

老人兩腿癱軟直跪在地上，他還待在赤土！

氧氣愈趨減少逼使他呼吸愈顯急促。他的身體已不堪負荷，但他怎麼就是不願回去避難所，他只要等待著。

一群穿著黑西裝的人鬼影地潛進了律師事務所，其中一位頂著棕色圓頂帽的男子禮貌性地敲了門。

「進來，門沒鎖。」張律師厚實的櫸木辦公桌攤了一大疊的文件與資料，她彎著腰專注地在檔案間來回搜索著，不放過任何一段文字或話語，「小凌，你們從避難所回來囉！」張律師這才緩緩將目光朝門的方向看去，「你們是誰？你們進來做什麼？」

「呵呵，不要緊張，張律師。只是來跟妳聊個天罷了。」

帶著圓頂帽的男子脫了帽找了一把附靠背的木椅坐了下來。

「又是你，你來做什麼？」

「親愛的張律師，妳知道妳手上的文件對整個白環圈的影響很大，甚至足以動搖到民眾對掌椅者的信任嗎？」

「沒錯，你也怕這個醜聞外流吧！但你當初非但沒有阻止，還讓這未純熟的計畫執行了。」律師說到激動處不自覺地捏緊了手上的文件。

「冷靜點，律師，妳知道人要單純一點比較好，這樣才能保有對世界的純真。妳這樣豈不驚擾了大家的美夢嗎？」

「美夢！你怎麼說的出口，這些可是人命！」

「唉，所有偉大的事業總是會伴隨一些犧牲的。」

「那好，接下來的控訴將會讓大家從美夢中醒來，並看看自己所處的現實。」

「真是不乖！」男子開槍擊中了張律師，她倒向木桌後方，桌上的文件散落一地。她偷偷抓起也掉落在地的手機，鮮紅色的血自律師體內汩汩流出。

「妳知道，電影裡面之所以不立刻把人殺掉除了因為拖戲，絕大多數的用意是希望對方知錯能改，別再頑固己見了，呵呵。」

律師倒在地上，左肩的傷勢不斷滲出血，浸溼她黑色的西裝外套，「快殺了我，因為我的錯誤決定死了這麼多人，這件事早該有個了斷。不過我也要提醒你，殺了我事情也不會結束的。」

「喔，妳是說那兩位可愛的助理嗎？」

律師吃了一驚，「你要對他們做什麼？他們剛進來，什麼都不知道。」律師焦急地用右手在手機鍵盤上敲了敲。

「妳放心，出差總是會有料不到的意外嘛。」

男子揮揮手，黑衣男全數往避難所的方向移動。

「你們要去哪裡？站住，他們什麼都不知道！站住！」

「律師，有件有趣的事妳可能會有興趣。」男子從椅上起身慢慢往律師方向移動，「我們調查過了，妳……是混血種，對吧？」

「什麼？我？混血種？當然不是！」

「那……妳對二十年前的事有印象嗎？」

律師怒目瞪著男子，回溯著她理所當然知道的過往記憶，畫面卻是一片模糊灰白什麼都看不清楚。「奇怪，我怎麼對二十歲前的生活沒印象！」她在心底默默地問著。

「妳是不是想不起來，或只有如相片的影像殘留在妳腦內。」

她緊張地喊叫起來，「你對我做了什麼？」

「呵呵，不……我沒有對妳做了什麼，而是妳年輕時跟妳可愛的情人做了什麼？」

那瞬間律師的腦像被電流竄過般，她尖叫起來，她想起了。她……是赤土的人，二十歲那年結識了白環圈的男子，彼此很快墜入情網，甚至決議結婚。但她家人極力反對雙方的來往。

「後來，你們到了赤土的火山口。」男子笑著繼續說。

她的精神受到打擊不斷地顫抖著，她什麼都想起來了。

男子蹲坐到律師旁點了根菸，「說來真巧，那個火山口其實是在地底通道未建好前，唯一連結雙方世界的通道，不過這當然只有白環圈的人知道。你們墜了下來、掉落在通道，那男的如願以償死了，妳，卻僥倖存活下來，還懷著身孕。」

我大口吃著泡水的加工食物，早已不管東西好不好吃，食物來了就塞進嘴裡。

「吃慢一點，沒有人會跟你搶，這鬼東西大家都吃膩了，真是不懂白環圈的人科技這麼發達，做出來的食物卻這麼糟糕！」牛蛙嘟噥著嘴碎念。

古將村長快步走來開心地抱住我，身體本還有些疲憊與不協調，但在吃過東西後已經好多了。

「沒事就好，沒事就好。」

我這時才注意到村長身邊的兩個陌生男女，「村長，他們是？」

「喔，這兩位是律師事務所的建智跟小凌，他們是來討論控訴案的後續發展。」

鈴……鈴……手機聲音自小凌包包傳出，她稍微站到一旁查看，是律師傳來的簡訊，「快跑」。還在納悶著律師簡訊的同時，她注意到門口來了幾位不速之客，小凌直覺不對勁，下意識地問了村長這附近有沒有躲藏的地方。

村長往小凌的眼神方向望去，也發覺事態不對。

「這附近幾乎是空曠開放的空間啊。」

「怪老頭！怪老頭那！」尚未意會過來的我一瞬間想起怪老頭，「赤土那邊不會被人發現，沒有人會上去那。」

黑衣男子這時看見小凌反射性地往他們那衝去，我一把抓住小凌與建智往棚外的方向跑去，黑衣人也緊跟了過去。

第五章　一對兄弟

「聽到了嗎？自遠方傳來的憤怒。」原本還跪著的老人已趴伏在地上意識逐漸渙散，腳底到小腿早已化為紅惡魔的養分。他張開嘴緩緩地動著，「好久好久以前，白環圈跟赤土的祖先原是親兄弟。他們不住這裡，是在好遠的祖源地。因為那裡人愈來愈多，土地無法負荷這麼多人，兄弟便決定離開另外找尋新環境。他們意外發現赤土。但，這邊的土地沒有祖源地大，於是兄弟便約好，哥哥以後住在地下，弟弟住在地上。雙方各自發展，不去搶奪另一方的資源。後來哥哥弟弟老了死了，他們的後代卻忘了彼此原為兄弟的血緣關係。更為了許多事情互相爭吵，甚至鬥爭，天神看了好生氣決定要懲罰兩位兄弟的後代。」

老人抬起頭望著那原本一小撮的綠筍，不過數鐘頭，已長成高大挺拔節理分明的竹子，或許要五到六個人才能把它環抱住。此時遠方的黑海起了異動，發出咕嚕咕嚕的聲響，紫黑的天空也閃起火紅色的雷電。

女人倒臥血泊中一動也不動，頭髮披散在鮮血裡，身上除了左肩還多了三個彈孔。

「真可惜，妳應該再乖一點。」男子用手摀住自己的右耳朵，鮮血不斷從他指縫間流出。「賤女人，故事還沒說到最精彩的地方就死了。」男子用左手把口袋內的文件掏出來，丟在她身邊。男子拿起了棕色圓頂帽，禮貌地跟她鞠了躬，從容離去。文件被她的血液慢慢浸溼，上面的文字逐漸糊在一起。

我喘呼呼地帶著兩人在漆黑的地底通道內狂奔，黑衣死神此時拿出手槍在不遠處射擊，黑暗的洞裡只見無數閃著火光的槍孔。

「啊！」建智叫了一聲，我停下腳步。

「沒事吧？」小凌驚恐地叫道，「建智，你有沒有怎樣？」

「沒事，只是後腿中彈，還能走。」

我把建智攙扶起來。空氣開始變得稀薄，呼吸愈來愈短促，前方有紅色光線射出，是赤土，就在前方。我從沒看過赤土這般景象，彷彿自己從未在這裡生活過，像是人間煉獄。風狂暴地呼嘯著，我們彎著腰難以站直身軀。黑色的海自遠處掀起了無數道巨浪，圍成一個巨大絕望的屏障往赤土衝了過來。紫黑的天空更不斷閃冒出令人膽怯的紅橙色的雷電，好幾道就直直地打在我們眼前。我們驚恐地往怪老頭常待的方向跑去，黑衣男子這時也抵達地底通道入口處，同樣被眼前景象嚇傻，他們從沒來過赤土，更沒看過這麼恐怖的異相。

「快追啊，他們在那邊。」其中一位喊叫，其他人立即跟上腳步。

我們往前跑著，又看到另一不可思議的畫面，眼前一根巨大竹子硬生生被紅色閃電輕易地剖成兩段落在地上。我一眼瞧見躺在地上的老人，如今只剩胸部以上還裸露在外，其餘都被紅惡魔吞噬掉。

我鬆開抓著小凌的手奔向老人，用手刨著老人附近的土壤——「阿公、你活著嗎？」老人使盡力氣勉強睜開一隻眼，用最後的餘力笑說：「Adulumaw 你終於來了。」話一說完整個人就被吸收到土壤裡去。

我不敢相信眼前所見，小凌與建智更是對著海面倒抽了好幾口氣。不遠處的海岸線現在退到好遠好遠的方向，是海嘯來襲的預兆。遠方十公尺的巨浪現呈倍數增長，達到無法想像的高度，幾乎把一半的天空遮住了。

「世界末日嘛！」小凌跪在地上嘴唇不停地發抖，尚未回神的我瞥見被雷劈成兩段的竹子迅速恢復理智，趕緊把竹子推到海岸邊，「這或許可以用來獲救。」

正當我逐步接近海面時，槍聲劃破了凝結的空氣，小凌倒地。

建智嚇得忘了腿傷衝過去抱住小凌，血液不斷自她右肩冒出。

「下一擊就是頭。」開槍的黑衣男子說著，手槍對著小凌與我。

圓頂帽男子此時也匆匆趕到死神身邊，緊張地說著：「公子，對不起，我不知道這群傻瓜居然會傷到你。」他掏出槍來，把剛開槍的黑衣男子當場擊斃，「你們這群呆瓜，居然不慎傷到掌椅者的兒子，回去等著被處置。」

建智不說話，我不可置信地回望著，小凌心涼一半歇斯底里地叫起來：「你，你是掌椅者的兒子，開玩笑的吧？快說他們是開玩笑的！」

圓頂帽男子冷笑了起來，建智低著頭微微點了一下。

小凌嚎啕哭了起來，「你爸是白環圈的掌椅者，那他跟政府部門和基因轉碼的事，你都知道？」建智直視著地面又點了頭。

「不，這不可能！原來……原來你知道，你知道，你這個騙子。」小凌聲嘶力竭地尖叫吶喊著。

「我已經脫離了我父親，從我知道這項計畫時我就決定遠離他，我以為我的離開會讓父親重新審視這件事情。」建智抬起頭來急忙地跟小凌解釋著。

「所以，你跟這一切都無關了，跟赤土那些該死的生命跟這亂七八糟的天氣都無關。」小凌失去理智，只嘗得到背叛與隱瞞的謊言味。

「公子，快回去吧！掌椅者會原諒你的。」圓頂帽男子焦急地望著建智的腿傷。

「別想，回去告訴他，這就是他造成的結果，這就是他要的美好未來，這就是他當初在海邊說的，心靈澄澈純淨無暇的生活。」他對著圓頂帽男子怒吼著。

我趁眾人慌亂之餘默默把竹子往海的方向推去，鋪天蓋地的巨浪此時已覆蓋住整個天際線，懲罰的海洋即將要落到這殘破不堪的土地上。

「處罰吧！為了我們的愚昧與狂妄。」建智笑了出來，把在一旁崩潰的小凌推到竹子上，並且也要我先上去。他使盡力氣將乘著竹子的我們往海面推去。小凌哭著要他也上來，他搖著頭苦笑回答：「妳說得對，我只是個自以為清白無辜的共犯。」

我將手伸出去要把建智給拉上來，槍聲急響打中我的右手臂。

「繼續開槍，不要停，別讓他們跑了。」圓頂帽男子氣急敗壞地跟著開槍。

「建智你快上來啊。」小凌哭喊著，等他確定把船推至海面上後停下動作，任由黑海腐蝕他的身體。

「快走吧。」我拖著傷勢爬到竹子邊，再次伸出手要建智抓住我，他只是笑了笑，抬頭仰望僅剩一個小洞的天際線，呢喃地說了幾句話。接著，重重的黑海從天空落了下來，什麼都看不見了，什麼都聽不到了，什麼都感覺不到了。

終景

「媽媽，阿公說錯了啦！maraseas 的河是淡藍色的，Dare 是黃色的，一望無際的 revek 則是深藍色，很像鏡子的 LaniT 也是深藍色的。Kadaw 最愛玩捉迷藏了，會躲在雲後面。bulan 還在睡覺，晚上才會出現。我最喜歡的 Tiur 在天空，只是他們很害羞背對我們，所以看不到！」

「小凌，快醒來，快醒來！」

我睡著了，還在夢中遇到這麼奇妙的景象，東清把我拉了起來看向海的遠方。

那是一個很大很大的陸地，比赤土還要大上好幾百倍。我看不見邊界在哪裡，也望不到它的彼端。漂流著的我們，今天，就要著陸了。

邱聖賢

〈紫色迷霧〉（二〇〇七）

Salizan Lavalian，一九八三年生，臺東延平鄉紅葉部落布農族。東華大學原住民民族學院民族語言與傳播學系畢業。

曾就讀花蓮教育大學多元文化研究所。曾服務於原住民族委員會、花蓮縣玉東國民中學、花蓮縣政府社會處、臺東縣政府原住民族行政處。個性外放活潑開朗大方，喜歡主動認識新朋友。曾是大專中心學生會組織二〇〇四年（第三屆學生會）的音樂幹部，從事社區資源調查「花蓮縣太平社區布農族二〇〇三年調查」，研究布農族的雙面人傳說以及布農族傳統狩獵智慧。二〇二一年離世。著有《紫色迷霧》。

紫色迷霧

午後的部落景象

從賣菜車喇叭傳來的日本演歌，終於劃破了部落的寧靜。時間來到了中午十二點十六分，Ali[1] 索性將剛剛從市場買回來的粉紅色外套丟到沙發上。Ali 在鎮上的一條馬路上做短期的電纜線工程，不過因為今天工頭生病的緣故，所以只做了半天工。

Ali 從市場外帶回家的兩包油麵，其中有一袋是要給兒子 Laung[2] 吃的午餐。但由於油麵過燙的關係，塑膠袋快要被油麵的熱度融化了。今天室外的溫度，就像是 Ali 被太陽晒得紅通通的臉頰一樣，格外火紅。斗大的汗珠從 Ali 的脖子上一顆顆滑落了下來。炙熱豔陽，將 Ali 家黑色屋頂瓦片晒得猶如火爐一般燒燙。Ali 找不到電風扇放哪去了，現在空無一人的家裡，Ali 猜想，頑皮的兒子 Laung，應該是跑去河邊撒野了。

不過 Ali 暫時沒空去思考 Laung 回來之後該如何懲處的事情。或許是悶熱無比的室內，把 Ali 火爆的脾氣消弭了不少。想想看，在大熱天裡發脾氣，也只是自討沒趣、火上加油而已。只是現在熱得快要讓人無法睜開雙眼的折磨，Ali 多麼希望自己可以暫時消失在地球表面，免於承受如此炎熱的煎熬。Ali揮起了胖胖的手臂，想要試圖揮散在室內悶熱的氣溫。天氣熱得讓Ali懶得伸手開啟客廳的電燈，昏昏暗暗的屋內，藏著一位體型圓墩墩的中年婦女。

七月的太陽毫不留情地將屋外的玉米田晒得搖搖欲倒，被烈陽蹂躪後的玉米田景象著實讓Ali捏了一把冷汗。玉米是Ali家主要的經濟收入來源。幾天前，中視新聞的氣象報告預測，兩天後可能會有輕颱登陸，Ali一想到這則新聞，不免緊張了起來。她嘴巴唸唸有詞地走出屋外，瞧了玉米田一會兒。

「Kamisama[3]！請不要讓颱風來！今年的收入非得看這次玉米收成的成果了。」

街道上被烤乾的柏油路一點水氣都沒有，熱氣四散。有人說，夏天的蟬聲讓人心曠神怡，不過，現在那些此起彼落的蟬聲對Ali而言，彷彿是在竊笑Ali浮躁的情緒。

---

1 Ali：布農族女性名字。

2 Laung：布農族男性名字。

3 Kamisama：外來語，神的意思。

部落的人全都躲進屋裡頭，不是吹起了強勁的電風扇，就是爽朗地大口吃起了剉冰。夏日裡小孩的嬉鬧聲，暫時只有在溪谷裡才聽得見了。沒有人出沒的街道，正上演了一場空城計，安靜得猶如一個被詛咒的禁區，或許說這樣如此靜謐的氛圍，有一種說不上來的感覺。

刻在 Ali 臉上的記憶符碼

Ali 大剌剌地隨意蹲坐在屋門抽起了黃色長壽菸，還好，涼爽微風適時地親拂了 Ali 的臉頰，讓 Ali 煩躁的心情暫時止住了一下。Ali 黝黑的臉頰其實是長期在烈陽下工作的代價，黑色素經年累月地加增，讓 Ali 的外貌看起來老了許多。哪個女生不渴望擁有白皙的臉蛋，只是 Ali 勤於工作賺錢，任何苦差事都無法抵擋 Ali 努力持家的堅定意志。黝黑的臉龐，反倒有一種令人欽佩的毅力與成熟。

菸又在微風吹拂中不知不覺換了一根新的。長壽菸有一股濃濃的菸草味。聽人家說，抽長壽菸的人比較多是那種年邁的長者，或是做苦力的男生才會抽的。

Ali抽長壽菸，不單只是解解悶，或許也是一種與往生三年丈夫Dahu[4]的一種心靈對話吧！不管再怎麼堅強的女人，背後似乎還是要有一個可以依偎的強壯肩膀依靠。雖然這樣的話聽起來有點貶低女人的意思，不過每當Ali抽起黃色長壽菸時，不爭氣的眼淚總會潸然落下。眼淚好像是一種堅強的防備，經過一次次的淚水洗滌後，Ali更能清楚地看見眼前生活的現實面。

雖然Ali和Dahu從小生長在同個部落，不過彼此沒留下什麼印象。Ali國中畢業後就跑去臺北當臨時工，據部落的人說，當時只要在臺北安分守己地做一年板模工，就足以買一棟洋房了。在當時，這樣的淘金神話，深深地被部落族人所信仰著。Ali經歷過這樣一個經濟起飛與發達的歷史榮景。在臺北辛苦的日子裡，思鄉之情從未減淡過，Ali想回家的念頭就像是一棟棟築起的高樓大廈般堅固。國中畢業的Dahu，因為必須擔責養家餬口的經濟壓力，不得不遠走異鄉來到臺北謀生。命運之手就此將Ali與Dahu的生命環扣起來。

4　Dahu：布農族男性名字。

在臺北打拚的日子裡，Ali 最喜歡拉著 Dahu 一起跑去淡水河唱歌。Dahu 常常改編歌詞取悅 Ali，在 Ali 心中，Dahu 是臺北生活時最重要的心靈寄託，說白一點，Ali 早已把 Dahu 當作結婚對象。聽村長說，Ali 好像是因為先懷了 Laung 之後才結婚的，雖然這種閒話聽聽就算，不過還好 Ali 和 Dahu 結婚之後，Dahu 並沒有辜負 Ali，夫妻的感情反而加溫呢！只不過好景不常，三年前的一場工地意外，Dahu 撒手人寰，就此天人永隔。抽長壽菸或許是 Ali 給 Dahu 的一種暗示，一種極度思念的思緒。

Ali 看了一下電視上方的時鐘，中午十二點三十七分，她熄掉了菸頭，無意間看到了屋簷下一包裝成袋的玉米飼料，她心想，可能是婆婆 Husas[5] 上山前忘記要帶走。

Husas 是部落公認為最勤儉持家的女人，她鮮少出現在眾人眼前，個性低調的她，常常成為部落談論的對象。Husas 喜歡三不五時就往山上的工寮報到，工寮內除了放些簡單的日常用品，她也在工寮旁養了一堆家禽，雞啊，鴨啊。聽部落的人說，Husas 的工寮好像是日據時期的警察局，而因為工寮的位置剛好可以完全俯瞰整個部落（雖然部落的揣測也有一點可信度），不過對於 Husas 而言，那個工寮就只是每天生活的重心而已，根本就不是什麼警察局。

Husas 除了每天來工寮報到，工寮旁 Husas 丈夫 Lian[6] 的墳墓也被打掃得乾乾淨淨，哪怕墳墓多長了一根嫩芽，Husas 都可以輕易找出嫩芽的位置，並將它拔除。Lian 死於一場重病，只是 Husas 始終不了解 Lian 是如何走的，只記得 Lian 走的時候，肚子像是吹了汽球般地離奇腫脹。當時年紀小還不知情的 Laung，還用手拍了一下 Lian 的肚子，頑皮的代價當然是被 Ali 狠狠地送上一記響亮的巴掌。

Husas 過著愜意的生活步調，每日清晨約四、五點，Husas 起得比工寮的雞鴨還早，她輕緩的從廚房拿起了裝好的廚餘，並將玉米裝袋，動作熟練得像極了練過輕功的俠女。這些簡單的食材用來應付那些雞鴨，已經算是高檔了。Husas 總會在 Ali 還未起床之前，安安靜靜地離開，並將大門扣上，一個人迎著日出的方向前行。Husas 一個人孤零零地往工寮路上走的畫面，看起來像極了 Laung 房間裡的一張舊照片。那張照片裡面有一個背對鏡頭往群山裡頭方向行走的女人，或許真的就是 Husas 吧！

---

5 Husas：布農族女性名字。

6 Lian：布農族男性名字。

不尋常的媽媽

Ali 在即將抽完第四根菸時，Laung 裸露著上半身，頭髮溼溼的，打著赤腳往家裡的方位走過來。Laung 應該沒有料想到，此刻，媽媽正在門口抽菸吧！全身上下充滿野性的 Laung，是 Ali 唯一的孩子。Dahu 離開時，Laung 只有七歲。父親的離開無疑是對年幼的 Laung 產生一種無法言喻的生命傷痕。人們常說時間是最好的治療師，不過誰又忍心年幼無知的孩子，從小就失去了父親厚實臂膀的溫暖擁護。Ali 靜靜地看著從遠處走來的 Laung，不免又掉下不捨的眼淚。Laung 愈長愈大，五官則是愈來愈像他的父親 Dahu。

Laung 一望見坐在門口抽菸的母親，一時心急，心臟撲通撲通地跳躍著，深怕母親撞見自己現在狼狽不堪的模樣，更害怕讓母親知道自己偷偷跑去溪邊玩水的事情。種種的胡思亂想與揣測顯露在 Laung 黝黑的小臉上。Ali 早已看見了 Laung 不安忐忑的神情，Laung 現在的心情就像是等待被審判罪行的囚犯一樣。

Ali 起身，迅速地將眼淚拭去，她開啟了大嗓門對 Laung 說：「不要躲了，趕快回家吃飯。」

Laung 或許是一時無法意會過來（Laung 過去的經驗是，在雙腳還未踏入家玄關前，早已聽到媽媽如雷貫耳的吼叫聲），Laung 感到有些疑惑，但心中更慶幸這次沒有被媽媽毒罵一番。他賊頭賊腦的經過了媽媽身邊，往廚房走去。

Ali 對滿臉罪意的 Laung 說：「麵在廚房，你自己吃，吃完記得把身體擦乾淨。」

Laung 竊笑著回答一聲：「好！」

Laung 悄悄地回頭往門口看去，Ali 壯碩的背影卻讓 Laung 覺得媽媽是不是有心事。不過 Laung 捱不過肚子飢餓的呼救，等到一把麵裝好，便唏哩呼嚕地將麵送進食道裡。

Laung 吃了幾口之後，又不安心地再次偷偷往門口看去，Ali 依舊坐在門口抽著菸，煙朵環繞在媽媽的肩膀久久未散去。而此刻，媽媽的眼睛似乎被屋外的某種力量吸引著，專注的背影一動也不動。這樣的畫面看起來，讓 Laung 覺得很不尋常，不過也說不出是什麼感覺，只覺得媽媽的心情很沉重。沉重得就像是烏雲密布的夏季午後天空，隨時都有可能下起一場大雷雨來。

午後的微風像是沾過酒一樣，聞多了會讓人昏昏欲睡。Laung 因為去河邊玩水體力殆盡，吃完麵之後，就像是小綿羊般安靜地躺在客廳的沙發上一股腦地睡著了。而剛剛在門口抽菸的 Ali 不見了，屋內剩下的只是一陣陣從屋外送過來的涼風。此時午後的部落景象，像極了睡得正香甜的 Laung 一樣。

消失的疑雲

下午五點二十七分左右，Husas 從山上回來。她背著裝滿豐富寶物的竹簍，每次從工寮下來，她總會帶點東西下來，可能是雞鴨、水果或自己種的青菜等等。Laung 總是第一個搶奪這些戰利品的小鬼，不過因為 Husas 很疼愛 Laung，所以每次看到 Laung 欣喜若狂地吃著這些食物，Husas 總是會心一笑。

Husas 一如往常地在傍晚之前回到了部落，原以為 Ali 已經開始在廚房張羅晚餐，不過此時，卻沒有聽到從廚房傳來豪邁的炒菜聲，毫無動靜的廚房，彷佛失去了女主人的指揮與忙碌的身影。柴房用來煮洗澡水的煙囪也沒有裊裊白煙。Husas 猜想，可能今天 Ali 的工地比較慢下班，所以無法趕回來。Husas 將簍子放到倉庫後走向客廳，Laung 卻以醜陋的睡姿歡迎阿嬤的歸來。

這個小鬼應該是今天玩得太瘋狂了，以致於到現在都還睡得不省人事。Husas 用力搖晃著 Laung。Laung 被一陣一陣的搖動之後給弄醒了，他用右手揉了眼睛，眼前看見了阿嬤，就焦急地對阿嬤說：「阿嬤，媽媽去哪裡了？」

或許是因為很小就失去父親的緣故，所以 Laung 很習慣一睜開眼睛就要看到媽媽。

阿嬤用簡單的中文回應了他：「我沒有看到你的媽媽呢！」

Laung 起身，用手搔了搔身體，往屋外看去，畫面已是火紅的晚霞照耀著庭院的美麗景色。他才意會到，原來他已經熟睡了將近三個小時之久。這說起來還真的有點不可思議，因為 Laung 是個很不喜歡睡覺的傢伙，恐怕在夢裡，Laung 依舊是個一刻不得閒的過動兒。Laung 往廚房走去想要看看冰箱有什麼好東西可以吃，心中卻閃過一個念頭，媽媽是不是跑去跟部落的好姐妹聊天去了。

接近晚餐時間，部落的每個角落都瀰漫著令人垂涎三尺的佳餚香味。有紅燒吳郭魚、番茄炒蛋、滷豬肉等菜色。六點三十五分，客廳裡 Laung 死守著電視機不放，因為現在的時段是他最愛的卡通節目。Laung 雖然很享受一個人擁有電視機的主控權，不過他更希望身旁可以有兄弟姊妹一起陪他看電視。和兄弟姊妹一起看電視聊天的畫面，一直是 Laung 心中小小的心願。Laung 最喜歡日本卡通，劇情不但都瞭若指掌，就連卡通的片頭歌曲，都能倒背如流。當 Laung 看得正起勁時，廚房飄送陣陣的香味，Laung 興奮地跳起來往廚房飛奔過去，當然不是因為肚子太餓的原因，而是他以為讓他等待已久的媽媽終於回來了。Laung 用跑帶飛的速度奔去廚房，但看見的卻是阿嬤一個人辛苦翻動炒菜鍋的畫面，阿嬤並不知道 Laung 此刻失望的神情，她只希望 Laung 不會餓太久。Laung 失落的心情像是洩了氣的皮球，落寞的神情在夕陽照射下更顯稚嫩。他嘟著小嘴想著，媽媽到底在哪裡？

Laung 用大碗裝滿了很多食物之後，迅速的奔回到客廳的沙發上盤坐著，並狼吞虎嚥的將碗內的食物一掃而空。阿嬤的菜色很簡單，有南瓜湯、絲瓜炒肉絲、番茄炒蛋。Laung 現在的心情應該是很複雜的，雖然節目正播放著他最愛的卡通；雖然他嘴裡大口吃著晚餐，不過現在媽媽到底在哪裡，才是 Laung 現在最想知道的事情。

阿嬤吃飽了之後，回到了她狹窄且毫無裝潢設計可言的寢室，說得更直接一點，其實只有一條鋪在地板上的床墊而已，牆壁上則是掛著一張 Lian 的遺照。床墊兩側的雜物，似乎可以拿去丟棄，Husas 卻捨不得丟。一股揮散不去的濃濃老人味充斥著整個寢室。克寧奶粉的鐵罐裡，除了裝了幾顆零食之外，另外還有一些十元、五元的硬幣。有時 Laung 嘴饞想要吃零食，都會趁著阿嬤去山上的這段空白時間，拿著一、兩個錢幣往家裡附近的雜貨店報到。有時媽媽出外工作幾天，Laung 就會自動跑去阿嬤的房間跟阿嬤一起擠。不過 Laung 總愛嫌阿嬤房間不乾淨的氣味，但一旦睡著了，卻睡得像一隻小豬一樣。

Husas 喜歡隨手整理床墊旁的雜物，興致來時，會一個人唱起很古老的古調，Husas 的歌聲有一種很哀傷的氣息，有時低沉如鼓，有時又激昂如瀑布。Husas 總愛喃喃自語說起日本話，或對著 Lian 的遺照說話。Laung 偶爾會被這種畫面嚇到，因為他不了解阿嬤為何要自言自語，難不成阿嬤快要變成神經病了！八點四十五分，Husas 意會到時間已經愈來愈晚，卻還未見到 Ali 的出現，心中不免起了個小疙瘩。Laung 心不在焉看著電視，心中更擔憂媽媽的安危。不久後，Laung 關上電視，跑去阿嬤的房間嚷嚷要阿嬤陪。

Laung 深鎖眉頭對阿嬤說：「媽媽呢？為什麼還不回家？」

「不要緊張，再等一下下，媽媽就要回來了。」Husas 用慈祥的表情回應 Laung，想要試圖弭平 Laung 心中的害怕。

屋外幾隻黃狗吠了幾聲之後，Laung 想念媽媽的情緒愈來愈高漲，Husas 從窗戶往外看，皎潔的明月似乎無法消除心中的疑慮。「Ali 到底是在哪裡？」

夜晚八、九點的部落，已呈現疲累狀態，慵懶的晚風更加添了濃濃睡意，安靜的部落，除了偶爾傳來幾聲狗吠聲，就好像沒有什麼可以期待的事情了。Husas 幫已睡著的 Laung 蓋起了涼被，並將他手中的玩具取下。我想，今晚 Laung 的枕邊人應該是阿嬤而不是媽媽了。遲遲未回家的 Ali 無法讓 Husas 安心睡著。此刻安靜的夜晚與平常沒什麼兩樣，只是現在家中少了一位成員，總讓人有種不實在的感覺。

窗外傳來的狗吠聲似乎警惕著 Husas 不可以輕易睡著。Husas 僅留著客廳的小黃燈，自己在房間裡哼著一首年代久遠的古調。我想，現在還記得這首古調的人，應該寥寥無幾吧！那首古調好像在說：「一位母親因為很久沒有看到自己的小孩而暗自落淚。而過度傷心的母親，因為太難過就往生了。」這歌詞的意境似乎描述此刻 Husas 的心情。而 Husas 低沉的嗓音讓天上的月亮看起來更加明亮動人。

意外插曲

凌晨兩點五十二分，醫護人員忙進忙出的腳步聲，早已讓人忘了現在是深夜凌晨。

臉上掛滿疲憊與嚴肅的忙碌人群穿梭在溫度只有二十一度的醫院，慌亂與吵雜的氛圍充斥在一樓的急診室裡。滴滴答答的心跳測量儀器像極了電影驚悚片的配樂，午夜時分，每個醫護人員雪白毫無血色的面容，著實讓人不寒而慄。Ali 出現在急診室裡的救護室，兩位護士邁著大步伐將 Ali 推進救護室，她的右手被如豆大般的點滴針所折磨著，不過還好，沒有什麼明顯的外傷，呼吸系統一切正常。

Ali 的名字又再次出現在小說裡面。部落的理事長 Ibi[7] 一腳緊追著主治醫師的步伐，而 Ibi 的大兒子 Haisu[8]，則是慢慢地攙扶著神情憔悴的 Husas。主治醫師來到了 Ali 的病床旁，「誰是古美芳的家屬？」Ibi 舉起了他粗壯的右手說：「我是部落社區發展協會的理事長，名字叫黃孝國，山地名字是 Ibi。」醫生將雙眼掃到了 Husas，Ibi 趕緊說：「這個老太太是古美芳的婆婆，你可以叫她 Husas。」

7　Ibi：布農族男性名字。

8　Haisu：布農族男性名字。

醫生看了一下Husas，並點頭跟她示好。醫生一邊仔細地反覆查看Ali身體上的反應，一邊在病歷表上記錄Ali目前的身體狀況。Husas往前更貼近了Ali些，她仔細端詳地看了Ali一遍，雖然沒有什麼明顯外傷，精神狀況也沒什麼疑慮，只是Ali右手臂一個約十元硬幣大小的紫色瘀青，讓Husas心頭糾了一下。

醫生手拿著病歷表對著Ibi說：「古美芳小姐的身體狀況還算良好，身體沒有什麼外傷，只是她的瞳孔異常放大，感覺像是受到什麼驚嚇一樣，而身體一直呈現緊繃狀態，不過我們已經為她施打舒緩劑、營養針。我想請問你們，最後一次看到古美芳是什麼時候？」Ibi轉頭對著Husas用族語說：「妳最後一次看到Ali是什麼時候？」Husas顯露出緊張的神情，「我從山上下來回家就沒看到她了。」Husas說。Ibi為醫生簡述了Husas的話。

醫生再追問：「古美芳目前是在做什麼工作？最近有沒有什麼壓力？」Ibi把醫生的問題轉述成族語，再重複問起Husas。Husas搖著頭說：「她在馬路工作，心情很好啊！」Ibi聽完簡述之後，又疑惑地看了Husas一眼，Ibi不放心地再次用族語重複剛剛的問題。Husas就像是快要被問倒的小孩子一樣，Husas左思右想，最後還是一樣回答：「Ali都好好的！沒有什麼心情不好！」

醫生用手按住Ali的手腕來測試心跳，淺淺地微笑了一下。醫生本來要對著Husas說，請她放心，只是突然想到Husas不會聽中文。所以醫生轉向跟Ibi說，請Husas放心，Ali只是受到驚嚇而已，沒有什麼問題。醫生從容離開病床的背影，讓Husas相信了醫生所說的話，心中那塊大石頭，終於可以慢慢放下來了。

就在醫生離開之後，急診室裡傳來讓人不安以及沉重的腳步聲，聽起來起碼有七、八個人往Ali的病床走來。原來是一大群從部落飛奔下來的族人帶著滿臉驚慌失措的神情，來到醫院探視Ali。或許是這些族人過於激動的緣故，他們講起話、走起路來一點都不優雅。午夜的急診室就快要變成鎮上的菜市場。Ali的姐妹淘Mulas[9]一看到躺在病床的Ali，就毫不保留地大肆哭了起來。Mulas現在的哭聲恐怕已經吵到其他的病人了。Laung睡眼惺忪地看見躺在病床上的媽媽，敏捷地從Manan[10]叔叔的手臂上跳了下來，趕緊衝到媽媽的臉頰旁並用手大力地搖著媽媽。

---

9 Mulas：布農族女性名字。

10 Manan：布農族男性名字。

「媽媽，快起來啦！我是Laung。我們回家了好不好！」Husas用眼睛制止了Laung的動作，她把Laung拉到一旁，用簡易的中文對他說：「Laung不要這樣，媽媽今天有點感冒，所以在醫院休息，媽媽明天就會回家了。」Laung看著緊閉雙眼的媽媽，這可以算是Laung第一次看到媽媽如此脆弱的容貌了。現在的媽媽對於Laung而言，好像有著小小的距離。

凌晨三點三十二分，急診室病房裡傳來的不再只是令人膽怯的機器滴答滴答聲響，而是陣陣爽朗的笑聲。嚴格來說，這樣豪邁的笑聲是不允許出現在肅穆的急診室裡，我想是大夥折騰一段時間之後，心情已經舒緩很多了。蜷縮在Ali病床上的Laung，早已睡得不省人事。Husas若有所思地悄悄走到了樓梯間，坐在階梯上。

其實，醫院對於Husas來說，是一個不堪回首的回憶，她生命中最重要的兩個男人都在這家醫院往生的。而現在Ali躺臥在病床上的畫面，更讓她不由得感嘆了自己的遭遇。Husas暗自啜泣的聲音迴盪在冰冷的樓梯間，令誰聽了都會不忍。Husas萬萬沒想到，一向身體健朗的Ali竟會躺在醫院裡。據醫院的人說，Ali的身體被發現時，身體是緊縮成一團，表情猙獰。Ali側躺在距離溪谷一百公尺旁的山洞口。臉部受過驚嚇後而扭曲的五官，彷佛是目睹了一場不可告人的神祕事件。

Ali 家愁雲慘霧的氣氛像是攀爬在黑色屋瓦上的牽牛花蔓延開來，快盤據了黑色屋瓦。這幾天間間斷斷的驟雨，讓晾在屋簷下的衣服始終無法晒乾。溪水似乎有了暴漲的趨勢，部落小朋友放棄河邊，紛紛跑去國小後面的樹林裡，蓋起屬於自己的祕密基地。

Ali 躺在客廳裡的床墊已有兩天之久，幾位非常關心 Ali 狀況的族人，總會找時間輪流探望 Ali。從遠處探望 Ali 的面容，的確清瘦許多，也許是目前只能喝流質食物的關係吧！Husas 有將近三天的時間沒有去工寮餵雞鴨了，不過，她最近只能留守在 Ali 的身邊照顧，哪兒都不能去。

女巫的預言

Savi[11] 是 Husas 在部落裡的好朋友，Savi 是名女巫，聽部落的人說，Savi 始終都沒有結婚。

11 Savi：布農族女性名字。

午間，氣象局已經透過新聞來傳達輕度颱風吉瓦絲即將登陸的消息，看來上帝並沒有垂聽 Ali 心中的禱告，Ali 辛苦栽種的玉米田即將要遭殃了。午餐後，Husas 決定走一趟 Savi 的住處。雖然 Husas 也算是虔誠的基督徒，不過遇到這種怪事，或許聽聽巫師的說法可以得到一點解釋。

中午一點三十七分，Husas 來到了 Savi 家。坐在木椅上抽著菸草的 Savi 一看到 Husas 的身影出現，便用一副猜中答案的得意表情開口說：「妳終於來找我了。」

當 Husas 準備開始說明來意時，Savi 又立刻補了一句：「妳不要太擔心 Ali，只要把她帶到溪邊的山洞口，她自然會清醒過來。」

Husas 疑惑地說：「為什麼？那個洞口怎麼了嗎？」

Savi 又吸了一口菸，在皺紋滿布的臉上擠出一絲笑容：「Ali 在那個洞口出事的，快把 Ali 叫醒，不然，她將會死去。若 Ali 醒來了，就代表我們會死去。」

Husas 一聽到 Savi 的話，臉部快速糾結成一塊。

「我們？」Husas 不清楚 Savi 指的「我們」是指誰。

Savi 接著說：「Ali 看到了不該看的東西，所以才會嚇到昏厥過去。她手上的紫色瘀青是一個記號，一個令我很不安的記號，就好像我每天夢見的那個災難。」

Savi 折斷了菸草，嘆了長長的一口氣。

Savi 在轉身前往客廳之際，Husas 叫住了她：「Savi 妳是不是有什麼祕密沒有說？還是妳預知了一些事情？」

Savi 止住了腳步，將頭緩緩地稍微轉了過來，「這個部落不是我們祖靈應許之地，它終究會被惡靈奪去。妳趕快把 Ali 帶去山洞口吧！以後，妳再也看不到我了。」

Husas 渾然不知道 Savi 的話中話。

下午的天氣因為颱風外流雲層的因素，再度下起絲絲細雨。大雨籠罩的部落，突然有一種揮也揮不去的詭譎氣氛。五點四十二分，昏暗的洞口旁，Ibi 正手忙腳亂地將 Ali 搬到這裡，Husas 步履蹣跚地走到了洞口旁，簡易地搭起了竹寮，方便待會可以躲雨。洞口的高度約兩公尺高，洞口約深三公尺，距離溪水有一百公尺遠。老實說，這個洞口怎麼看都不甚起眼。部落的老人總愛嚇唬那些頑皮搗蛋的小孩，如果不乖，就要把他們送來這裡做為懲罰。Husas 帶了幾根蠟燭與棉被。Laung 則是在前一天被送到在高雄工作的舅舅家照顧。Ali 的眼角稍稍動了一下，感覺像是有試圖掙扎一番。

Ibi 把 Ali 放在床墊上之後，語氣帶點急促地問了 Husas：「為什麼要來這裡？這個洞口是以前死去的族人安魂的地方！」

Husas 回應 Ibi：「是 Savi 要我這麼做的！這是 Ali 出事的地方，Ali 看到了不該看的東西，有災難即將發生，所以 Savi 要我把 Ali 放到這裡。」

Ibi 以一種嗤之以鼻的語調回應 Husas：「妳幹麼聽她的話！Savi 是因為她們家族以前得不到部落的土地所以懷恨在心。她說的話，部落的人根本不信，她在耍妳！」

Husas 皺起眉頭一臉正經地跟 Ibi 說：「不要這樣講她！我會帶 Ali 來，也是因為自己的緣故，我只是想救醒 Ali 而已。不過，謝謝你來幫我。」

Ibi 看得出 Husas 認真的神情，也識相地停止了剛剛的談話。

Ibi 離開後，洞口剩下的只是兩個人微弱的喘息聲，還有洞裡傳來悠悠遠遠的微弱水滴聲。雨似乎沒有要停止的意思。Ali 依舊闔著雙眼，身體也沒有之前那麼緊繃了。

Husas 點起了蠟燭，微光燭火閃爍在溼冷的溪谷裡。Husas 想起了小時候，媽媽跟她說的故事，雖然故事是片片段段的努力拼湊著，不過媽媽慈祥的笑臉，Husas 可一點都沒有忘記。Husas 唱著歌，涓涓細流的溪水聲成為她的配樂。Ali 的身體又更柔軟了不少。

預言即將揭開

在深夜裡，哪怕是微薄的細微聲音都可以想像成各種的聲音。動物的喘息聲像極了躲在房間裡窸窸窣窣的小孩說話聲·，風吹過樹葉的沙沙沙聲音，就像是人行走在馬路上的聲音，若想多了，也只會讓人莫名起雞皮疙瘩。今晚，Husas 睡得不太安穩，不是因為天氣溼冷，而是因為她彷彿從洞裡隱隱約約聽到一群人滔滔不絕的說話聲。起先 Husas 誤以為是雨滴聲，但過了數分鐘後，Husas 愈來愈能確定聲音是人的講話聲，是從舌頭發出來的聲音，Husas 更無法安然入眠。

「半夜裡到底是誰在說話？」Husas 好想立刻起身一探究竟。

當說話聲愈來愈清楚也愈來愈靠近 Husas，Husas 決定不再沉默。而在 Husas 已做好心理準備決定要睜開雙眼的前一秒，「啊～～」的一聲尖叫，打破了溪谷裡的詭異氣氛，彷彿此時，雨、溪流、時間都暫時停止住了。尖叫聲就像是半夜山谷裡傳來的打獵槍響聲，如此清楚而震撼。Husas 被如此猛烈的尖叫聲給震懾到了。

「是 Ali 的尖叫聲，沒有錯！這是 Ali 的尖叫聲。」Husas 可以這麼確定。

Husas 警覺性地把目光投射到 Ali 身上。

Ali就像是還原到那天下午出事時的驚悚模樣。Ali如牛眼般大的眼睛像是快要蹦出來，臉部猙獰的表情讓人看了膽顫心驚。Husas拿出身體僅有的力氣緊緊抓住Ali的雙臂，吼叫地對著Ali說：「妳看到了什麼？妳到底怎麼了？」

Ali眼睛無神地直視前方，身體毫無控制力地狂亂發抖，讓人以為有東西附著在她身上，Ali顫抖的身體如同脫韁的野馬，Husas無法立刻制服。接著，Ali聲嘶力竭地大喊著：「Cina[12]，她們來了，很多人，非常多人。」

Husas被Ali的話給嚇傻了，「在哪裡？她們在哪裡？」

Husas殊不知道，在她的頭頂上方已經布滿數以萬計的鬼魅幽魂飛舞著。Husas往頭上一看，「啊！」的一聲，就快要被這樣的畫面打擊而昏厥過去了，Husas扭曲糾結成一塊的臉部表情，嘴巴張著大大的模樣，彷彿無法張開口放聲大叫。Ali因為無法承受如此強烈的打擊，終於放聲大哭，這種哭聲彷彿具有毀滅性般。現在，Husas的精神處於隨時可能崩潰的臨界點，那些鬼魂纏繞飛舞的視覺畫面，足以讓人魂飛魄散。

不過，在驚嚇中Husas依稀看見一個模糊不清的熟識面孔，像極了以前在舊部落一起生活的部落長者。Husas試著發出受過驚嚇後的殘弱聲音，用顫抖的手指著那個熟悉的臉孔，「Tama[13] Iman[14]！你是Tama Iman對不對？」這些盤旋在Husas上方的鬼魂一聽到 Husas 的聲音，就如同聽到咒語般，全都靜止不動！Tama Iman 的眼神凝望著 Husas，用一種極度沙啞的嘶吼聲對著 Husas 說：「快離開這個部落，妳們快去山上的工寮，因為災難即將發生。」說完後，「唆」的一聲，那群鬼魅瞬間消失在天際裡，彷彿剛剛什麼事情都沒發生過。

天空響起了震耳欲聾的轟隆隆雷聲，Husas 鎮定住自己的情緒努力去回憶，忽然想到這個塵封已久的故事——「Tama Iman 全家死於一場土石流的恐怖記憶」。Husas 與 Ali 對 Tama Iman 的一席話感到空前的害怕與無助。雨愈下愈大，滂沱大雨就要擊垮了 Husas 做的竹寮。Husas 與 Ali 還無法整理好自己的思緒，就起身趕往部落。我想現在，再大的雨都無法阻擋她們想要救人的決心。

雨大到就快要讓她們認不出回家的路。Ali 示意要背著 Husas 先找到村長，把這個緊急消息告訴他，並告訴族人趕快逃離。

---

12 Cina：布農族語媽媽的意思，也是對與媽媽同輩女性的尊稱。

13 Tama：布農族語爸爸的意思，也是對與爸爸同輩男性的尊稱。

14 Iman：布農族男性名字。

部落的浩劫

此刻，雨和淚似乎無法分辨出來。Ali 踩著被石子劃破的雙足，卯足全力地背著 Husas 趕往村長家，被大雨襲擊的部落，完全沒有意料到即將遭受巨變的命運。家家戶戶緊閉著大門，彷彿死神搶先一步將他們的命奪去。好在村長家的客廳亮起微弱黃燈，讓她們像是看到光芒似地喜出望外。Ali 放下 Husas 後，兩人凶猛地敲打著大門，齊力呼喊著：「Sin[15] 趕快開門，不好的事情要發生了。」

或許是雨勢過大，屋內的人似乎沒有聽到屋外迫切的呼求與吶喊。Ali 與 Husas 不放棄地繼續敲打著門，依舊深鎖的大門，死神似乎早已贏了這場比賽。這迫在眉睫的災難即將降臨部落，部落彷彿平平靜靜地守候著死亡的到來與審判。

Ali 與 Husas 最後放棄了村長家，她們決定隨便敲打別人家的大門，救一個算一個。Ali 與 Husas 像是發了瘋似地找尋可以救人的機會，而 Ali 的手掌不幸被門板上的木屑刺傷，血流如注。原以為最後可以挽回幾條人的性命，不過愈到最後，機會愈渺茫。部落像是喝了毒藥般沉沉地睡去。

轟隆轟隆，咚隆咚隆的聲響，如此可怕的聲音彷彿此刻是世界末日般。

「是從山頭發出的恐怖巨響。」Ali 和 Husas 幾乎就要站不住腳，她們從未聽過如此懼怕的巨響，可怕的巨響似乎離她們愈來愈近，彷彿下一秒就要吞沒她們倆。轟隆隆的聲音似乎是在警告兩人逃命前的最後警訊。最後，在慌亂與絕望之中，她們選擇往工寮的方向跑。Ali 健朗的身體被大雨浸溼一段時間之後，已筋疲力竭。但為了逃命，她還是費盡九牛二虎之力背起 Husas，踩著泥濘的水泥路，一路往工寮奔去。每往前踏一步都顯得十分沉重，十分殘忍。當她們通過部落最後一個住屋，Husas 忽然看見站在庭院的 Savi 淋著冰冷大雨，極力揮手示意 Husas 趕快離開。此時，Husas 才知道，當時 Savi 說的「我們」指的原來是誰。

已是涕淚交垂的 Husas，心早已澈底崩潰瓦解，她們腳步愈走愈遠，部落看起來也愈來愈小、愈來愈模糊。Husas 知道，這一去就不會回來了。

轟隆轟隆，咚隆咚隆的滾動聲，彷彿是她對部落最後也最殘酷的記憶。

---

15 Sin：布農族男性名字。

似夢非夢，醒

七月廿九日華視晚間新聞快訊：「五天前慘遭土石流掩埋的日風櫻部落，救難小組在部落附近的工寮處，發現兩名生還者。救難小組已派遣三名醫護人員前往急救。據救難總指揮表示，這次的土石流災難，已造成九十二名村民喪生。家屋全毀，聯絡外界的道路完全中斷。」

糊塗的 Laung 不小心把電視音量扭轉到最大，咚咚咚地快要把音響震壞了。Ali 被電視裡新聞主播聲音給弄醒了，頭痛欲裂的她開啟大嗓門對著 Laung 說：「把電視關小聲一點」。

Ali 因為中午參加部落的婚宴，幾杯黃湯下肚後，就睡得一塌糊塗。傍晚六點五十五分，美麗的火紅夕陽，正照耀著庭院，煞是浪漫。而 Ali 右手臂上約十元硬幣大的紫色瘀青，似乎有消退的樣子。

程廷

〈大腿山〉（二〇二三）

Apyang Imiq，一九八三年生，成長於花蓮縣萬榮鄉支亞干部落（Ciyakang），太魯閣族。國立政治大學民族學系、國立臺灣大學建築與城鄉研究所畢業，現任社區發展協會理事、部落簡易自來水委員會總幹事、部落會議幹部、部落旅遊體驗公司董事長。散文集《我長在打開的樹洞》收錄他自研究所畢業後，回返家鄉學習文化的生活片段，內容除了描寫自己如何經由身體實踐來學習太魯閣族文化，也涉及個人性別認同與傳統文化間的磨合。

曾獲多屆臺灣原住民族文學獎散文獎、二〇二〇年臺灣文學獎原住民族漢語散文獎、國藝會創作補助等。二〇二一年出版散文集《我長在打開的樹洞》，並獲臺灣文學獎蓓蕾獎、OPEN BOOK好書獎年度中文創作。

大腿山

火車到站，Kimi 抬頭看一下遠方那片裸露白色岩石的山，哇，更白了、更大片了。還是小女孩的她曾用食指對著那片山，在空氣中使勁揮舞，像畫圖一樣，在蓊鬱的綠色底圖紙上，抹上一層層乾淨的白色，巨大的大腿山被塗上厚厚的藥膏。

大腿山，哈哈，她心裡笑了一下，其實沒有人這樣稱呼那座山，只是 payi [1] 曾經告訴她，用那長滿皺紋的手，指著 Kimi 瘦小還沒發育的大腿：「btriq，btriq ka nii，大腿，這裡叫做大腿。」payi 再把手指向後方那座山。「btriq，btriq ka nii uri，山，這裡也叫山。」

山有很多名字，dgiyaq、daya、yama……都是山：一整片山、分不出形狀的山、日本人說的山；btriq 指的是三角形的山，從頂端往下，從高處往低處，山的形狀從尖變鈍，從細變寬，寬得必須用手張開來擁抱的地方，就叫做 btriq。

她慢慢走出車站，兀自站在門口發呆，享受風涼涼地吹，她用紅色絲帶把頭髮盤起來，露出漂亮的脖子，風吹在髮絲上一陣癢癢的感覺。哥哥明明說好會來接她，火車只是誤點七分鐘，他走了嗎？還是沒來？

Kimi耐不住性子，看著頭頂的大太陽，盤算著走回部落差不多半小時，也還好吧，總比臺北木柵市場前那條小巷子，走五分鐘都令人覺得難堪，覺得厭惡。

離開部落的時候十五歲，就在這木造斜屋頂的車站前方，payi握著她的手，眼淚在眼眶打轉，一句話都說不出來，好像魚刺卡在喉嚨，如果手上有刀子，她想用力劃開來，把魚刺取出來，讓payi把話說清楚講明白。她逃避payi的眼神，遠望那座大腿山，白色的土石流，白色的瀑布，砂石車還在搬石頭嗎？記憶裡龐大的卡車經過家門前，連水溝裡的紅線蟲都會躲起來，payi養的黑嘴狗依偎在路邊吠叫，揚起的灰塵像瘟疫一樣籠罩整條筆直道路。

火車站前有一條小小的商業街，步行不到五分鐘，無數家山產店：阿美、添丁、青葉、縱谷傳香……餐廳裡的野味來自部落，菜單上標準的國字，山羌是pala、山羊是mirit、山豬是bowyak，山蘇是sruhing……只要用「山」字開頭，味道自帶新鮮又充滿野性，吸引許多teywan[2]前來。

---

1 payi：太魯閣語，女性耆老之意，這邊指的是祖母。

2 Teywan：太魯閣語，漢人的統稱。

payi 曾說 Kimi 像山羊，一雙腿細細長長，又愛爬上爬下，專挑難的高牆走，她卻不希望自己是山羊，至少是一條魚，順著水流往大海。

筆直商店街聚集很多 Teywan，穿越過去就是 Ngayngay[3] 的住家，接著是蔓延山上和山下的 Ipaw[4]。

每一種人有自己的邊界：Ngayngay 居住在山邊及外側的田區，跟族人一樣務農為生，他們跟著日本人進來，等日本人走了以後住進他們留下的菸樓和積木房子。他們田裡豐沛的水源引自部落南邊的 Yayung Qicing[5]——陽光照不到的溪，Kimi 和那群野孩子戲水玩樂的地方。國家幫他們搭建整齊又方便的渠道，清澈的水蔓延數公里，永遠不間斷，水田錯落，綠油油好幾片。Yayung Qicing 的水經過部落卻無法灌溉自己的農田，地比水高，看得到水卻吃不到水，旱田水田，我們和 Ngayngay 最大的區別。

Teywan[6] 住在省道兩側和車站的商業區，診所、雜貨店、五金行、木材行、西服店和眾多的山產店都是他們經營，初始全因大腿山後方的伐木事業聚集而來，伐木鐵軌沿車站往部落的山上爬行，日本人走了以後，鐵軌被族人拆掉賣給 Teywan，取而代之一條蔓延六十公里的林道。

林道迂迴穿越大腿山，是檜木扁柏的運輸道，也是野狼一二五奔馳的山產之路。山羌、水鹿、山豬、猴子、竹雞……獵人們一包一包送給車站旁的山產店，變為一道道桌上的美食。

伐木停滯後，一群Ipaw因採礦及修築臺九線，跟著軍隊一同進駐，他們的房子沿鐵路闢建，每一間都是方形洞穴，門窗小小，像田裡的工寮。Ipaw的足跡遍布平地和山區，甚至在大腿山的登山口，設下管制站，儼然一座小部落，餐廳、卡拉OK、檳榔攤、雜貨店，他們緊握山上，帶來一臺臺卡車走過的粉塵和噪音。

從前，payi常帶著她去大腿山底下的輔導會賣菜，一群難看的Ipaw聚集的地方，他們普遍有些年紀，手臂上刻有殺朱拔毛或是鯊魚刺青，其中一個斷了小拇指，舌頭卻像多一條，兩條舌頭的老黃，負責開路及挖礦工人的食物，收購支亞干新鮮的蔬菜和山產。他總是咬文嚼字說難懂的話，國小教室上國語課，有幾句寫在黑板上的成語，就從

---

3 Ngayngay：太魯閣語，「客家人」之意。

4 Ipaw：太魯閣語稱外省人為Ipaw，為華語「義胞」之諧音。

5 Yayung Qicing：太魯閣語，清水溪。

6 Teywan：這裡專指閩南人。

老黃嘴巴吐出：妖言惑眾、事半功倍、一無是處……字句抑揚頓挫，他張嘴：「黃花閨女要不要當我太太！」

黃花閨女要不要當我太太，多像老孫也會說的話。

Kimi 的丈夫老孫，「老」到配得起這個字，老黃是他的軍隊同袍，在部落炸山挖石頭，他則在臺北木柵教書教哲學，白紙上寫一堆 Kimi 看了也不會懂的字。「你懂馬克思嗎？沒關係，反正不用懂，你不是大學生，也不會當教授。」老孫盯著她讀出白紙上的教學筆記，「長得標緻漂亮就好，會燒菜就好，這樣很好。」手溫柔地撫摸 Kimi 的屁股，她骨盆下意識地往另一個方向挪動，到底有多好，到底什麼時候身體才能適應。

每一個在床上的夜晚，Kimi 的思緒像闖入兒時的田間遊戲，他們在田裡抓青蛙，腳印踏在混濁的泥地，追逐跳躍的雙腳，青蛙後腿張最開，向前逃竄，他們雙手等在稻根，青蛙撞上之前，一個一個放進塑膠袋。

內臟不用清，水滾了放進去，哥哥袋子一倒，Kimi 鍋蓋立刻闔上，青蛙在熱水裡跳舞，青蛙不會叫，Kimi 也不會叫，在床上發不出聲音。

「叫啊，老婆，幹，老婆叫啊，我屌很大吧，夠緊的，啊……叫啊！」老孫幾乎像搖著尾巴的狗，哀求她施捨一個聲音，一個 key。Kimi 不是沒嘗試，但聲音到了喉嚨就蒸發，像青蛙一樣，身體的溫度高速攀升，也許會死掉，老孫的屌像一根粗壯又厚實的杵，但無論怎麼使勁地搗，Kimi 這個臼就是撞擊不出聲音，打不出黏膩可口的年糕。

第一次和老孫見面正是在大腿山，Kimi 和 payi 騎著機車去賣菜，箱子裡裝滿田裡的地瓜、青江菜、大白菜、龍鬚菜……還有老黃指定要的山羌肉，生鮮最好，流滿塑膠袋裡血肉模糊，鈔票就再多一張。payi 要她乖乖坐在機車上等，不准跳下來，不准進屋子，更不能跟這裡的人說話，Kimi 點點頭。payi 解開綁在機車後面的蔬菜箱，箱子抬到肩膀上，走進輔導會旁邊的餐廳。

老孫遠遠地從河邊走來，影子被太陽晒得拖到溪流一般長，湊近時，連同他布滿皺紋的雙手，隨流水碰觸 Kimi 的肩膀，「小妹妹幾歲了？」她趕緊從機車上跳開，眼睛隨著頭上的流籠線頭滑到對面大腿山，停留在光滑觸目的採石場，她的雙腳站立在河邊，夏季沒有颱風的水平平靜靜，風吹在她赤裸的雙腳感到一陣黏膩。老孫跟著她的腳步來到眼前，「要吃牛奶糖嗎？」他從口袋抓出一把糖果，方方正正地擺置於手掌，黑板上的加減乘除。

Kimi 緊張地拿一顆，拆開包裝紙，把糖果塞進嘴巴裡細細咀嚼，聲音小到只剩水中石頭撞擊的聲音。老孫從頭到尾盯著她，從腳趾到頭頂，再回到上下左右搖晃的雙脣，「小妹妹真的很漂亮啊，眼睛那麼大，幾歲了啊？有十六歲了沒？」老孫在太陽底又問了一次。

下午四點，夏天的太陽依舊炎熱，Kimi 走過熟悉的街道，龍眼粒粒分明，樹木和農田有垂直水平的隱形線，按照位置謹慎布置。離開漢人社區，轉進通往部落的小徑，眼前景象驟變，盡是高低錯落的樹冠和雜草：茄冬樹、樟木、梧桐，葉片亂七八糟卻又自由自在，偶有母雞帶小雞在一旁啄蟲吃。

馬路前方冒起海市蜃樓，實在太熱了。摩托車的撕扯聲從後面傳來，她回頭看，遠方一個年輕男生打著赤膊，嘴裡叼著菸，微長的捲髮在空氣中糾結，害羞的她低下頭，看雙腳的影子在冒煙的柏油路交換前進。

機車停在她身邊，「要不要載妳？」Kimi 眼睛看著他，熟悉的臉孔長得好精緻，五官挺立，眼睛深邃，脣上和下巴伏貼稀疏的鬍鬚，講起話顯得輕浮卻又自然率性。

「上來啦，還有一段路呢，妳會走到蒸發喔，太陽會吃掉妳，我載妳啦。」他暴筋的前手臂駕著摩托車，厚實的肩膀像 btriq，胸肌寬大兩片，小腹微微凸起。Kimi 對這樣的模樣感到熟悉，不是做農就是綁鋼筋，像哥哥，也像部落其他男人。

她還在猶豫不敢動，「上來啦，多難啊，又不會抓妳去賣！」男人右手拉著她往車後甩，機車再次啟動，Kimi 的臉燙得像排氣管。

「你是怎樣，認不出我囉？Ayung 啊，才去臺北幾年，眼睛就壞掉囉，我是 Ayung 啊。」他一邊說話一邊回頭，鬍渣卡在肩膀，左手抓肚子，右手按住機車龍頭。

「原來是你，我認不出來了啦！」Kimi 腦海裡翻出那一個個赤裸地橫條肋骨，從前還那麼乾扁，現在 Ayung 全身像長齊的樹豆，一顆顆斗大又有活力，滿是青春氣息。

「怎麼那麼久沒有回來，妳回來幹麼？不是結婚了？老公沒有一起喔？」Ayung 的問題是一陣陣迎面而來的風，有些可以停留，有些寧願撇過頭散去。

「你話好多！」Kimi 乾笑，「我 payi 生病，才會回來啊！」她的雙手擠在 Ayung 寬大的後背，保留空隙讓風繼續吹。

「哇，那時候才國中畢業，現在變得那麼漂亮，又會打扮，去臺北果然不一樣……還有香味，擦香水吼，太漂亮小心被吃掉喔。」Kimi 聽著輕浮的話，心裡反倒覺得舒服。

「你呢？結婚了沒？」Kimi 問。

「結婚喔，算了吧，那麼麻煩，都是錢錢錢，交女朋友還比較自在，我女朋友很多喔，妳要不要也當我女朋友，就算妳已經結婚也沒差啦，大家都說他老到可以做你阿公，我還比較適合！」Ayung 的嘴巴像樹葉一樣毫無節制，沒有規則地亂竄。

「你白痴！」Kimi 大笑。

「到啦，妳家到了……」機車駛到家門口，沒等話說完，Kimi 迅速跳下來。

Ayung 拉住她的手腕：「難得回來一定要再約，跟妳說，我山上蓋了新工寮，我爸死後，沿著那條稜線上去全部都是我的獵場，都是我的地盤，妳來，可以烤火，可以吃肉，小喝幾杯，還有……我們小時候玩過的那些石頭，我的山上超多，我蒐集好多，放在竹床底下，妳記得嗎……？」

Kimi 不知道第幾次暈紅了臉，甩開手掌，什麼都沒說，迅速跑進矮小的房子之中，跑進那些難忘的回憶之中。

大腿山的對面，是一座平坦的山腹地，上面一處 payi 種田的天地，她和 payi 一起工作時，一個人發慌就撿田裡的軟玉，這個山頭處處軟玉，圓的、扁的、長柱形，鑽了洞的、敲掉半邊的，摸起來平滑柔順，像黑嘴狗的背脊。

好幾次，她摸了摸圓柱那塊，再偷偷塞進雙腿之下，玉石被她的雙手搓揉得有些溫暖，碧綠色的表面上浮起一顆顆小黑點，像難以化解的情緒，長久地淤積在喉嚨，她伸手滑過去時難以言喻，好喜歡這種感覺，樹葉在唱歌。

payi 好幾次問她為什麼每次蹲在梧桐樹下，肚子痛還是挖田鼠洞，小心被人說在找香菇。「我撿石頭回去玩跳房子啦。」她模仿山下那群小孩，假裝自己喜歡跳房子，敷衍回應。

他們都是一股野勁，Kimi 也是，她根本不喜歡跳房子，她更喜歡玩追逐遊戲。有次，Ayung 和幾個小男生丟掉上衣，喊叫脫衣服跑得比較快，Kimi 看著猛烈起伏的胸膛，精實的肋骨更顯修長，像筆直的檳榔樹，兩顆小黑點像按鈕，她毫不客氣跟著脫，沒多久就被 payi 拉著耳朵拖回家。

「外銷是不檢點，出去賣的啦！」

「外銷是去賺錢，那些日本人多喜歡我們的女生，你看那個 Yuli 家的房子，不就這樣蓋出來。」

「外銷沒有不好啦，我外婆以前就說要結婚就要嫁給 Ipaw，比較不會這麼辛苦。」

Kimi 兒時就和玩伴不斷討論「外銷」的事，很多姊姊、阿姨被送去美國、日本或是臺北，大家都說他們是去「外銷」，用太魯閣語唸出來變成 Waysiaw，好像本來就屬於族裡該有的字。只是沒想到自己最後也變成 Waysiaw，外銷到木柵。

剛到臺北木柵的那段日子，Kimi 怎麼樣都睡不著，她受不了老孫總稱讚她長得漂亮，雙手總搓揉她的臀部，好像她全身沒有其他地方可以觸摸了，夜晚難熬，白日更難熬。

Kimi 被囑咐清掃家裡，洗衣煮飯，等老孫教完書回來。她走過道南橋去木柵市場，地板溼溼滑滑，味道五味雜陳，攤販挨著攤販，鮮魚肉塊還有服飾手飾，悉數擺在同一個視窗之中。認出她的人喚孫太太，認不出她的人說妳山地人，妳番仔，山地人肯定要吃肉，大腿肉好不好，買一斤回去吃啊，花蓮來的番仔⋯⋯。

市場二樓有一間圖書室，她偶然發現這裡竟是唯一可以安靜的小天地，躲避那些難以遠離的標籤。她學著其他人坐在沙發上翻報紙，在層架上解開祕密。她常翻閱家庭健康及衛教的書，認真檢索那些夫妻性事的文字和圖片。從沒有人告訴她結婚後應該如何面對床上之事，她一直以為大腿之間只有 Ayung 和那些撿不完的軟玉，就足夠供應彼此永不停歇的歡愉，來到臺北，她卻怎麼樣也喚不回從前該有的快樂。

老孫給她錢，要她買衣服，要她擦口紅，假日上館子吃水餃，老孫叫她老婆，在她脖子上吐一口難聞的氣，還有那粗大的陰莖，夜夜化身莽撞的斧頭往她身上砍，她把自己想像成堅硬的黑板樹，那些鄉公所列植在路旁的行道樹，砍完之後發出噁心的屍臭味，像木柵市場，像潮溼陰暗的景美溪，像老黃手中收到的那些山羌肉，堅持不要用火燻乾，生皮活肉的騷味直衝天際。

正是老黃將她像一只平躺的山羌送入老孫手上，每一次 Kimi 跟著 payi 去大腿山，老黃兩隻眼睛打量又打量，低頭跟 payi 小聲說話，話語拼拼湊湊，有一些她聽到，有一些她沒聽到，沒聽到的那些隨部落其他人的嘴巴逐漸完整。

老黃對 payi 說：「Kimi 國中快畢業，已經算大人了，你們家也不能光靠妳一個人種菜賣菜，收購山產，妳兒子出遠洋多久沒回來了，妳媳婦去了臺北就不見，現在這也是一種方法，讓小妹妹過更好的日子啊！對方是大學教授，怎麼樣都是讀書人，一定是大拇指的幸福啦。」老黃從大腿山下來，頻繁出現在家中客廳，搭配送不完的果乾、肉乾和高粱酒，最終讓 Kimi 坐上火車離開。

Ayung 常來找 Kimi，頭幾天說邀她唱卡拉OK，Kimi 幾次說 payi 生病沒心情，或是被哥哥攔住，說妹妹都已經結婚就放棄吧，山上那麼多山羊，你偏偏找她幹麼，放過她吧。後來幾夜，Ayung 索性趁著夜晚在 Kimi 的房門外丟石頭，Kimi 始終不願意打開窗戶，害怕斗大的星星就此全部落地。

某天，Kimi 在窗戶底下看到一整排的軟玉，按照大小整齊排列成一直線，她發愣著看圓滑的表面，陽光晒得晶瑩剔透，卻遲遲不敢用手觸摸，怕就此回到那個她和 Ayung 兒時的遊戲。

小時候，她常和 Ayung 偷偷地潛入高大深邃的玉米田，他們折掉那些乾掉或半乾的玉米葉，整齊地鋪在玉米和玉米的間距之中。Ayung 不知從哪找來山棕和月桃，更大片更柔軟的葉子，他說這樣更舒服哦。他們用雙手蓋了一座小工寮，一張屬於大地的床褥，一個個短暫夏日午後的祕密基地。為了不讓大人們發現，蓋好了又拆，拆好了又蓋，反反覆覆卻樂此不疲。

陽光浸流於兩人之間，他們把蒐集好的各種軟玉從口袋裡拿出來，放入一旁從山上引流的水桶裡。山水沁涼，Ayung 把水潑在她臉上，Kimi 笑著捏他黑色的奶頭，Ayung 抱著她在舒適的床上打滾，月桃葉有一種浪漫的香氣，Ayung 拿白色的花輕輕放在 Kimi 頭上，Kimi 折山棕葉的尖頭繼續玩弄他的黑色鈕扣，「是不是這樣很舒服啊？」兩人異口同聲，邊笑邊說，邊說邊遊戲。

Ayung選一顆圓滑的軟玉，大小像香菇，放入口中慢慢吸吮，口水像溪流潰堤，衝破唇齒間，Kimi接過那一顆香菇，安靜地放入赤裸大腿之間，頭頂上的月桃花片片碎落，涼風在玉米葉之中窸窸窣窣。Kimi注意到Ayung額頭左方，有一條血管鼓脹得好像無數臺卡車正載運著砂石，汩汩地來回穿梭，連帶肩膀上的鎖骨，摸起來堅硬地像開山刀。

「我們可以躺在這裡一輩子嗎？」Kimi問。

我們可以像老人家一樣在山上過夜，數算天空中還有幾顆即將掉落的星星，撿更多美麗的軟玉，當作我們的寶物，放在枕頭下，玩我們永遠停不了的遊戲。還有，永遠不用再進去大腿山。

「好啊！好啊！好啊！」Ayung對著玉米天空大喊。

Kimi把軟玉一顆一顆地收進口袋裡，此時，門外又再度響起Ayung的叫喚聲。

陳孟君

〈天堂路〉（二〇一二）

Tjinuay Ljivangraw，一九八三年生，屏東縣春日村排灣族。畢業於國立清華大學臺灣文學研究所，碩士論文《排灣族口頭敘事探究：以 palji 傳說為中心》。

曾任職中央研究院民族學研究所助理、財團法人原住民族文化事業基金會、國立臺灣師範大學原住民族學生導師等職務。目前是全職母親，育有一兒，定居高雄。

天堂路

南迴線仍是這樣風光明媚，吳亦薇坐在靠窗的位子看著蔚藍的海，窗外風景平靜地像一幅畫，太陽很高，海平面上波光粼粼的跳躍光點，令她覺得眼睛有些瘦澀，因此拉了窗簾閉目休息。起初她還知道過了幾個山洞，但行經一個綿長的洞穴後，不知不覺，火車壓過鐵軌的規律聲響，漸漸轉小微弱，一段時間的空白無聲後，最後聽到的是類似頻率極高的蟬鳴。一層如油蠟的墨綠色浮上意識，歪扭的皺摺像油畫補筆的痕跡，之後，延伸而拉平，是一塊寫滿字的黑板，但她看不清楚上面寫些什麼。

時節似乎是六月，夏蟬囂張噪鳴，她又在午休時驚醒，因趴睡而被壓迫的眼球，讓她一睜眼全是模糊一片，環顧四周同學都還在睡，她被蟬聲吵得睡意全消，牆外的鳳凰花開得豔紅像燃燒的紙團，盛夏從四月到六月炙著她的脖子和腋下，汗液黏膩毛髮，她揉了揉眼睛，側身拿了掛在椅子上的水壺時，瞥見了黑板右上角，用黃色與紅色粉筆劃了一個小方框，裡頭寫著，倒數三十六天，而自己桌子的右上角擺著一張套著塑膠套的黃色紙張。不只她有，其他同學也都有。她邊喝水邊拿起來端詳，原來是考高中的准考證。

大概是班導為了不耽誤到下午第一節上課的時間，所以提前在午休時發放在同學的桌上。不過，為什麼她是黃色的，她伸長了脖子環伺著，真的，其他同學都是清一色的粉紅，只有自己是黃色的。上面有幾個明顯的大字「特種考生」，她不明白什麼是特種考生。她有聽過「特級芒果」、「特級蓮霧」，那是屏東老家每年芒果、蓮霧收成時，用來裝箱的外盒上總會這樣寫。

鐘響，身材嬌小，留著清湯掛麵的導師，抱著簿本與考卷走進教室，「好了，都起來了吧！現在檢查你們桌上的准考證，姓名、身分證字號有沒有不對的。」

吳亦薇准考證上的個人資料都正確，但唯有顏色與大家不同，她老早就發現了，只是故不作聲，心想等一下再去問導師好了。「亦薇，為什麼妳的准考證是黃色，是印錯了嗎？」隔壁同學問起，吳亦薇聳了聳肩說，「不曉得耶！」。

沒想到，同學卻多事問了：「老師，吳亦薇的准考證顏色好像印錯了。」導師一邊整理考卷一邊說，「喔！那沒關係，吳亦微是山地生，所以跟大家不一樣。」

同學紛紛轉過頭望著她，三十幾雙眼同時往一個方向看，那一刻，她覺得萬箭穿心快不能呼吸了，而右腳突然痠麻，她掐住自己無法動彈的大腿，同時，不知為什麼體溫瞬間高升，連頭皮都發熱冒煙了，感覺就像一顆在高溫油鍋上發顫的煎蛋。

吳亦薇的膚色白皙，全班沒有人知道她是原住民，導師一語道破了，而且還是在高中聯考前夕。

「麻煩各位旅客，現在開始驗票！」查票員站在車廂門前大聲宣布，磨軌聲穿刺了耳膜，刺破了教室場景，車箱裡的聲響像海水倒灌，湧入孩子的哭鬧聲，遠處有人大聲講電話，還有報紙摩擦的窸窣聲——她驚醒了過來，原來是做夢，右腿因僵硬的坐姿持續太久而感覺麻痺了，查票員愈走愈近。

她痛苦地側著半身，終於拿出了牛仔褲裡的車票，喉嚨乾澀、氣若游絲地問：「請問臺東過了嗎？」帽緣壓得很低的查票員連頭都不抬，像是沒看見地跳過了她懸在空中的車票，俐落地轉向左邊、右邊，迅速地用藍筆在好幾張車票上劃了記號。突然，大喊了：「下一站臺東，有要補票的嗎？」感覺聲音像從水波中傳遞而來，遠遠而矇矇的，搖晃的列車令一切感覺好像還在睡夢中。

如果頭目貴族是已入黃昏、地位式微的過時頭銜，那考上原住民特種考試當公務員，則是二十一世紀麗水鄉人人稱羨、追逐的新興身分。那些考上的人，外人都稱為

「原特新貴」。原特放榜大約是在每年的十一月。冬天的麗水鄉沉睡在灰色的夢境中，欖仁樹幾片枯葉可有可無的散落，在風拂過的時候舒舒懶懶、意思意思的製造一些聲響，生怕這個部落安靜的太過寂寞。

離春節還有一段時間，無事可忙的麗水鄉的人們，繼續溫夢睡著。但，在平靜無奇的部落裡，如果不是婚禮等喜事，卻聽到某家突然地放起一串又一串的鞭炮，大概就是某戶人家正慶祝子女考上原特的那幾天。若鄉裡有人上榜，那有得忙了。各地送來慶賀的紅榜，可要趕緊貼在家裡的外牆，最好貼滿不留一處空白。上榜的喜悅塗滿了整片牆面，沒有人會記得原來這片牆是漆什麼顏色。白色、灰色、或者水藍色？不重要，重要的是膠帶不夠了趕快去買。

在滿滿一張張的紅榜上，鄉里各種組織與地方人士的熱情恭賀全在此刻湧上。社區代表會送來的「鄉里之光」、鄉公所送來的「功成名就」、春祥社區林代表送來的「春祥之耀」、社區發展協會送來的「金榜題名」、春祥社區陳村長送來的「普天同慶」。啊……普天同慶怪怪的！這不是天公生日或某個神明生日的時候，才會用的字嗎？有沒有寫錯啊！唉啊！管那麼多，反正是好聽話恭喜人家的就好了。圍觀的鄰居湊熱鬧地討論著。錦上添花人勝花。紅色的紅榜、貼滿紅榜的牆面，考上功名的人兒臉頰上的紅色潤光。那紅，豔得街道都亮了，挑動著所有人的視神經。那是極度醒目的紅色，也叫人嫉妒得眼紅。

「今天真的是滿江紅的日子呀！哈哈！不簡單哪！恭喜妳喔！」鄉長也特意前來恭賀。不過他應該是誤解了滿江紅的意思，滿江紅並不適用於恭賀人家高中科舉。

那紅，暈染著所有人的情緒，有些人沾光，有些人沾了一身腥。就像染了色的衣服，那惹人厭的不紅不白怎麼洗就是洗不掉。師範學校畢業的吳亦薇在連年教甄失利，而家人又迫切期待下，她也加入原住民特考陣線。

兩年前，吳亦薇的表姊也是考友，幾年寒窗苦讀終於考上了。表姊的家人盛大慶祝擺了十幾桌宴請家族，在不絕於耳的碰杯聲中，親朋好友除了恭賀表姊以外，還會再向吳亦薇敬酒打氣，「加油喔！明年換妳囉！」

吳亦薇來者不拒、十足配合的喝掉杯中物，嘴裡心裡混著苦澀、複雜地不是滋味。在那個當下，她腦袋閃過幾個問題，這是一種雪中送炭的方式嗎？還有，啤酒是不是退過冰了？怎麼喝起來這麼苦呀？到現在，那刺眼的紅榜還依依不捨的貼在表姊家的牆面上，缺了角的褪了色的、字跡模糊的，都還在努力維持著這個家族的榮譽，也年年在提醒著吳亦薇。考了幾年總是敬陪末座的她，開始懷疑自己當年誓言考上的豪情壯志，是不是也像牆面上那斑駁的紅榜一樣，早已經萎縮捲曲、欲振乏力的暗示自己不可能了。不知從何時開始，不管春祥誰人上榜，吳亦薇都會離得遠遠的，寧可形單影隻掉入落榜的黑洞，也不要自己違背心意的演出愈挫愈勇的情節。

「小薇，天堂路遙遙呀！就像舅舅當年還不是勇闖，我還在爬天堂路的時候，妳還戴著圍兜兜咧！」海軍陸戰隊退役的舅舅，矮壯黝黑，黑得看不見眼睛，即便從軍中退役多年，臂膀的線條仍清楚可見，但肉虛了一點，在工地綁鋼筋、做板模的操練不如軍中酷厲，舅舅的右手臂刻著褪色歪斜的「一九八三，金門．情人」，那是他年輕氣盛時學別人以美工刀刻下的紋身。

「欸……紀律！紀律是軍人的生命……加油啦！自己的天堂路一定要自己爬！」帶著醉意的舅舅，雙手在額前揮動著撂下這個結論。如果清醒的時候，他必會炫耀自己當年如何勇猛的爬過硓𥑮石與珊瑚礁，然後，在大家的鼓譟之下，可以再外加一個搶背。但，近年剛失婚的舅舅難得清醒，酒醉的時候比較多。

人人瘋特考，十八不嫌早，四十不嫌老。聽說，春祥有些父母為了讓孩子早點卡位。小孩高中畢業後，不報考大學直接送進補習班。讓孩子早點補習，以時間換取成功機率。也是一種不讓孩子輸在起跑點上的打算。

「大學讀完了還不是要找工作？趕快補習，趕快考上，吃公家飯比較實在啦！」

這大概是一貫的論調。高中畢業才十九歲的年紀，還不知道什麼是生涯規畫，還沒弄清楚自己的特質性格，就被安排在原特馬拉松的賽場上，大人們想像以十九歲的初春朝陽之姿應該可以輕盈的搶進內側跑道，踩著規律而一致的呼吸與腳步，順利達陣。

一般來說，沒有意外的話，每個人都有十九歲的時候，也許是在升學壓力下平淡無奇地度過，也許是青春荷爾蒙的揮霍，不管如何，每個人都能擁有這個初熟而美幻的年齡。對吳亦薇來說，十九是初識愛情的年紀，和那個開朗健碩的布農族男孩 Biung 有關。

他們是在一個原住民大專生的活動中認識。男孩家在臺東，三代都種梅子，某年寒假，他第一次邀請吳亦薇到家裡採梅子時，正載著兩大袋的梅子下山準備送到農會，在與她約定的公車站牌下等候已久。她還記得，一看到那兩袋的梅子時，她臉上的笑容立刻垮了下來，不禁皺眉唸了：「你這樣可以嗎？要載梅子，那我要坐哪裡呀？」

坐上野狼，梅子堆疊的高度還高出她許多。路面不是很平，再加上野狼像惡作劇一樣，不時爆衝的力量讓吳亦薇的前胸像連續不住地打咳，動不動就緊貼著男孩的背。

她實在忍不住地打了男孩的背，大喊：「欸！你可不可以不要那麼故意啊！」儘管沒有剩餘多少空間，但，她仍將兩手用力地向後伸，各以三支手指勾住後座載物的鐵架，身體僵直地靠在梅子袋上。「我也不想啊！可能是車子的離合器有問題。對不起啦！」男孩像被冤枉似地，趕緊回應，後照鏡映出他寬額下的靦腆眼神。

山上空氣很清新透著泥土味，眼前這一條看不到盡頭又沒有路燈的小路，晚上經過一定很可怕。吳亦薇覺得這裡真的好山上。

「好啦！梅子掉了還可以撿，萬一妳受傷了……醫院很遠餒。」男孩突然停了下來，拉著她發紅的手掌像扣安全帶一樣的放在肚上，「坐好囉！」離合器一放，愛情的驅動力就直直往前，停不下來了。

很快的，她發現，Biung 也像那臺不受控制的野狼機車一樣，瘋狂的離合器與不羈的油門，常將她推到高峰的邊緣，巫山雲雨，高海拔的窒息，令她當下只能專注喘息，充血之處又更脹紅了。倏忽，他又從雲端急駛，馳騁溪澗，溼身快意，她還來不及回頭看地面泥濘的輪胎壓痕，油門的催促聲又在她耳邊雷響，三番兩次，樂此不疲。有時，她感覺男孩像大山，而自己像夕陽，夕陽倒懷大山，交疊的餘溫卻讓大山剛毅的稜線溫柔許多。

每年寒假到 Biung 家幫忙採梅子是她既定的行程。他們兩人的初次交談其實也跟梅子有關，那時兩人在臺北參加原住民大專生活動，他們被分在同一組，連續幾天的研習後，有一個下午是自由時間，各組可以外出在臺北市逛街買東西。於是全組人坐捷運到東區閒晃，中間經過捷運忠孝復興，長長的人龍、長長的手扶梯，兩人搭上手扶梯時，Biung 心裡惦記著家裡的梅園現在正好是採收期，不曉得採收得如何了？他撥了大哥的手機想詢問狀況，等待接聽的時間，轉了身正好對上了吳亦薇澄澈而單純的雙眼，為避免直視的尷尬，他直覺地問了吳亦薇，「妳們那邊有種什麼嗎？」

吳亦薇不解地回：「你說我老家嗎？」

Biung 故作帥氣地挑眉點頭。

「嗯……比較多的就蓮霧跟芒果吧！幹麼？」吳亦薇一臉疑惑地問。

「您播的電話沒有回應……」Biung 皺了眉頭按了停止鍵，把手機放回外套口袋，對著矮小的她聳了聳肩，手指著手扶梯，說：「沒有呀！妳知道嗎？我們家的梅子園就像這個手扶梯一樣這麼斜。」

吳亦薇第一次覺得這個男生滿有趣的，就是從這裡開始的。捷運忠孝復興站通往南港與木柵線的轉車路徑上，共有四道手扶梯，人群此起彼落，手扶梯旁的兩塊大牆面，滿滿都是百貨公司週年慶的廣告，經過的人無不被占滿眼睛的廣告所吸引，撩撥著人們的消費欲望。但，這個男孩，站在手扶梯上，想著的卻是他家的梅子園。當下，吳亦薇有點不可思議，她無法想像這麼斜的坡度怎麼種梅子。直到她第一次到男孩家採梅子，她才真正見識到布農族人的抓地力。

每到採梅季節，在外地工作的年輕人也會回到部落組織工班，賺一筆打梅工資。梅子樹長在超過四十五度的陡坡上，吳亦薇差一點因為沒站穩而滑倒，採收梅子的方法有手採梅與竿打梅兩種，地面覆蓋著一片又一片的白色網子，吳亦薇和婦女們一起拿著竹竿敲著梅子樹枝讓梅子彈落下來，而身手矯健的採梅老手則爬上梅樹，在竹竿到不了的地方穿梭著。Biung 和他父親 Tahai 等男人則負責收網及搬運，把散落的梅子集中一堆後裝進麻袋，之後還要挑出太小的青梅、樹葉或雜草。

男孩家的梅子園，冬天寒流來時會下雪，他們繞著山的腰圍前進，一圈又一圈，小貨車愈爬愈高，沿路都是松針凝霜的景緻，遠處飄著霧茫茫的山嵐，靜寂又神祕的山林彷彿被冰封著，只有貨車的引擎聲，仔細聽的話還有發出「嗡嗡」的低沉回音，儘管戴著手套衣著完備，但接近零下的溫度仍讓她頻頻搓手，卻又捨不得關上窗戶。這裡的海拔、空氣、植物，所有一切與她屏東的家鄉很不一樣，她驚異著，人好奇怪，只有來到陌生的地方，才會注意到自己習以為常的日常生活，有這麼多突出而不同的細節，像是，她的部落鄰近著平地漁村，燠熱的夏天悶蒸著漁塭、海水，起風時總是飄著令人討厭的鹹腥味，再往部落內裡則是附近蓮霧園噴灑農藥時殘餘在空氣中的刺鼻味，還有芒果、鳳梨園、香蕉園在夕照時染上一股頹喪的南國氛圍，而一天就如此無可奈何的過去了。但，這裡的景色與氣味全然不同於屏東老家，有 Biung 在的地方是如此獨特。

吳亦薇以為因自己的排灣族身分而取得好處的階段，大概僅停留在學生時代，像是升學加分那一類的，她一直覺得自己不應該加分，因為她自幼就離開部落在都會成長，只是近年父母親退休後全家人才舉家搬回部落。這樣的加分制度，在國中高中時讓她的原住民身分在畢業前夕意外曝光。只是再怎樣，她也沒料到連自己要從事的工作竟然也得沾上族群身分的邊，父母親半鼓勵半強迫的要她報考原住民特考。這股考原特的風氣大概是從流浪教師激增的時候帶動起來的，那時，吳亦薇大學原青社的學長姊、學弟妹畢業後，一半以上都先後加入了原特行列，尤其是階序社會的排灣族。原本，她無意順從父母的期待，屢次向他們溝通自己也能做其他工作，未必要當公務員，幾番來回掙扎，沒想到父母親為了對她施壓而說出了：「考上原特，妳才有人生的開始！」

她曾親眼看過鄉裡有人考上公務員後，其他人態度馬上改觀，他們的父母親即當選今年度的模範父親、模範母親，受鄉公所公開表揚。而在一些私人場合，也有公務員大放厥詞說：「頭目算什麼，現在鄉內辦活動，哪一個不受公所補助。」想一想人還真不如大自然，只有人的社會會因為個人的名利而給予價值論定。一個花生家族中的長輩們難道會要求他們的子嗣，必須在豆莢裡產出四到六個花生米，否則他們就不是花生！或者，一塊小米田，小米家族的親友之間，會因為其中一株結的米穗特別多特別重，而恭迎簇擁他，稱讚他是「真正的小米」嗎？自然界特別懂得樹大招風的道理，產值高的只有提前結束生命的份。

可是這年頭有好多人想當原住民，她想到平地庄修腳踏車的阿谷師的話。「今嘛做番仔有啥米嘸好？你想看脈，囝仔的學費政府攏有補助，考高中、大學攏會使加分，參加國家考試競爭嘛少，啊擱有啦！五十五歲得會使領老人津貼，做番仔有啥米毋好呀？係我嘛愛去登記來做番仔。」精瘦黑黝的阿谷師頭頭是道地分析著。

現在二分之一、四分之一，連八分之一都可以恢復原住民身分，原漢結合的小孩有人為了考原特而改從母姓，登記原住民身分，等考上分發工作單位後，找一個不那麼敏感的時機再改回原來的父姓。有時書念不下去的時候，吳亦薇愈想愈焦慮，到底還有多少隱藏著卻持有搏擊入場卷的對手，會在考試終止的鈴聲響起時狠狠地將她一拳擊斃。到底有多少?五千、一萬還是五萬?是制度有問題，還是人性使然，人總是趨利逐弊。

大學畢業這幾年，吳亦薇先是當了三年的代理教師，之後才開始準備原特，而 Biung 則是在家裡務農，以及幫忙親戚家的民宿，偶爾帶遊客登山。每年過完農曆年，她都會到 Biung 家長住一段時間，一直到掃墓節前才會返家，久久未見的他們，愛情終可在初春的時節恣意生長。在山上的日子，時間有時候過得很慢，有時候卻也很快，但正確來說，是每一天都過得幾乎都一樣。天未亮就出發到梅子園，工作到七點多時休息吃早飯，半小時後繼續採收梅子，中午吃飯午休，三點又開始工作一直到傍晚，在工寮洗澡吃完晚餐後，一家人才會回到部落。

Biung 的母親 Abin 很會理田，她在工寮附近種了生薑、玉米、山藥、甘藷、芋頭、高麗菜等，量雖不多卻很有效率的使用了工寮周邊零碎的土地，吳亦薇每天隨著 Abin 蹲下除草，草沒有除去多少，自己卻是快被烤昏了，而未經操練的肌力也讓她兩腳虛軟，往往撐不了多久。隨著她幫忙幾次，能分別出生薑的莖葉與雜草的不同，也能較迅速的用鋤頭掘除草根後，她便開始想像著自己也許會成為一芥農婦。從小在都市求學的她，沒有做過半點粗活農事，但她擦汗時偶然看到 Abin 在爬滿綠意的鐵絲棚架前，專注而仔細的拔除佛手瓜老黃枝葉的神情，宛如一幅和諧靜謐的田園詩畫；而後再逡巡著 Biung 荷著梅子爬上爬下的勞動背影時，她想，儘管自己不是做農的料，但，她願意為了 Biung 而訓練自己成為農婦，成為像他母親一樣勤奮的農婦。

於是，她每日戴起了一頂後方縫著一塊可遮蓋脖子的長布的寬邊帽，以及套上花色袖套，腳踩著棗紅色的短雨鞋，一副專業的農婦束裝。至少在裝扮上，她已經開始像 Abin 了，她對自己這麼鼓勵著。這樣規律的上工下工，讓時間感變得很模糊，常常讓人忘記今天或昨天是幾號、星期幾，或者明明已經是上禮拜的事情，她卻以為是才剛發生沒多久，時間面無表情的平移在平面的生活裡，彷彿生活就只是單純的活著，在山上的靜默似乎連言語都顯得多餘，大家都知道自己在什麼時間該做什麼事，因為日子重複得幾乎一成不變，一個月就像一個禮拜。後來她倒學會了用事件來標記生活，以方便回溯到底哪一天發生了什麼事，像是三天前有獵人送來山羊肉與 Tahai 一家分享，以及她第一次聽到這裡要蓋水庫的消息。

本來那天也是一個稀鬆平常的一天，但，就像交響樂一樣，在催人欲眠的平緩旋律中，突然冒出令人驚跳的轉折。已接近黃昏的天色，太陽的乳頭被對面的遠山含住，一股暖色的母性慈暉，美得暈開了。

大夥正收拾東西，這時遠處傳來一陣悶哼的引擎聲，這個時候很難得還有訪客來梅子園，除了急著收會錢的會頭。低嘯越山的休旅車，速度慢了下來，最後停在工寮前方的空地，從車門走了下來的是皮帶緊箍著腰，而兩層肥肉溢出腰圈的男人伊布，Biung的堂哥，四年前剛升上課長。

「欸，來幫忙喔！Dama 在嗎？」他向 Biung 打招呼。Tahai 剛好正從梅子園背著兩個大麻袋走上來。伊布向他走去開口便說：「Dama Tahai[1]，這個禮拜水利局會到公所簡報，我聽說自救會的人會到場……這次可不可以先聽聽看水利局的說法，你們先不要有任何動作。」Tahai 沒有停止腳步的往前走，伊布緊跟著他。

「伊呀！」Tahai 把左肩上的麻袋卸在搬運車上，接著調整了麻袋的位置，「這不是我能決定的，再說我們已經聽過水利局很多次了呢！是他們都不聽我們說呀！」他邊走邊說地返回梅子園。

「Dama Tahai，這次不一樣啦！你們先聽水利局的簡報，這次局長祕書也會到，聽完我們有一個座談，大家好好談。我跟你講很多人的土地放著，每一年只領集水區的造林補助金，那個錢也沒有多少，那麼深山的地也不能耕種，那沒意思嘛！拿來蓋水庫不是很好，先不要……」

Tahai 原本正繼續束緊麻袋的動作，聽到這停了下來，打斷了伊布的話，手指著他說：「我問你啦！如果你的媽媽已經很老了走不動了，你會想說乾脆打斷她一隻腳，再幫她申請殘障補助，來讓家裡好過一點嗎？」

伊布瞪大著眼，兩手比劃著，「當然是不會呀！但是……這跟水庫什麼關係？」

Tahai 起了身，搖搖頭說：「孩子，還不懂嗎？土地就是媽媽，她養活了我們的祖先，你怎麼會想在媽媽身上打洞咧？」在講最後一句的時候，Tahai 不耐煩地睨了他一眼，「呀！熱水好了嗎？我先洗澡了。」滿身大汗的 Tahai 走向工寮，不再理會伊布。

腰間吊著肥肉的男人怔怔地站在原地許久，直到 Biung 拍了拍他，「堂哥，等下一起吃飯？」他才慢慢回過神，「喔！不用了，我還有東西在辦公室，先回去了。」

他悻悻然地開了車門發動引擎駛離工寮，香檳色的休旅車看起來似乎沒有先前那麼亮麗，沒有多久便沉沉的沒入傍晚時分墨褐色的山頭裡。不過，男人並非無功而返，臨去前 Abin 給了他幾罐自家作的醃梅，讓他帶回家與家人分享。

---

1 Dama Tahai：布農族人對男性長輩的敬稱，會在人名前加上 Dama。

晚餐時，Biung 的家人並沒有特別聊水庫的事情，倒是聽到 Abin 抱怨農會，每年原本收兩千公斤的青梅，今年限收一千兩百公斤，而且價錢從每公斤十五塊，一路跌到十二塊。「他們不收的梅子，難道要我丟掉？現在老張那邊也才出十塊，價錢差這麼多，是要我們吃什麼？」老張是附近的青梅中盤商，只要農會限制收購青梅產量，他就會以更低的價格向梅農收購，主要是算準了梅農怕青梅賣不掉，只好認賠殺出的心理。Tahai 不知道是太累了還是若有所思，他沒有搭腔的安靜扒飯。

吳亦薇觀察著 Tahai，人家說選男人就要看他的父親。他們父子都有著寬闊的額頭，深凹的眼窩，豐厚的鼻翼，方正的下巴，臉型堅毅的線條像被河水沖刷過的峻岩，連沉默的樣子都很像，這一家的男人話都不多，但，卻給人可靠的安全感。

吳亦薇心底笑了笑，夾了龍鬚菜放入碗中，眼角突然瞥到墊著熱湯的，類似宣傳單的一張紙，右上角寫著「水庫新生活，你我真樂活」的字樣。趁著大家吃飽收拾碗筷的時候，她刻意留下這張水庫宣傳單，上頭印著一片綠林環繞水庫的空照圖，願景漂浮其上寫著，「……建設一定有陣痛期，但，捱過了就可歡呼收割。水庫興建完成，鄉公所每年有兩千多萬的回饋金得以運用做為地方社福基金，水庫周邊亦規劃休閒觀光區，預計每年可創造五千萬的觀光收入，帶動民間投資，活絡地方就業。」

吳亦薇心想，人怎麼可能預知未來的事，就算是減肥商品，也不會明白寫著本商品預計可以減掉多少公斤，而水利局宣傳單上的誇張字眼，不曉得能不能算是廣告不實。

而就在水利局舉辦公聽會的那一陣子，梅子園的下方處正日夜趕工著，聽說是鄉公所為了讓水利局方便勘查水庫範圍而新蓋的便道。吳亦薇看著底下來來回回的砂石車，正進行著水泥灌漿的階段。

「這是什麼時候的事啊？」她倚著車窗問

「已經一陣子了。從工寮走那條便道只要十五分鐘就可以到農會。」Biung 眼神定定地看著前方說。

「也太快了吧！這樣你們以後送梅子就不用那麼遠了。」吳亦薇伸長脖子看著底下的砂石車愈來愈小。

「就算蓋好了我也不會走那條路，Dama 說，那是不被天神祝福的路。」剛好前方一個險升坡，Biung 左手抓著方向盤，右手打了檔，踩足油門，語氣沉著地說。

兩人送完最後一趟梅子後，本來打算直接回部落，卻接到母親 Abin 的電話，Abin 擔心山上下雨，要 Biung 回工寮一趟把她晒在地上的玉米收進來，免得淋到雨水要當成飼料的玉米就報銷了。

回到山上後，溼冷的空氣無預警地襲來，氣溫瞬間降了許多。兩人快手快腳的收拾了玉米後，Biung 拿了一些烤火用的木柴，他打算今晚就在工寮過夜，不用說吳亦薇也猜得到他的心思，沒有多久火就燒旺了。

夜裡，她感覺自己被充實著，Biung 粗礪的手指沒入了她的髮根，這不是情欲，也無關愛情，而是她身處的這個環境，她看著眼前黑壓壓的簾幕綴上點點星斗，空氣中飄著草木涵水的味道，遠處有溪水淙淙的聲音，感覺一切都充滿了能量，包裹著她。男人的眼染上了山林的夜色，眼珠子在暗黑的空間裡炯炯發光，像一隻公鹿，其實她只在 Discovery 頻道看過動物學家，躲在暗夜樹林中觀察鹿群，那時她覺得公鹿渾身散發著俊美的力量，令人屏息。Biung 的背脊微微地冒著熱氣，規律而一致的動作，就像夜間發車的火車，兩條交掛的夜車在夜間緩緩開出。

歡愉的喘息讓腦袋無意識的播送了幾段畫面，她突然閃過一段讀過的神話情節，寫著一位排灣女子每天夜晚都抱著一個木盒與之共枕，某天她要離開部落幾日，便叮嚀父母親不要進房，好奇的父母親仍進房打開木盒，赫然發現裡頭是一條百步蛇，女子因感到羞恥而抱著木盒遠離部落。吳亦薇她身下這條粗大的蛇，令她愉悅得感到羞赧，然而，又因為如此而讓身體更加敏感，直到寧靜被劇烈晃動而抵達終站後，才戛然而止。

夜沁涼如水，裹在棉被裡的兩人，沒有縫隙地緊貼彼此，冷空氣無孔可入。柴火仍劈啪劈啪的燒著。

「你會擔心水庫蓋起來嗎？」吳亦薇對著他的耳朵說。

「擔心有什麼用？就跟它拼到底呀！」他伏在她的胸前，聲音悶悶的傳來。

有時候她很羨慕Biung，喜歡或討厭都可以這麼一清二楚，或者說她很希望自己是男孩子，就算靠著勞力本錢吃飯，也再自然不過，只要能養活自己。Biung不論是在職業的選擇或是對事物的立場上，都能堅持自己的主張與想法。不像她自己在父母或長輩眼裡一直都是成績好的乖巧女生。

公聽會那天她陪著Biung、Tahai還有反水庫自救會的人，一起到鄉公所表達反水庫立場時。那天Biung的堂哥，農觀科的課長伊布擋在門口，力勸眾人先回去改天再來。「欸，奇怪了，鄉公所是大家的為什麼不能進去，那我們就坐在這裡，等鄉長來。」Tahai大手一揮就一屁股往地上坐。「唉！你們這樣子沒有事先報備，不行啦！拜託啦！不要讓我難做人啦！」

伊布和他的同事，已組成人牆擋住門口，眾人推擠拉扯，僵持不下。Biung終於受不了、被擰皺的字句從發燙的咽喉噴出，「哥，你要做哪裡的人？是Bunun、還是白浪？你忘了嗎？是你鼓勵我念大學的，你說讀大學才可以做自己部落的主人，不會被人騙。你現在卻幫著別人來騙我們。」

一旁不知所措的她，看著 Biung 根根鮮明睫毛上的憤怒眼眶，發亮的眼珠子外布滿了血絲，淹沒了大部分的眼白，她從那眼眶裡彷彿看到了 Biung 整個氏族從臺中到臺東，越山縱走的遷移軌跡竟是一道道血痕，很多殺傷擄掠，很多扭曲的臉孔發出可怕的尖叫，而後那些尖叫聲像某種流體一樣匯聚成一支銀色尖銳的箭矢，刺穿了 Biung 的眼眶直直對準了吳亦薇的眉宇之間，在箭矢射中她眉心之前，她感覺自己臉上好像被什麼濺到了，手一擦竟然是血，而眼前 Biung 已經和人扭打成一團了。

公聽會仍是順利地舉辦了，而 Biung 一行人仍沒有闖關成功表達反水庫開發的立場。梅子園的小日子仍周而復始的上工下工，全新的便道已經完工，附近的梅農紛紛痛罵鄉公所大小眼，每次颱風路斷掉請鄉公所搶修，不是推拖拉就是藉口一堆，結果為了方便水利局視察水庫範圍，竟在不知不覺的兩個月內就迅速完工了，儘管他們在茶餘飯後忿忿不平地議論鄉公所。但，許多家庭的勞動生活仍進行著，一切一如往常，直到出了事後，人們才在他人的劇痛中大夢初醒。

搖搖晃晃的列車令吳亦薇有些頭昏，感覺時間走得很慢，在查票員經過後的半小時，廣播在嘈雜的車廂兀自響起了，「臺東站快到了，請旅客準備下車並注意您隨身……」吳亦薇隨眾人魚貫的下了車，臺東車站人潮熙攘，她看了看月臺上掛在牆上的鐘，應該還來得及轉車。她沒有逗留地轉搭了往山區的區間車，開往那個令她心繫的地方，終點是一個名字有海卻看不見海的小鎮。

車上人不多，多半都是載著蔬菜水果到臺東販賣的菜販，或是通勤的學生。一個小時後，列車到站，這是一個不起眼的小車站，矗立在兩旁都種植相思樹的大片臺糖土地上，慵懶而無聊的車站在寧靜的午後特別令人發睏，連出站的收票口都無人收票。陽光溫和多了，沒有在臺東那般刺眼，吳亦薇出了站後在大廳前的石階上坐了一會兒。她沒有注意到，看似上班摸魚的站務員，其實都在職員休息室裡看電視，熱烈討論著這一、兩天的新聞，因為這個平靜而偏遠的小鎮竟然上了頭條新聞。

電視畫面裡電視臺的SNG車就停在鄉公所前，實況轉播出現一個綁著頭帶上面寫著「草菅人命」的人，他激動的拿著麥克風發言，「我不希望部落再發生這樣傷心的事件，便道的崩塌就顯示了這裡不適合蓋水庫，水庫開發的環評工作一定要暫停，我們有權利知道鄉公所施作便道的程序是否有弊端，還給我們真相。」

男子義正嚴詞地說著，在他身後是一排排頭上也都綁著頭帶的人，有男有女。有的人拿著高舉寫著黑字的白布條「公所殺人，還我正義」以及「真相未明以前，停止水庫環評」，現場已經有人帶頭喊口號。

之後，鏡頭切換為訓練有素的記者，她抖擻高亢地說明：「好的，主播，記者現在正在臺東海山鄉持續關注便道工程弊案的發展，日前因臺東連日大雨，有海山鄉民趕著搶收梅子而滑倒受傷，傷者在送往離部落最近的醫院時，行經這條鄉公所為水庫開發案而建的全新便道，沒想到便道突然整段坍塌，就這樣連人帶車的，造成兩名海山鄉民死亡，近日媒體也揭露了海山鄉公所的工程招標程序確實有疑點。而稍早檢調也兵分多路到鄉公所及可能涉案人員的住處並帶回相關資料，您現在看到的畫面是部落的牧師帶領村民在公所前……」

電視裡出現好幾個分割畫面，有不敵大雨淘洗的便道殘骸，也有現場連線的抗議人群、與之前檢調人員進入公所蒐證的畫面，不厭其煩的交替播送著。

幾個站務員對著電視機議論紛紛，站長啜了一口保溫杯裡的茶，很老派地說了一句，「看起來代誌大條了。」

車站大廳前，坐在石階上的吳亦薇正端詳著，腳前大雨過後石縫裡新長的小綠芽，臉上表情很溫柔，陽光下飄浮的粉塵落在她的長髮裡，無聲的，此時此刻她的側臉是如此靜謐。剛剛出站的時候，她輕巧穿過了收票口狹窄的閘口，不經意地看見了，收票口的桌面上，一個鋁製的杯子壓著一張報紙，那是一張全開的新聞版面，是「海山鄉公所工程弊案」專題報導，上頭印著兩個斗大的標題，『她剛考取公職，受傷送醫卻魂斷便道』與『情侶共赴黃泉路，竟扯出工程弊案』，她的眼神停留在這幾個黑色粗體字上，像是想起什麼似地發了愣。

時間倒回出事的那天，大雨已經連續下了三天，所有人急著搶收青梅，也在幫忙行列的她因為滑倒而摔落山坡，大腿骨骨折而刺穿了皮肉，鮮血像湧泉一樣跟著雨水，流出了一條血河，心急如焚的 Biung，為了儘速送醫而走上那條因趕工而偷工減料的便道。她只記得她最後的記憶是停留在暴雨中兩支孱弱相依的雨刷，它們用盡全力地擺幅著，但仍趕不上像瀑布流瀉般的雨勢，前方盡是一片白茫茫的水花。

現在，坐在石階上的她無病無痛，她第一次感覺到自己的完整，感覺到自己與她存在的世界的關係，準備這麼多年的特考，如今看起來像是徒勞無功，但是如果這一條便道是她與 Biung 的必經之路，她知道 Biung 不會後悔當時的決定。

突然一陣熟悉的催油聲響起，她抬頭看見了男孩，和他們初次相約一樣，彼此相視而笑。蜿蜒的山路，初染的夕照，一切像未曾改變但再也無法重回，他們不知道前方有著什麼正等著他們，但，由部落點燃的狼煙已經甚囂塵上，一個過彎，他們的身影便消失在翠綠盎然的山間裡。

陳筱玟

〈遺書〉（二〇一五）

Sinan Matengen，一九八四年生於臺中，臺東縣蘭嶼鄉椰油部落達悟族。父親為閩南人，母親是達悟族人。國立東華大學觀光暨休閒遊憩研究所碩士畢業。曾因為愛書又愛玩，跑到書店邊打工邊當導遊一年多。二〇一〇年迄今皆從事行銷企畫的工作。

二〇一一年開始嘗試寫小說參加原住民族文學獎，當年以〈失樂園〉獲得第三名肯定；二〇一五年〈遺書〉獲得第二名的進步鼓勵；二〇一六年以同名作品〈Matengen〉獲得首獎，更加堅定往原住民奇幻文學的創作路線繼續耕耘，希望藉由虛實交織的文學內容，展現更多元、更豐富的原住民歷史、文化風貌，以及跨世代與跨族群的當代議題。

遺書

這是我第一次寫信，也不知道怎麼寫比較好。
沒特別想給誰看，
只是想在生命真正結束之前，
為極短的一生，留下些什麼吧！

我爸是船長，兩年才能回家一次，
小時候很期待他回來，
因為他每次都會從好遠好遠的地方買禮物回來給我，
像是繡有洋蔥造型屋頂的皇宮圖騰，點綴一片片像魚鱗的亮片零錢包；
一個外殼塗了好幾層漆的木頭娃娃，
將最大的娃娃抽起來，裡頭還有一個中的，再抽開還有更小的，
最小的娃娃居然跟我的小拇指頭一樣小，很神奇；
還有一隻被我拿來當冬天抱枕的無尾熊背包，

摸起來毛茸茸、抱著好溫暖，好舒服。

我好愛這些新奇又美麗的玩具。

幾次帶去上學，同學都好羨慕我，
下課時全跑來圍繞在我身邊，
大家都想做我的好朋友，
跟我一起玩爸爸送的玩具。

我的阿公是部落裡的頭目，
家裡擺了好多百步蛇木雕，
牆壁上掛滿他獵回來的山豬頭骨與牙齒；
他每次牽我出門，
左鄰右舍都會向我們親切地打招呼，
分享他們不會跟別人說的祕密。

雖然我成績沒有很好，
但我喜歡畫畫，也很會畫畫。
從國小開始，只要上美術課，
美術老師會將我畫的圖拿起來，給全班同學看，
稱讚我畫得很好，很棒。

長大後，比賽得獎，
我贏得出國留學的獎學金，
就跑到爸爸的船也曾去過的夏威夷念書，
在那座被藍色太平洋包圍的小島上，
認識了一位大我十五歲的男人，
他是那種，好像能將全世界問題都交給他處理也不用擔心的好人。

他在港口的碼頭向我求婚，
將一枚鑲著碎鑽的海豚造型戒指套到我無名指上，

我邊哭邊笑，邊點頭。

經過的路人看見都拍手叫好，
海面上飛舞的海鳥，被落日渲染成粉橘淡紫的晚霞，
似乎都在祝福我們此刻與將來的幸福，
我們在海邊買了一棟小屋，
還計畫要生三個小孩，兩男一女，
這樣家裡才熱鬧。

這就是我精彩的一生！

……，如果，真的有這麼精彩就好了。
生活如果可以這麼好過，我才捨不得這麼快就離開。
好吧，我掰不下去了。

偶像劇從來不演結婚以後的事情，
所以我也不知道去哪裡抄。

但我覺得我不算是說謊，
因為如果我有能力選擇的話，
或許，這一切就有機會實現。

但，人生好像就是這樣，
要從哪個娘胎出生開始就沒得選，
甚至連要怎麼死，也都沒辦法選擇。

最後，只能在遺書上，選擇要怎樣交代自己的一生。

先前打的，全部不算數。
我再重新自我介紹好了，這次不瞎掰了。

但拜託，請先別被我嚇到，
更不要認為我是個騙子或瘋子，

我沒時間解釋，因為我快死了。

你可以把我當作一個人，

但更精確來說，
我只是一雙手。
沒有錯，就跟你腦海裡想的一樣，
現在正在打字的，
純粹就是一雙已經脫離身體意識掌控，能真正自由操控十根指頭的手。

「姿璐安」是我所連結的這副身體，
我習慣統稱為我們，就像姊妹一樣，
只不過，幾分鐘前，她已經在電腦前斷氣了。

我不知道，也不想浪費時間解釋為什麼我還可以自由活動，甚至思考，
你就當作姿璐安某塊靈魂的碎片還殘留在她指頭上吧！

因此我還能夠保留一些，身為一半參與者與旁觀者的回憶。

可不可以請你，現在正在看信的你，
當我的朋友好嗎？
假裝一下也好，好嗎？
因為已經好久沒有人願意聽我們說話。

我只是想找個機會讓別人知道，世界上有一種人生是這樣過的，
別人擁有的，我怎樣努力都得不到，
而我有的，別人卻不想要。

爸爸不是船長，他只是在船上工作的漁工，
他常跟姿璐安說，全世界他最愛的人就是她跟媽媽，
雖然都是在喝酒醉後不小心打了媽媽才會哭著對我們說，
但爸爸說那都是因為媽媽不聽話，
趁他不在家的時候，讓不認識的叔叔進來家裡，
所以他才會生氣。
但是他說他會努力賺錢，很快就能回來跟我們住在一起了。

星期五，
我記得那天是星期五，
爸爸回家了，老師這樣跟姿璐安說，
要她馬上回家，不用等到放學。
我們好開心，用跑的，跑好快回到家裡，
但迎接我們的，我觸摸到的，
並不是爸那一雙布滿大小粗繭、溫熱厚實的手掌。

而是一個跟姿璐安書包差不多大小的麻布背袋，
裡面裝著幾套舊衣服，
一個生鏽的刮鬍刀，
一捆用信封袋裝著、用橡皮筋綁好的錢，
還有一張左下角已經裂開破損，有明顯十字狀摺痕的相片。

是爸媽抱著好小好小的姿璐安，站在動物園大象柵欄前拍的合照。

一大早，船上的人發現爸爸不見了，
整艘船找遍了，海浪上也沒有他的身影，
船東只好把他的隨身物品寄回家，
還看我們可憐，另外貼了一點錢，連同爸最後一個月的薪水一起寄回來。
要家裡的人節哀。

關於爸爸的死，大人是這麼說的。

從那天開始，
眼淚好像怎麼擦都擦不完，
從媽媽、vuvu、還有姿璐安眼裡冒出來，
一顆顆，一串串，一條條溼溼黏黏，溫溫鹹鹹的眼淚，摻著鼻涕，
從臉上滑下來，經過嘴邊，一起滴到爸爸的麻布袋上面。

這是他送給我們的最後一個禮物。

後來，我把爸爸送給我的東西跟布袋一起埋入土裡，
除了那個被鼻血滴到的無尾熊背包，
誰叫樓上六年級的亂說媽媽是妓女，勾引她爸爸，還說我是狗雜種，
我好生氣，忍不住揮拳打了她的鼻子，
鼻血就噴到無尾熊的臉上，還有牠右邊的爪子上。

放學的時候，
她跟她朋友把我們抓到廁所裡打，
還從書包裡拿出美工刀，把無尾熊背包割得破破爛爛，
棉花一塊塊從牠的肚子裡蹦出來，
掉到馬桶裡，被水沖掉了。

現在想起來有點後悔，
如果我忍住沒有打人，
我就可以把爸爸送給我的禮物全部都埋進土裡還給他，
假裝什麼事都沒發生過，
或許他會因為這樣，再回家重送我一次，全新的禮物。

不過，如果還能重新選擇，
我想我們應該不會再要玩具了，
改成要爸爸或媽媽每天來接我們放學回家就好。

因為其他人都有，只有我們沒有。

等到所有人的眼淚都停止不再流，
媽媽開始跟一個開砂石車的叔叔在一起。
姿璐安不喜歡他，我也不喜歡他，
那個叔叔每次都在媽媽去餐廳工作的時候，
進房間，把門關上，鎖住，叫姿璐安脫褲子給他看，
還要我握住他紅紅腫腫，長著很多黑色捲毛的雞雞，
雖然不知道他要幹麼，因為從來沒有人叫我們這樣做，
爸爸也沒有，而且我覺得摸他的雞雞有點噁心，
每次他都會從牛仔褲口袋裡拿出一百塊，有時候是五百，
叫我們不要跟任何人講，
如果我們聽話，錢就是我們的。
但我們只有拿過他兩次錢而已。

一次是拿去繳班費，全班只剩下姿璐安還沒繳，
班長每次催繳錢的口氣跟表情，讓姿璐安覺得很煩，也很丟臉。
另一次是去戶外教學，
同學都買了好吃的餅乾，坐在我斜對面的巫咪還買了新衣服，
我們也想跟大家一樣，
所以就拿錢買了兩包脆笛酥，一罐可口可樂。

但是可樂被班長搶去喝，我們一口都沒喝到。
雖然我們都很討厭那個噁心的叔叔，
但是姿璐安沒有怪媽媽，一次都沒有，
因為她覺得媽媽跟我們一樣，好孤單，
需要有一個跟她一樣是大人的人，陪著她。

只有一次，
姿璐安把叔叔要我們做的事跟媽媽講。

媽媽居然打了她一巴掌，還叫她不要因為討厭叔叔就亂講話，
但是，媽媽又突然跪下來抱著右臉頰腫燙發熱的姿璐安，開始哭，
就跟爸喝醉後打了媽媽一樣。

媽媽一直哭一直哭，說她很對不起我們，很對不起。

我摸著媽媽散落在肩膀後的頭髮，
覺得好像又回到爸爸剛死的那天，
媽媽無助地抱著我們哭，直到天亮。

後來，叔叔再也沒來過家裡，
反而換媽媽去他家住，但姿璐安死都不要去，
她就把我們送去山上跟 vuvu 一起住。
我用力抓著媽媽的手不放開，可是她使勁地把手抽了出來，
抱著姿璐安，摸著她的頭髮，

說她要出去工作賺錢才能養我們，
要我們好好聽 vuvu 的話，要我們努力念書，
長大才不會像她跟爸爸一樣，一輩子做苦工。

她甚至忘記幫我們擦乾眼淚，就去坐車了。

媽媽原本每個星期都會坐公車到學校來看我們，
可是她的肚子愈來愈大，走路很辛苦，
就改成每個月來看一次。

有一天，
她挺著又大又圓的肚子，來學校接姿璐安放學，
伸手過來要牽我的時候，姿璐安卻要我把她甩開，
還要她不要再來找我們了。

每次看見妳的肚子，我就想到那個噁心的人！
妳每次都說妳很愛我，可是根本就沒有！
妳只愛那個叔叔跟他的小孩！
所以妳才會把我丟在這邊，什麼都不管，一個人離開！
姿璐安激動地說著。

媽媽低著頭，沒有說話。

她從錢包裡拿出一疊錢，
放到我手心上，要我用力握緊，
她的手流了好多汗，卻冷冰冰的，
我分不太清楚是手汗，還是她臉上的淚水。

生日快樂，媽媽說。

接著轉身，慢慢地走開，走遠。
這次，她忘了說再見。

我一邊擦著姿璐安的眼淚，一起穿過操場，
走到司令臺後面的水泥空地，
她要我將已經握成一團溼溼軟軟的錢往圍牆上丟，
甚至像踩蟑螂一樣用力踩踏那些錢，大吼大叫，
直到操場上開始有田徑隊的人來練跑，
姿璐安才安靜下來，
要我把被風吹乾的錢一張張撿起來，
用力壓平皺紋，全部疊好再一起摺成兩半，
放進藍色體育褲的口袋裡。

離開學校，
我們走進轉角那間以前最常跟媽媽一起去吃的麵店，

點了大碗陽春麵，加五元滷蛋，還有一盤很久沒吃的豆干跟海帶，
姿璐安大口大口吃麵，還把麵湯全部喝完，一滴不剩，
小菜也是，最後連薑絲都吃光了。

哭泣跟思念真的太耗力氣，讓人覺得好累。

結帳的時候，
姿璐安請老闆娘打包兩碗湯麵跟滷鵝頭，
她要帶回去給 vuvu 他們吃。

那個女人拋棄妳跟妳爸，她還生了外面野男人的小孩，
妳媽媽不要妳了！
妳不准再去找她，聽到沒有！
vuvu 說。

這就是，我對媽媽，還有生日禮物，最後的記憶。
雖然我們恨死那個叔叔，還有她肚子裡的小孩，
但是，卻好難恨她，
她曾經跟我們一樣，很需要人陪，
即便她選的人並不是我們。

現在，只剩下我們，還有 vuvu 他們了。
vuvu 跟阿公他們這輩子，
都活在山上這個一條街就能全部走完的小村子裡，
久到好像連外表都跟山融化在一起。
阿公深棕色皮膚上的皺褶與浮凸的血管，
像是老樹的樹皮及藤蔓，滿布在他的手跟腳上。
vuvu 臉上跟手上的老人斑，
摸起來好像地上散落的小石礫，還滿有趣的。

雖然他們都在，但孤單的感覺卻沒減少過，
可能因為 vuvu 他們說的話妶璐安聽不太懂吧！
爸爸沒時間教，媽媽也很少說。
vuvu 想教，可是妶璐安老是學不好。

村裡，是真的有一個頭目，
他住在我們家斜對面，是妶璐安同班同學芭里絲的阿公。
而我的阿公，只是一個木雕師傅。

他在廚房後面的空地，搭了一座帆布棚，
底下擺了許多他已經刻完，或只刻到一半的雕像，
他偶爾會帶人進來看看、逛逛，
但沒什麼人買他做的東西。

小時候，姿璐安只要回 vuvu 家，
第一件事就是往帆布棚跑，東摸西摸地在挖寶，
有大大小小的刀鞘、頭飾很美的人偶、百步蛇圖騰的杯子，
我最喜歡捧木屑起來給她聞，
讓她跟阿公玩猜猜看是什麼樹的遊戲。

爸死掉後，阿公就不當木雕師傅，改當酒鬼了，
vuvu 說的。

通常，他早上起床就開始喝酒，
有時候一整天都沒吃東西，光喝酒就喝飽了。
要不然就是坐在已經半塌傾的帆布棚底下，拿著木頭發呆，
如果 vuvu 比較晚回來，他也不會把燈打開，
依舊靜靜坐在棚子裡，繼續喝他的米酒。

我覺得阿公已經變成一尊悲傷的木頭，跟水泥牆壁黏在一塊了。

姿璐安每次想跟阿公說話，
她嘴裡吐出的話就像撞到木頭，碎成一地絕望。

我後來才明白，
原來，當家裡有人失去溫度後，其他人的溫度就會跟著一起不見了。

我記憶裡，屬於媽媽、還有阿公的溫度，
也跟著爸爸一起被裝進麻布袋，埋進土裡，
而且沒有一樣重新再回到我身邊過。
媽媽也是，爸爸也是，玩具也是。

而阿公，則變成了木頭。

vuvu 在爸爸去世後，開始四處撿空罐跟紙箱，
放在手推車上推去回收換錢，才能買飯菜回來給我們吃。

有一次放暑假無聊沒事，
姿璐安跟 vuvu 一起出門，幫她撿公園垃圾桶裡的寶特瓶，
就在我把一堆黏膩、酸臭，還爬滿螞蟻的飲料罐放進推車上的袋子時，
居然被那些六年級地看見，
其中兩個人的妹妹，是姿璐安的同班同學。

姿璐安假裝沒看到她們。
她跟 vuvu 說她肚子痛，就跑回家去了。

開學第一天，
姿璐安從廁所回到教室，
她的書包、課本，還有桌子、椅子上面，

全布滿不知道是誰用立可白寫的字。
乞丐、沒人要的小孩、神經病……。

厚厚的立可白線條，很難去除，
就算用鐵尺刮，或用菜瓜布刷，
還是有淡淡的痕跡留在上面。

從此以後，我們再也不跟 vuvu 一起出門撿垃圾。

直到去年冬天，vuvu 感冒，
躺在床上三天，整個人好燙好燙，
我不知道該怎麼辦才好，只能一直倒水給她喝，
用棉被、外套蓋住一直在發抖的 vuvu。

剛好村長經過門口，走進來打招呼，
才發現 vuvu 生病，我們也好多天沒飯吃，
好久沒說話的阿公一看見村長，居然開口說話了，
他說他酒喝完了，想跟她借錢去買。

從這天起，家裡會有教會的志工照三餐送便當來給我們吃，
志工阿姨還會帶 vuvu 去看醫生，餵藥給她吃，
直到 vuvu 的病完全好起來。

之後，vuvu 開始跟志工阿姨一起上教會，
去唱歌，禱告，或是聽村裡新來的牧師說話。
vuvu 也帶姿璐安去過幾次，
但是，當姿璐安看見一些認識的人也坐在教堂裡，
跟她們的爸媽或是兄弟姊妹一起，
看著姿璐安的一舉一動，

看著她被不熟的叔伯阿姨圍起來，
問爸爸媽媽的事情，
看著她被教導，要相信神，一切都會好起來……。

姿璐安就會受不了。

受不了那麼多注視的眼神與耳語，是憐憫，是嘲笑，還是厭惡？
受不了那麼多的問題，因為連她自己的問題她都不知道要去哪裡找答案？
受不了那麼多的承諾，承諾一切會好起來，會沒事，會有人愛妳……。

雖然教堂的阿姨、姐姐或牧師人都很好，
但是，沒有任何一個人過得跟我們一樣，
在無數個不被遵守的承諾裡，逐漸崩壞。
後來，姿璐安就不再去教會了。

村長跟頭目太太偶爾會來家裡，
塞一點錢或送一些菜給 vuvu，
還小小聲地勸 vuvu 不要再出去撿垃圾了，
也別再把錢拿給阿公買酒，
家裡的狀況才變得比較好一些。

但是沒有酒喝的阿公，脾氣變得更差，
會罵 vuvu 跟姿璐安。

不過沒關係，最起碼，他願意開口說話。

姿璐安則打死不穿頭目太太送來的衣服，
因為那全都是芭里絲的舊衣服，

她跟 vuvu 說，要她穿去上課，她寧願去死。

芭里絲跟姿璐安一樣，
爸爸在都市的工地摔死後，媽媽就改嫁別人。
但是，因為她的阿公是村裡的頭目，又是鄉長，
所以同學跟鄰居，不會也不敢像對我們一樣對她。
每次姿璐安在門口看見她穿新衣服跑出來，
跟她的阿公要錢去雜貨店買飲料喝的時候，
那一臉開心、得意的模樣，

會讓我想過去把她的衣服跟頭髮扯掉，撕碎。

我們不討厭她，只是想要看看她難過的樣子，
想知道她曾不曾有過一點點不幸福的時候。

我甚至懷疑她根本不懂什麼叫做緊緊握住，卻還是失去的感受。

姿璐安原本不太喜歡上學，
同學好像也不太喜歡看見姿璐安來上學，
但自從爸媽離開，她更不想要回家，
正確來說，也沒有家可以回，
所以上學變得比回家好一點。

美術課是我們最喜歡的課，
我喜歡拿著圓滾滾的蠟筆，
在空白紙上自由發展出各種線條、塗抹不同顏色，
像耶穌一樣成為造物神，任意決定萬物的模樣，
畫錯就全部擦掉，再重新畫過就好，
最後，我總是能完成姿璐安腦海裡想像的那個世界。

雖然總是有兩、三個白痴喜歡搶走我的畫紙，
害我畫到一半的線條歪掉了，顏色也被手肘抹髒，

但姿璐安不在乎，她只在乎美術老師。

跟媽媽一樣留著長頭髮，總是把馬尾綁得又高又翹的美術老師，
喜歡把我的畫拿起來，在全班面前稱讚我畫得很好，圖案很美麗，
感覺像又回到帶爸爸的禮物去上學，被大家圍繞跟羨慕的時刻。

上美術課的這兩個小時，可以讓我們暫時忘記想念。

有一天，美術老師突然叫姿璐安去辦公室找她，
她從抽屜裡拿出一盒全新的二十四色彩色筆，放到我手上，說這是送給我們的，
還說我們是被神疼愛的孩子，擁有美好的天賦，要好好珍惜。

我緊緊抓著彩色筆，
明明很開心，姿璐安卻哭了，
嘴裡一直說謝謝老師，謝謝老師，
心裡想的，卻是爸爸，還有媽媽。

爸爸，媽媽，今天老師送給我一盒全新的彩色筆喔！
全班只有我有，別人都沒有，
因為我是全班畫畫最厲害的人！

如果爸爸媽媽沒離開的話，我想姿璐安應該會這樣跟他們說吧！

等到了下個禮拜，我們最期待的美術課要開始了，
那天我們還特地帶她送的筆來，
但是講臺上站的人卻不是跟媽媽一樣留長頭髮的老師。

而是一個老老的，還禿頭的男老師，
他用粉筆在黑板上寫下他的名字，
向全班介紹自己是這學期的新美術老師。

沒關係，
反正老師常常換來換去，
這學期跟下個學期的老師總是不一樣，
我們也早已經習慣了分別。

只是這件事發生後，我才開始意識到，
原來分別之前，都會收到禮物。

如果我把禮物全部弄不見，分別是不是就不會發生了呢？
可是，爸爸跟玩具，到現在都還沒回來，
媽媽給的錢我也花光了，媽媽也沒有回來。

是不會回來了？或還沒回來？

我不知道。

我只知道，姿璐安又要我把彩色筆埋進學校後面樹林的土堆裡。

美術老師離開的那天晚上，

姿璐安想要我用美工刀把手腕畫開，

她想要將體內那些，

大人口中說的不幸基因流掉，

結果刀還沒割下去，姿璐安下腹突然抽痛起來，

跑去蹲馬桶的時候，看見血從尿尿的地方滴下來，

把馬桶的小水池慢慢渲紅，

她的緊張蔓延了全身，麻痺了我指尖。

她對躺在白色瓷面底的深棕色血塊很好奇，
想把它撿起來看，但是很不好撿，太滑了，
最後我將雙掌合併，才撈起來，

手心上的它，長得像醜陋、黏滑的寄生蟲。

這就是不幸嗎？她問。
我也不知道。

我把它丟回馬桶，沖掉，
拿起掛在洗手臺上的蓮蓬頭，
把沾滿黏液與血水的自己跟身體沖洗乾淨，
血絲順著水勢流進水孔蓋裡，宛如正在進行一場淨身儀式，
不幸流入水孔蓋裡，
我們又重生了。

我將芭里絲的棉T剪成數十片碎布，
再把其中幾片交疊後壓折成整齊厚實的長方形，墊在內褲上穿起來，
換好衣褲後，姿璐安疲憊地倒臥在木板床上，
拉起被單，一覺到天亮

隔天，血還在流，沒停止過，
我又剪了好多件芭里絲的舊衣服來墊，
丟了髒的，再換上新的。

在街上遇到芭里絲的時候，
想起她的衣服正貼在我的內褲上吸收不幸，
突然覺得好好笑，
她看著我們一直對她笑，又不講話，
罵了一句神經病就走開了。

直到第四天，
來家裡送便當的志工阿姨把我帶去廁所，
她從塑膠袋裡拿出兩包衛生棉給我，
教姿璐安用這個墊，才不會把褲子跟床鋪弄髒，
還給她錢，說如果全都用完了，再去雜貨店買。

原來這種不幸還有名字，叫作月經，
每個月會經過我尿尿的地方流出來。

幾天後，姿璐安國小畢業，
我們的人生好像因為每個月自動排出不幸的淨身儀式，
變得比較好一點。

阿公因為生病住進醫院，有醫師護士照顧他，
他再也不能對姿璐安跟 vuvu 發脾氣了。

vuvu 為了要留在醫院照顧他，就把姿璐安暫時送到隔壁阿姨家住。

我們每天坐公車通勤到山下的國中繼續念書，
雖然還是沒有什麼朋友，但無所謂，
因為姿璐安又遇到一位我們都很喜歡的美術老師。

他輕聲細語，講話溫柔，
經常在課堂上給大家看各種新奇的藝術圖像，
出一些跟以前上課不同的美勞作業，全部都很有趣，
譬如雕刻保麗龍球、刀削木飛機，
還帶了一顆白色假人頭跟一些水果，
擺在講臺上讓大家照著畫，
下課後還可以把水果分來吃，
我拿到兩顆蘋果，別人只有一顆。

他特別給姿璐安多一點。

下了課，同學都回家吃飯，或去補習，只有姿璐安不趕時間，
美術老師叫住姿璐安，說她有與眾不同的天分，
但是學校美術課的時間太少，
問她要不要每個星期三的美術課放學後，繼續到他的工作室學畫。

不用學費，老師還可以請妳吃晚餐，上完課開車送妳回家。
他溫柔地說。

我們馬上點頭答應，求之不得，
這樣以後星期三就可以不用吃阿姨家廚房水槽旁的冷飯，
也不會被她的小孩在晚上關燈睡覺的時候偷罵我們是米蟲。
第一次上課，
他教我們認識各種畫圖用的材料，還有它們的使用方式，

後來幾堂開始教起素描、再來是水彩畫與油畫，
還跟我們分享許多神話故事，
這些故事都被創造成書本上各式各樣美麗的藝術品。

我們原本只有星期三才會去老師家，
再來改成星期四、星期五都去，
到最後，我們每天放學都往老師家跑，
把作業帶去寫，或什麼也不做，看老師畫畫，或做其他事情。

阿姨家變成我們只是用來睡覺的地方。
後來，姿璐安不想再去，改回 vuvu 家自己一個人睡。
或者，直接睡在老師家。

我突然想起姿璐安小時候養過的一隻野貓。

有天牠出現在家門口，肚子餓，一直喵喵叫，
姿璐安覺得牠很可憐，就將牠取名叫喵喵，
她跟媽媽要了一個有缺角的大碗，
還有一個已經吃完的空塑膠餅乾盒，
把大碗裝滿剩菜，塑膠盒裝水，
在每天早上去上學，跟傍晚放學回家的時候，放在門口盆栽旁邊，
喵喵就會出現，來喝水，吃飯，
有時候還會跳到姿璐安腿上，陪我們寫功課，畫畫，或發呆。

我很喜歡牠，因為牠摸起來跟無尾熊背包一樣溫暖。

牠也是某天突然就再也沒出現，
姿璐安等牠等到飯菜都餿了，水也乾了，
已經習慣放置的碗與盒子，不再被需要，
天氣冷或覺得難過的時候，再也沒有哪個誰可以來安慰我們。

有些事情，很容易忘記，
像老師教我們好多東西，但我沒辦法全部都記起來。
但有些事情，想忘掉，卻總是忘不掉。

那天晚上，
老師在畫油畫，我坐在角落旁的凳子上休息，喝水。
他突然開口問姿璐安願不願意當他的素描對象，
是那種，必須全身衣服脫光光的全裸人體模特兒。

我放下水瓶，姿璐安看著老師，猶豫著。

妳不要誤會喔，這不強迫，
我只是覺得妳的身形很適合，想說問看看你的意願，
如果不喜歡不用勉強答應喔！

他溫柔細聲地說。

姿璐安緩緩起身，讓我將她的上衣跟制服脫掉，
接著從背後解開內衣的扣環，將內褲退至腳跟，
她慢慢走到老師的畫板前面，
將原本遮住她胸口的我垂放回身體的兩側，
在工作室的白色日光燈下，站在老師面前，毫無遮掩。

我不知道她是緊張還是興奮，又麻又熱。

剛開始，什麼事情也沒發生。

後來，老師也站起來，要姿璐安閉上眼睛，
他溫柔地牽著我，

輕輕地撫過他微微出汗的額頭，眼睛、鼻梁、微翹的嘴唇，布著零星鬍渣的臉頰與下巴，像小彈珠般上下滑動的喉結，鎖骨間深陷的小凹洞，起伏明顯的胸膛，

最後，我停在牛仔褲開口的拉鏈上，輕輕壓著他堅硬漲熱的欲望。

這是姿璐安第一次在老師家過夜，也是我們的第一次。

從姿璐安的眼裡看去，床單上一小圈的血，是鮮豔燦爛的紅。

那是幸福的顏色吧！

因為從那天後一直到今天，已經四個多月了，我們的不幸都沒出現過。

可是，為什麼還是沒有辦法得到真正的幸福？

對不起，我對不起妳。
五個小時前，他這樣對姿璐安說。

夏威夷大學通知我錄取藝術所，
所以我下學期沒有辦法繼續留在這間學校教書，
以後……可能也不會再回來，
妳還年輕，還有很棒的未來在等著妳，
妳一定會遇見比我更好的人。

所以，妳就把我忘了吧！
這樣對妳比較好。
他過來抱著姿璐安，雙手握著我，低聲說著。

他那雙握住我的大手，冷冰冰的，
他的眼睛是乾的，我摸不到任何眼淚。
而姿璐安，開始放聲大哭。

我以為你不會走，
我以為你是唯一一個不會離開我們的老師，
我以為你會帶我一起走，
我以為……嗚嗚，嗚嗚。
我不管！我要跟你一起走！
拜託你帶我一起走！
她哭著說。

我用力抓著他的手臂，前後搖晃，
可是他卻把我甩開，

姿璐安重心不穩跌坐在地上，
哭泣著，抽搐著。

我真的沒有辦法，對不起，
我不能繼續留在這裡，我已經向學校請辭，
下星期就會飛去夏威夷。
聽說新來的代課老師比我更好，
我會特別請新老師好好照顧妳。

他走過來扶姿璐安起來，可是她要我把他甩開，

滾！你走！
你們都是一樣的！
要走就走！都不管別人死活！
我不想看到你了！滾！

姿璐安的心跳跳得好快，渾身發熱。

而他，站著看著姿璐安幾分鐘後，
開口叫她冷靜一下，就轉身開門，出去了，
也沒說，他要去哪裡，什麼時候回來。

就這樣，又只剩下我們了。

姿璐安走到大桌子邊，把他的電腦打開，
下腹的抽痛感又來了，而且這次比以往更痛，
姿璐安跌坐椅子上，我用力按著肚子，
感覺到有熱熱的液體從大腿之間流出來，
頭好暈，身體都麻了，
血在腳底下像鮮花一樣綻開，愈開愈大，愈開愈大，
花心，隱約夾著暗褐色的什麼，

可是，姿璐安已經看不清楚了。

最後幾分鐘，我只記得
我沾滿了血紅色，
是幸或不幸，也分不清楚了。
頭好重好重，好想睡覺，身體卻愈來愈冷，
姿璐安慢慢趴伏在桌上，睡著了。

最後，她再也沒醒來，
而我卻醒了，
還能寫信給你看。

分別，真的都會有禮物，
只是這次終於換我們送了，
但不知道為什麼，

脈搏裡已經感受不到她小小、微微的心跳。

所以請你幫幫忙，
幫我摸摸看她還好嗎？
我快沒力氣了。

不過，這次終於換我們作那個先離開的人，感覺真棒，
不會再有誰，可以先離開我們了。

地方頭條：

「少女流產失血過多致死，意外爆出師生不倫戀的案外案！」

警方二十八日晚間接獲數名網友報案，表示在臉書上看見一封疑似遺書，但內文貼在令人匪夷所思的留言區，警方從留言所屬的臉書個人資料「學歷與工作經歷」中，發現留言當事者為屏東縣某國中教職員，立即通知屏東縣警局一一〇派員查看，依據臉書所留手機號碼聯絡當事者，當事者電話中表明可能是學生在自家工作室裡自殺，與警方同一時間趕赴現場搶救，抵達現場後發現就讀國中的十五歲陳姓少女趴在電腦桌前，下體大量出血，已無生命跡象。法醫勘驗後表示死亡主因為「流產導致失血過多致死」。

經警方調查發現，屏東某國中王姓代課老師與女學生發展出師生戀，並同居交往發生性關係，後來男子於結婚前夕與女學生提出分手時，發生口角與肢體碰撞，導致女學生意外跌倒引發流產，大量出血死亡。

王男到案後坦承犯行，但強調兩情相悅，且次數不多。校方以「發生師生戀」通報教育部國教署，並立即將男老師解聘；屏東地檢署則依與未成年男女性交罪，將王姓代課老師移送法辦。

潘鎮宇

〈沒有月亮的晚上〉（二〇一九）

一九八四年生於臺東，排灣族人。國立成功大學臺灣文學系畢業。從小在都市成長，於是決定在畢業退伍後，到蘭嶼進行一年的小說田野與實踐，填補部落生活經驗的空白。二〇一三年考上原住民族特考後曾在臺東達仁、花蓮、高雄等原鄉服務，現定居於高雄市美濃區。

部落是小說田野的最佳場域，也是滋潤文字成長茁壯的珍貴養分。〈沒有月亮的晚上〉獲二〇一九原住民族文學獎小說首獎，書寫服務高雄最偏遠的桃源區樟山國小與建山國小期間所聽聞的故事，是第一篇首獎作品。還曾以〈飛魚之死〉獲二〇二〇打狗鳳邑文學獎、〈Yapapaw〉獲二〇二一 臺灣文學獎以及〈特富野的風〉獲二〇二二桃城文學獎。

沒有月亮的晚上

阿里曼認為一定有人陷害他，他根本不記得自己簽過什麼連帶保證人。陽光耀眼的清晨，烏瑪芙沒有像以前一樣叫阿里曼起床，他看著時鐘，確認已過應該出門的時間，但廚房沒有任何動靜。阿里曼聽見大門開了又關的吱喳聲響，覺得有點煩躁，準備下床查看怎麼回事，隨即聽見烏瑪芙急促的腳步聲，要他到門口見一位陌生男人。陌生男人的凸肚撐緊已明顯洗褪色的翻領襯衫，脖子上的金項鍊閃閃發亮。

「幹麼？」阿里曼揉著眼打量門口這位來者不善的男人，「烏瑪芙，他來幹麼！」

男人再次拿起上頭寫有「阿里曼．伊斯拔拔拿勒」簽名的擔保本票影本，說限期一個月內還清所有債務，否則將請法院強制執行處分你們家裡與名下所有的財產。

「你怎麼會有我的簽名，這到底怎麼回事？」阿里曼企圖抓住男人的手肘，把他逼得往後退兩步。

「我不是來給你問問題的，」男人用食指指向阿里曼，「那張留給你，你自己看著辦！」

「妳，」他對烏瑪芙說，同時提防阿里曼走向自己，「部落就這麼大，『敢報警』，妳們就完了。」男人的口氣蠻橫傲慢。

阿里曼試圖看清楚廂型車內另一名男人是誰，但深色隔熱紙讓視線黯淡，車子倒退兩次後迴轉離開，只略見他從口袋拿出香菸叼在嘴角，菸頭微微上翹。

阿里曼看著手上的影印文件，意識到自己不應該接下這張紙又站著目送對方離開，街坊鄰居肯定會誤以為真有其事。進屋後他立刻拿起電話打給阿義，這是所能想到唯一有可能的線索，但話筒另一端傳來號碼已暫停使用。

「我出去一下就回來。」

「要不要先報警？」

「上面寫的是我的簽名，我先搞清楚到底怎麼回事。」

「你有沒有在騙我，工作有一天沒一天的就算了，跟人家簽什麼保人，你看，現在找上門了，剛剛鄰居都在看，你要怎麼辦？」

「哪裡有，沒有！我怎麼知道。總之妳先不要管，好不好，等我回來。」

阿里曼從密封袋裡拿起檳榔往嘴裡丟，車子在山路中急駛，拐進南橫公路的彎道裡，桃源山區適逢夏季西南氣流所帶來的汛期，雲霧裊裊迷茫在溪谷中。

手機的另一端仍舊重複播放「已暫停使用」的制式答錄聲。

「我現在應該要做的是……」檳榔辛辣的酸澀感讓阿里曼宿醉的眼神稍微明亮一些，他感覺腳下的離合器比平常更容易踩得到底，「問清楚到底怎麼回事，是不是那次下山後的傍晚，他問要不要合夥，預防我黑吃黑，要我簽名的那次……」

阿里曼將車子停在寶來的外環道，穿過數棟現在已經空無一人的平房，玄關的兩扇門都半開著，屋內空蕩蕩的黑暗，讓人渾身不舒服。催繳的帳單與信件擠滿信箱，門上浮貼三張粉紅色的掛號領取單。阿里曼發現上頭的收件人都不是阿義的名字，他在屋外來回踱步，阿義當時神氣活現的嘴臉現在仍然歷歷在目。

兩年前，阿里曼跟的工班已經將近一年沒有攬到工程，只好從都市搬回部落等景氣好轉。阿里曼承擔所有家計，平時在父親留下的一小塊旱地耕作，農作田事忙完，便四處幫人做些臨時粗工雜活，偶爾假日到山上尋採野生愛玉。下工後即拿著當天日領的薪資坐在雜貨店門口跟朋友吃喝直到烏瑪芙過來拉他回家。

半年前的某日午後，阿里曼倚在自己的小貨車，正胡亂嗑掉手中剩餘的幾把花生，一輛廂型車在店門口停下，從副座開門的白衣男子聲稱來自寶來，逐一向聚在雜貨店的人遞上菸盒，嚷嚷著大家交個朋友，有個臨時工作想請在地人幫忙。

隔天阿里曼打了菸盒上留的電話。男子見到阿里曼，再拿一包菸給他，介紹自己叫阿義，最近租了一塊保留地想找人整理，但這裡的工人不好請，阿里曼點頭表示現在農閒期間他可以配合。

週末，三臺車從寶來開進桃源布唐布納斯溪上游的七十三號林班地，短暫休息後使喚阿里曼在南面的舊苗圃整地並備餐。

「如果有人、車進出，一定要立刻用無線電連絡。」

「我明白。」

「你並不明白，」阿義一口氣說下去，「來，聽我說，我們等下會繼續前進，你留在這裡幫我們看著，懂嗎？看著這裡，如果有車子過來，通知我們，我把無線電交給你就是這麼回事。」

阿里曼發現阿義每次跟自己講話時會顧盼其他地方，他只想說他想說的話，對其他提問卻心不在焉。

車子繼續往林道深處前進。

阿里曼拿起鍋子在一旁生火，山的另一邊傳來陣陣鏈鋸引擎的聲音。

傍晚，車輛回到舊苗圃，眾人幾口內迅速吞完大鍋麵。阿里曼繞過貨車後方，帆布下散發濃烈的牛樟木氣味，阿義在阿里曼還沒開口前，搭著他的肩順勢轉向後方，背對其他人，將一包鼓脹的信封遞給他，「你剛剛掉了『一袋東西』。」

阿里曼順手掂了掂重量，看了其他人一眼，他們正熄掉手上的菸，套上沾滿木屑的雨鞋準備返程，阿里曼回過頭把信封放進外套內的夾層口袋。

幾天後，阿里曼犯了菸癮，打電話問阿義，「為什麼託寶來的朋友也問不到你手上的牌子。」

阿義得意大笑，「這進口白牌菸，全南部只有我們有賣，味道雖然清淡，但後勁香醇，一根抵三根。」

阿里曼抱怨，「自從抽了你的進口菸之後，口袋裡的七星怎樣都提不起精神」。

阿義要他別擔心，「有需要的話隨時來找我拿就好。」

過沒幾天，阿里曼又來找阿義拿菸，阿義嗤之以鼻地說：「你這樣拿的量太多了，我自己也不夠，但可以幫忙訂貨。」

「一包兩仟？」

「當然啊！你以為裡面加了什麼，口味可以這麼衝。」

幾次合作後，阿義問阿里曼要不要入股，一夥幹一票大的。直到數個月後的今天，債主到門口鬧得全部落繪聲繪影地謠傳消息，阿里曼才知道整件事原來是個局，明白阿義要找當地人作掩護的原因——除了用摻有毒品的菸控制自己，更用一袋袋豐厚的酬勞換取信任，就是要利用他對林班地與地形的熟悉，到蠻荒僻地盜伐境內全數的牛樟樹。

阿里曼不想拖累老家，菸癮又發作，憂悶尋死，烏瑪芙連忙喝止他：「與其這樣丟下我們，你之前不是說過拉克斯溪上游林班地那裡還有棵老牛樟，既然知道買賣門路，倒不如賭一賭。」

「那怎麼可以呢！現在禁獵期，獵場不能隨便進出的啊！」

「那是他們『伊斯坦大』家族的地，有什麼關係，不然你怎麼辦？」

「夠了！別再說了！」

「你先聽我講，還是你那塊保留地……」

「妳又跟我說保留地，我不可能會答應。」

「你也考慮一下我，白天剩我一個人在家，鄰居經過門口都會往裡面看一下，而且我家族那邊的壓力很大，你自己也知道那塊旱地種不了什麼東西。」

「還講？這件事不要再說了。」阿里曼負氣離開家，眼前山坡上的森林看過去就像一副陌生的面孔，好像從來沒有見過這樣的森林，他對自己身處陌生的熟悉環境，心裡很不是滋味。

一個星期過去，阿里曼決定就冒這一次險，老牛樟生長遠僻，地貌落差起伏運送不易，只能嘗試徒步背負木塊走河床，有好幾天他佯裝上山採愛玉，再趁機尋找適當的運送路徑。

夜晚，阿里曼帶著鏈鋸上山，過了一條小溪，進到峽谷深處，路徑旁邊留有烤火後殘餘的灰燼與焦黑的垃圾，河床上碎酒瓶的每片玻璃一一閃耀著夜空中圓亮的滿月。

忽然，前面有人大喊：「幹什麼！」

阿里曼眼見數人戴著頭燈，手拿長條物奔跑過來。

「別跑！別跑啊！」

阿里曼邊跑邊將背上的鏈鋸和工具袋拋丟出去，地面發出沉重又清脆的金屬碰撞琅瑲聲。後面混雜著數人追趕的叫囂聲：「跑哪裡去！」「不要跑！」

眾人亂成一片的腳步聲在礫石河床上沙沙作響，就像溪水暴漲時的滾石翻騰。

這些人是誰啊？怎麼深夜跑來這裡，是不是認錯人啊？阿里曼在內心狂喊。

阿里曼跑出峽谷，溪床視野開闊，荖濃溪就在前面，微微波光彷彿向他招手。他知道自己不能再思前顧後地找掩護躲起來，只能奮力地往下跑去，背後放槍的爆破聲衝破山谷的寧靜。

「站住！」

「跑啊！你再跑啊！」

「跑很快嘛！我看你多會跑啊！」

「×××！」三字經從耳邊掠過，一刀砍劃在阿里曼的背上。

另一道辱罵聲音來勢洶洶從右側傳來，竄出的兩個人影愈追愈近，阿里曼只得沿著溪邊奔跑，大小石頭層層疊疊交錯，追趕的人跌跌撞撞，阿里曼死命狂奔，一個重心不穩的踉蹌讓他仆跌進溪中，冰冷的溪水刺痛著他血肉模糊的背，他感到眼前一陣黑暗，水波浪花帶著滾石打在他的臉上，急流將他沖往下游，折騰數十分鐘後才勉強從水淺處爬上岸。

阿里曼渾身無力，側臥倒在溪邊，呼哧呼哧地大口喘氣，思忖著自己前陣子頻繁往山裡探路時可能早被同行集團鎖定，大概也是要爭奪這棵老牛樟吧。回到家，他輾轉在床上全身哆嗦，整晚蜿蜒蠕動著身軀無法入睡。

眼見還債大限剩兩個星期，阿里曼告訴妻子自己先到山上保留地的工寮避風頭。

數日後的清晨，山稜線上晴空無雲，遠方山腳下梅李桃樹在葉落滿地的枯枝上，準備冒出等待冷冽勁風吹襲時才盛開的花苞。烏瑪芙坐在貨車後斗一路上顛簸，抵達產銷班的愛玉園時，雖然時間還早，但她已經精疲力竭了。村裡消息傳的很快，烏瑪芙可以感覺到，產銷班的隊員偶爾會轉過身壓低嗓門講話，用漫不經心的眼神瞄視著自己的每個動作，在部落裡生活的族人打量從平地開車經過的觀光客時用的就是這種眼神。儘管知道他們議論的是其他事情，餘光細語還是會讓自己不安。烏瑪芙提著工具袋，快步朝果園走去，至少為了保住家族在村裡的面子。她帶著盛滿愛玉果的籃子，藉口說回程路途遙遠，要先帶去泡水洗掉愛玉果上的乳汁做初步處理，但她只是伸長著雙腳休息，懶洋洋地將愛玉一刀一刀削皮。過沒多久，不由自主地伸出手，低下頭端詳滿是果膠黏稠汁液的雙手，坐在碎石子地上發愣。

午飯時間，烈陽異常寧靜地反射在帳篷頂上，微風吹動後方竹林嘎嘎作響，一片又一片的竹葉以尾端為中心，旋轉飄下落土；隊員們陸續走到休息區的雙層藍白帆布下，裝出什麼事都沒有發生的樣子，他們不時抬頭左右相視對望，默然不語，看著手裡的便當，挑揀飯菜送入口中，直到烏瑪芙起身離開上廁所，才聽見此起彼落的閒談聲。

烏瑪芙繞過果園後方，在平坦的山坳處，發現重複挖起後又填埋的怪異痕跡，四周留有挖土機履帶碾壓過的塊狀碎土。她從碎末粉屑中拾起數塊潮溼腐朽的殘材，上頭緊貼各式板形、鐘形與馬蹄形的鮮豔橘紅片狀凸出物，散發濃郁的芬芳香氣。她壓抑著顫抖的手，輕輕將一小塊枯木藏在工具袋裡，覆上剛削下來的愛玉果皮，傍晚下工後帶到工寮給阿里曼。

阿里曼看到木塊立即拿到鼻前，用指甲刨下外皮咀嚼，舌尖的辛麻苦味湧上眼耳，他一手抓著烏瑪芙，說甲仙那邊開很高的價錢在收購這種野生牛樟芝。

阿里曼隨烏瑪芙下山，將木塊脫手後的錢當利息商請債主再寬限兩星期。阿里曼徹夜反覆思索，耐著背痛，勉強背起背籠，走進那片屬於他們依斯拔拔拿勒家族的獵場。

阿里曼明白，若要避人耳目，須上切陡峻又混亂的原始雜林，山頭過去還有兩處不穩定的斷崖區，逢雨必坍，其前後還有數段極富暴露感的峭壁。

月亮已升至頭頂上方，阿里曼沿著溼滑的碎石開始上切路跡不明的陡坡，腳下全是踩了隨即滑動的片狀岩壁，沿路的爛泥緊緊咬住阿里曼的雨鞋，悶溼的氤氳水氣，讓阿里曼滿頭滿臉狂冒著汗，好像剛從溪底裡爬上來一樣。晚風颼颼地吹在阿里曼乾澀的臉上，他解開外套拉鍊，聞到一股汗臭氣味。後方的背籠反覆磨蝕他的背，讓傷口膿血淋漓。他從山稜的另一邊繞過果園，抵達烏瑪芙口中發現牛璋芝的山坳時，俯視眼前的地形分布，終於將事件串成一線，明白那晚遭襲的原因大概不是怕他爭奪林班地那顆老牛樟，而是自己闖入山老鼠埋藏木頭的警戒範圍。總之，現在已經別無選擇。阿里曼安慰自己：平地人從我們家族獵場盜伐的牛樟木就在眼前，只要拿走本來就屬於我們布農族的東西，事情將一切圓滿。

阿里曼從杯裡的米酒沾了三滴向周圍致意，呼吸之間可以感受到留存在空氣中的牛樟氣味。輕微的菸癮讓阿里曼意亂心煩，時時焦慮地轉頭查看有無人影出沒。

剎那間，阿里曼聽到前方似乎傳來急促的鳴叫：「唧啾—唧啾—唧啾—」讓他愣在原地不敢置信—— hashas[1] 竟然出現在三更半夜的森林裡！黑影由右飛向左邊，消失在更黑暗的樹叢裡。

阿里曼用手掌搓揉雙眼，捏了一把鼻子：「似乎是幻覺，因為這裡什麼也沒有。」他恢復平靜，走到背籠旁邊，再灌兩口米酒清醒頭腦。

回到山腰鞍部，阿里曼站在層層碎岩板堆疊而成的平臺上，遠方部落的幾棵樹搖晃著，溪谷正在颳風，寂靜中傳來幾聲狗吠，少許的雲霧從綿延的山脈緩緩流下，略擋住些炯亮的月光。阿里曼隨著往前跨出的步伐，他的背痛在大片轉白的五節芒草叢中隱隱發疼，他多次試著用手掌拍了拍太陽穴，舒緩那隨著呼吸心跳而陣陣傳來的頭痛。不斷地告訴自己快到家了、快到家了，眼眶內逐漸模糊。

阿里曼切回返家的路線，他知道背籠是最好的掩護，誰能想到有人會走河床用背籠將木頭運下山呢。

為了掩蓋牛樟氣味不被鄰居發現，阿里曼將殘木與牛樟芝混在屋外院後鐵皮棚下的爐灶旁，心想那兒有青剛櫟、相思木與待燒的薪柴雜木，準定妥當。阿里曼準備下山洽買家談價，出門前不忘轉身跟女兒莎菲說：「我們就要有液晶電視可以看囉！」明年要念國中的莎菲抱怨線條模糊的電視已經兩年了，自從跟著父母回到山上後，把電視劇情帶到學校臆測討論，成了她與同學維繫感情的祕密話題。她相信父親每日從早到晚工作，是因為搬回部落時曾答應她要存錢換一臺新電視。看見父親離開前的笑容，她把腳翹在桌上，不停地按著遙控器轉臺。數分鐘後，烏瑪芙也快步跑到客廳告訴她：爸爸說今天晚餐要加菜，妳先去燒火準備煮樹豆來熬排骨湯。

---

1 hashas：占卜鳥。

莎菲走到爐灶前，怕弄髒手似地用指尖捏著二葉松當火種，引火點燃，一縷炊煙冒出來，拿起塑膠紅扇輕搧，趁灶內的火勢準備向八方竄起，趕緊抱起木頭添柴。頓時，濃郁的牛樟氣味飄進屋內客廳，烏瑪芙光著腳從後門衝進已煙霧瀰漫的鐵皮棚內，見牛樟木與鮮橘色的牛樟芝在猛烈焰火中燃燬，面色灰白衝向莎菲，搧出巴掌大吼：「ais！napaka hanlas！這些木頭好幾十萬是要賣的，爸爸回來肯定把妳打死。」

莎菲鐵青著臉甩門而出。

甲仙的買方跟著阿里曼來到家裡，烏瑪芙告訴他們木頭與牛樟芝已化成一攤灰燼。阿里曼怒瞪大眼，粗魯地推著烏瑪芙的肩膀，要她把莎菲交出來。烏瑪芙搖頭說每間可以問的電話都打過了，這孩子不曉得躲去哪裡。

深夜，桌上為莎菲留的飯菜已經冷了，烏瑪芙頻頻站到門口張望，心想等下莎菲回來要怎麼攔住阿里曼對她的怒火。這時，電話響起，烏瑪芙觸電般地趕在在鈴聲還沒結束一響前便拿起了話筒，里長通知在沒有路燈的夜路上，莎菲被車重撞倒地失去意識，救護車已在前往省立旗山醫院的路上。

下山的車內，阿里曼硬踩著油門準備超車，引擎高速運轉急駛的嘶吼聲在山谷裡迴盪。椎心哀痛的烏瑪芙，不停地問阿里曼怎麼辦，阿里曼咬著檳榔靜默無語，指甲深深刺進方向盤的皮套裡。

莎菲躺在急診病床上，意識尚未恢復，時而呻吟，很痛苦的樣子。血壓心跳儀器規律地發響。烏瑪芙低著頭看著自己的右手，憂戚滿面，愧疚和絕望的反作用力打回身上，悲不欲生。阿里曼闔上布滿血絲的雙眼，將手機關機，無力地靠在床旁圍欄。

整晚，夫妻兩人並肩坐著，不發一語。護理人員的腳步在其他急診病床外幽閉的走道來回移動，高處的空調送出呼呼的冷風拍打薄薄的簾子，簾外的交談聲走近走遠，混濁且令人窒息的消毒水味使人難受，猶如冬日的冰霜降在乾枯的高山草原上。

醫生進來說，還好車子最後一刻有煞住，只是撞擊與驚嚇讓她暫時昏迷，並無嚴重的傷勢，明天會再來觀察，若無大礙即可回家。

「Tama，對不起。」莎菲熬過一個晚上，醒來後用發腫的嘴脣，嘟嘟噥噥地請父親原諒，她的眼神直直緊盯著床腳不敢望向他們，顯然想克制自己。那泛淚的雙眼，包含著多少天真與純潔，對阿里曼而言猶如尖銳的長茅，無情地刺進他已奄奄一息的心臟。

阿里曼急著搖搖頭：「不要對不起，這不是妳的問題。」

烏瑪芙伸出手摸了摸女兒的額頭，看著她眼窩下的明顯黑暈說：「沒事就好，沒事就好」。

三人幾句後把話講開，莎菲一直繃緊著的勁道也逐漸舒緩下來，臉上終於綻出一絲微笑，吃完母親帶來的餐食，便嗚嗚地哭起來。

莎菲告訴母親，離家當下全身發抖，自己一步一步穿過枝葉撩撥的樹林，爬上部落上方的農路，跑了好遠好遠，一直到走不動了，跌了好多次才停下來，發現自己短褲下紅腫刺癢的雙腿，已被割出許多細長的疤痕，流著數道鮮血，許久才意識到淚水已從眼眶湧到下巴，覺得自己好累。睡醒後，腿上被手抹開的血跡已經乾了，突然，聽見身後有人高聲談笑經過，樹林間光影交錯，一共有六、七人吧，個個肩上都扛著大型機具與工具下山。往對方頭燈照射處細聽，知道他們是盜伐的山老鼠，正討論運木的工作分配，半年前有棵隨著大雨崩坍下來的牛樟木，被就地掩埋在農園裡。自己曾經聽部落的人說他們裡面有些人有槍，也有人在吸毒，行為舉止不太正常，在山上平靜的日子過慣了，大家都不太願意去招惹麻煩，當下只感覺心臟撲通撲通飛快地怦怦跳著，等他們遠離後才倉促跑下山，沒注意到對向來車，不小心發生意外。

提到牛樟時，莎菲看起來有點傻裡傻氣的，但阿里曼臉上的陰霾瞬間散去大半。聽到她說山老鼠下星期會再上山將最後埋藏的牛樟挖出來帶下山，知道這是最後的機會，沒有時間了，烏瑪芙也逼著趕緊上山搶那棵牛樟。

討債的電話持續響起，他們剩最後三天。阿里曼將貨車停在玉穗農路，穿過一片露水浸溼的草坪，褲子沾到露水，涼滋滋的，逼得他不得不停下來拍掉水珠，約莫二十分鐘，便循著莎菲描述的私人泉水管路找到埋藏地點。

阿里曼很清楚他們的作案手法，小心翼翼四處張望，這些不是就地掩埋在河床裡的漂流木，相對安全，他們會等買方下單或汛期過後開放撿拾時才會動手。阿里曼向下挖幾呎後，發現眼前的木頭枝椏短小細長，黑壓壓的，即使勉強挖起來大概也是不值錢的末節殘塊，阿里曼心想莎菲畢竟還是小孩子不懂這些，也不能怪她描述言過其實。

「阿里曼，你在這裡做什麼？妳女兒好一點了嗎？」正當阿里曼苦惱無措時，一輛警用機車噗噗噗地巡邏經過，八卦消息已傳遍鄰近部落，阿里曼為了避嫌只能將埋木之事告訴警方。

在派出所做筆錄時，阿里曼意識到肩背肌肉深處彷彿有著難以言喻的重量壓在上面，一股酸痠麻麻的滋味不斷地從心中湧出，千頭萬緒的煩惱亂糟糟地在腦裡打轉，他不認為自己做錯什麼，「這裡本來就是自己家族傳下來的獵場，平地人怎麼可以來偷我們的東西呢。」這些想法在他的腦裡翻騰一會兒便憋住了，「反正跟警察說這些也沒用。」

他一度不把國有林地的規則當作一回事，現在當然已經不能這樣做了，如果只有自己一個人，那倒可以輕輕鬆鬆對整個事件一笑了之，可是現在，把他推到這裡來的總歸一個字，就是「錢」，他得把家庭考慮在內。

「自己過去的工作也並非完全養不了全家啊。」他用一種難以解釋的得意心情，安慰自己至少這些年來沒真正讓家裡因為錢而煩惱過，但他知道烏瑪芙很清楚，他嘴裡所謂的存款，是櫃子裡裝著三張千元紙鈔的鐵罐，他從鼻子裡哼了一大口氣。

事件迅速在山區傳開，警方積極著手偵辦，但鄰近擁有大型重機、吊車與板車的業者竟以機具維修不方便、目前沒工人等理由拒絕配合協助。消息亦即刻傳至山下的盜伐集團，他們趁夜派人將挖土機假裝壞掉，停放在農路入口，阿里曼明白這跟阿義教他的一模一樣，想拖延時間阻擋檢警進入。看來這棵牛樟非同小可，便通報警方，要從地主下手。

過了三天，林務局從屏東調派挖土機，警方通知地主到現場，他的神情顯得嚴肅而兇悍。開挖這天的天氣異常悶熱，在部落裡待久的人都知道將有雷雨來襲。地主看見林務局的工人蹩腳地操作機具，履帶顛簸移動的姿勢東倒西歪，很彆扭的樣子。他叼著菸的嘴歪斜著笑在場的人：「你們這樣只是浪費國家資源啊。」

挖土機在農地來來回回，忙碌整個上午，發現都只是很普通的土壤表層，地主又訕笑警方剛好免費幫他整地翻土。午後，落雷從山的另一邊傳來巨大轟隆聲響，原本卜卜咚咚的細雨瞬間嘩啦嘩啦地襲落在每個人的身上，天色猶如拉下布幕籠罩般，讓大地暗了下來，眾人紛紛使勁踩著泡水而變得黏滑的泥土，跑到樹下狼狽地躲雨。

警方斥責阿里曼，要他再去確認莎菲所言真偽，地主笑，「區區小女孩戲言讓在場的所有人被耍得團團轉唷。」

大雨不停傾注，雷電猛烈交作，平地來的工人揮揮手示意警方他想準備下山離開。阿里曼曾經看過阿義偽裝掩護的手法，他舉起一隻手，遮在眉毛上的雨，看向遠處的水泥地面，要工人破壞那片似乎是新鋪設的水泥平臺再往下挖。

傍晚，雨勢暫歇，一株市價至少五佰萬，樹齡逾七百年、胸徑二．一公尺的完整牛樟生立木，從被水泥封埋的地底下挖出。地主頓時扳著臭臉，啞口無言，經警方詰問技巧突破地主心防，只得承認自己受利誘偕同掩護行為，並供出背後的集團與派系，短短一個星期即宣布破案。

阿里曼不僅用豐厚的線民破案獎金還清債務，還為家裡買了許多新家電，他一夕之間成了部落裡守護森林的英雄，更被林務局工作站薦舉聘任為收入穩定的巡山員。

這天，是阿里曼任巡山員的第一天，林務局從平地派來一名男子，做為他今日的搭檔，他們身穿公發的工作服，在桌上檢整分配巡山裝備。

「達瑪．阿里曼，我在報紙有看過你的報導，能跟你一起上山真是太棒了。」男子敬仰地說。阿里曼的嘴角先是抽了一下，再給男子一個嚴肅的微笑，像是要避掉這類恭維的話卻又不知怎麼回應。

上個月開始吹起季節轉換的風，低溫的雨領著寒冷氣流，將兩人後方闊葉林上的樹葉落了下來，溼冷的水氣隔絕了他們與山下的一切事物。

路上，男子告訴阿里曼，上級指示今天要從河床腰繞下去探勘，男子靈巧熟練地拉著樹幹下切溪底，阿里曼則用雨鞋後跟的抓地力，以一種男子從未見過的步伐輕鬆滑下山坡。

「你剛剛這樣下山很危險，」阿里曼告訴他：「如果樹幹不牢固，就摔下去了。」

男子停下腳步稍作休息，看起來著實鬆了一口氣。

「那裡第一步應該先踏左腳後跟再設法去抓手點。」阿里曼卸下背包，指導男子觀察路線與下山的技巧，「下切山路的第一步很重要，如果一開始的先後順序不正確，誤判手點或採錯腳點，很可能愈下降愈增加難度，陷入進退兩難的困境。」

枯水期的河床上有幾條不明顯的礫石小徑被走踏壓過，伏流過後探出的細微溪水在頭燈的照射下清澈見底，粼粼的波光彷彿感受得到其冰涼。阿里曼停下腳步，將雨鞋踩進河裡沖掉後跟上的泥巴，他們接著爬過幾處堆積許久的砂礫小坡，隨處可見漂流殘木倒臥在旁，阿里曼循著線報的GPS資料來回巡查。

「應該就是這裡了吧，你看！」

「走吧，我們下次再來。」

「怎麼了嗎？」

「如果是我，肯定會趁著月圓的那幾天再次上山來的，不用依賴工作燈，才不會被山下遙遠的我們發現。我們就埋伏在左邊的路口，等天一亮他們下山，剛好人贓俱獲一網打盡。」

「哇，你真的跟我聽說的一樣，對那些山老鼠在想什麼都瞭若指掌啊。」

阿里曼又給男子剛剛那個嚴肅的微笑。繼續朝四周被土石滾傷的殘木砍下一刀，拾起木屑靠近鼻子判定樹種，並要男子在GPS上做定位紀錄。

刀尖劈下後不會在樹上留下多大的傷痕，但這裡的每棵一級漂流木啊，早已在百年前種子飄落在土壤萌芽時，便注定了她們往後的命運。

然木柔．巴高揚

〈不是，她是我 vuvu〉（二〇一三）

〈臉書〉（二〇二〇）

Lamulu Pakawya，一九八六年生，戶籍登記為卑南族，卻同時擁有阿美族與排灣族的基因與名字。畢業於國立臺灣大學人類學系。

二〇一六年與部落的夥伴一起創立工作室，期望能透過藝術、設計與工藝，使文化脫離「文獻化」趨向，成為生活中的「進行式」。後更於二〇二一年創立有限公司，盼能透過如文學、影像等媒介，發展族群的故事產業。

然木柔的作品產量不高，卻屢屢獲得肯定，曾以〈不是，她是我 vuvu〉獲二〇一三年第四屆臺灣原住民族文學獎小說組第二名；二〇二〇年同時以〈臉書〉、〈姓名學〉、〈他們叫我〉、〈miyasaur．再．一起〉等作品，榮獲第十一屆臺灣原住民族文學獎小說組、散文組、新詩組首獎以及報導文學組第二名，創下歷屆原住民族文學獎得獎的紀錄。作品〈不是，她是我 vuvu〉被翻譯成德語、日語，〈臉書〉亦正進行英語翻譯授權中。與墨刻編輯部合著有旅遊書《歡迎來作部落客．幸福臺九線》。

不是，她是我 vuvu

在我這不算長，但也不能說短的生命中，曾有那麼幾個時刻，我是真的，澈澈底底感受到了，所謂的「對人生的覺悟」。即便當下的我，也只不過五歲大。

這個感覺初次浮現的時刻，是在美麗溫柔的王老師，不再美麗溫柔的那時候。她的眼睛像巫婆般噴射著嚴厲的火焰，雙手緊緊掐住我的雙臂，聲音尖尖地問著：「站在門口的人是誰？」

我的眼睛隨著她的問句，飄向了站在幼兒園大門口的 vuvu。vuvu 嘴角啣著總不離口的檳榔，嚼出了一口吸血鬼嘴巴。在來來往往、牽著小孩離去的家長中，她就像是客廳的玻璃櫥櫃裡，那尊寬寬圓圓的陶壺，背著還不會走路的小貝比妹妹，寧靜地佇立著，對我那一刻面臨的痛苦和恐慌，毫無所覺。

王老師的聲音愈來愈高亢，她一邊將我拖到離大門口遠遠的辦公室前，一邊重複著同樣的問句，「她是妳的誰？」

不明白這個問句的我，茫然地看著老師。於是王老師蹲了下來，抓著我，一個字一個字地說著：「妳——要——叫——她——什——麼？」

喔，這個問題我倒是知道要怎麼回答，「vuvu。」

王老師似乎不滿意這個答案，又再問了一次，而我也再回答了一次。原本在我臉上的茫然，傳染到王老師的臉上。

「呃，妳要叫她奶奶嗎？」

奶奶？我搖搖頭，媽媽要我叫 vuvu。

「阿嬤嗎？」

阿嬤？阿嬤是什麼？我再搖搖頭。

然後，就像寫功課一樣，寫錯一題就會被媽媽打得很慘。現在，我因為回答不出正確的答案，即將面臨回不了家的狀況。

娃娃車載著一車娃娃離開了校園，原本擠滿校門口的家長和小孩，也陸陸續續地離開。校園呈現了空蕩蕩的狀態，只剩下王老師、我，以及嚼著檳榔、背著妹妹、如雕像般穩穩站在遠處的 vuvu。

「她是妳另一個奶奶嗎？」

另一個奶奶？我從來沒有奶奶呀！我惶恐地再次搖搖頭，「不是，她是我 vuvu。」

我清楚記得那時王老師的臉，蒙上了一層媽媽平常要打人時會有的表情，我驚恐得不知道該如何是好。是先說對不起？還是趕快跑掉？我覺得自己陷入了一場陰謀中，害怕得幾乎快哭了出來。媽媽是不是不要我了？所以把我丟在幼兒園，像故事裡的爸爸把小孩送上火車，讓好心人來領養？所以 vuvu 才會站在那裡不來救我？

我回想起媽媽對我交代的話，「媽媽要去臺北看爸爸，妳要乖乖地，幫 vuvu 照顧妹妹，聽王老師的話。」

整個週末，媽媽都在忙碌地收拾行李，還去了一趟屏東，把 vuvu 接來高雄。之前只要放長假，媽媽都會帶我回屏東的山上看 vuvu，妹妹則交給瑪姆照顧。有時候媽媽去找在臺北工作的爸爸，也是瑪姆來照顧我和貝比妹妹。王老師認識瑪姆，還曾當面稱讚瑪姆：「妳好厲害，會說國語、臺語，又會說日語。」

可是瑪姆最近去桃園照顧剛出生的小堂妹，所以媽媽才特地找沒有下山過的 vuvu 來照顧我們。媽媽還帶 vuvu 走了一次到幼兒園和菜市場的路線，交代 vuvu 我的上學、放學時間，甚至一再強調一定要每天給我喝一杯噁心的鮮奶。

早上媽媽先讓 vuvu 在家裡照顧貝比妹妹，然後帶我到幼兒園，在分別時又再對我說了一次「妳要乖乖的」。但，媽媽為我讀過的故事裡，每個爸爸和媽媽要丟掉小孩的時候，好像都會說這樣的話，該不會……。

媽媽為什麼想丟掉我？我昨天是不是做錯什麼事？我努力回想，但是能想起的事情實在是太多，不知道是哪一件？在幼兒園偷偷吃同學請客的乖乖桶？媽媽最討厭我吃這種「垃圾」。騙媽媽說我在寫功課，可是卻在偷看《紅髮安妮》的繪本？還是趁媽媽不注意的時候，把早餐的鮮奶灌進妹妹的奶瓶裡？我惶惶不安地想著到底是哪一件事情被抓包了？還是每一件事情都被媽媽發現了？

想到這裡，我的眼淚嘩地狂瀉而出，王老師愣了一下，站了起來。我以為她終於好心地要放我走，但她卻是將我拖進辦公室裡，一隻手緊緊拽著我，另一隻手開始撥起電話。

天啊天啊，王老師要打電話找好心人來收養我了！怎麼辦？逃跑吧？

念頭才起，我便使勁脫離王老師的魔掌，往辦公室門口衝了過去。雖然身高總是輸人家一大截，但我對自己的跑步速度很有自信——在幼兒園的賽跑中，我從來沒有輸過，還常常打敗年紀比較大的小朋友。媽媽說，這是因為我有遺傳到瑪姆和爸爸的「阿美族水桶」。

還沒跑出辦公室，王老師已掛斷了電話，再次如老鷹抓小雞般地攫住我。

我想起卡通裡被魔女抓住的公主，美好溫暖的世界正在我眼前逐漸崩解，不曉得未來悲慘且孤苦無依的日子，能不能遇見好心的長腿叔叔？

「妳媽媽剛剛在電話裡說，她有請妳的阿嬤來接你，所以外面那個真的是妳的阿嬤囉？」

我猶豫了一下。vuvu 就是 vuvu，可是老師好像覺得那個答案是錯的，我想起王老師也很喜歡把瑪姆說錯成奶奶。

媽媽說好孩子不可以說謊，可是眼下只要能讓我繼續好好地存活在溫暖的世界裡，答案不管對或錯，只要能讓老師滿意，就是唯一的答案。

沒有掙扎多久，我孤注一擲地決定說謊，「嗯！」加上用力點頭。

王老師揚起了美麗溫柔的微笑，將我牽出辦公室，走到校門口，鄭重地將我的手放在 vuvu 的手心裡，對 vuvu 說，「安妮的阿嬤，真不好意思，因為最近常常發生綁架小孩子的事情，所以我必須和安妮媽媽確認一下。」

vuvu 愣愣地看著老師，染著檳榔汁的嘴角動了一下，「安妮媽？」

王老師美麗溫柔的臉上瞬間閃過一絲疑惑，不管三七二十一，我拚命拽著 vuvu 要她趕快帶我回家，免得王老師改變心意，我就真的變成無家可歸的小乞丐。

回家的路上，vuvu 牽著我走進招牌上總是寫著「七」的「便祕商店」。媽媽有時候煮飯到一半發現沒有醬油或鹽巴的時候，會來這裡買東西。媽媽說在這裡買東西很方便，但是東西都很貴。我想這就是為什麼媽媽要罵它「便祕商店」吧？

vuvu 從架子上拿了一罐味精和一盒鮮奶，接著，令我驚訝的是，vuvu 居然從零食的架子上拿了一包「蝦味先」——媽媽絕對禁止的「垃圾」之一。

這是要給我的嗎？我恍若作夢般地從 vuvu 手中，接過了神聖卻又邪惡的蝦味先。懷著對媽媽的罪惡感，以及挑戰權威的快感，到家前我已經將蝦味先吃光光，還舔了舔殘留在包裝內的碎屑。

歷經放學時那段令人心力交瘁的過程，再加上那正充滿著口腔，蝦味先鹹鹹乾乾的味道，我進到家門時突然備覺口渴，拉著 vuvu 要求道：「咪子。」

正忙著要煮飯的 vuvu 看了我一眼，「安妮媽。」

媽媽？我不是要媽媽，我口渴得要死。

「我要咪子。」我仰頭指向放在流理臺上的水壺。

「挨秋？」

我看著 vuvu 拿給我的奶瓶，差點氣死，我又不是小貝比。

「不是！咪子！我要咪子！」

vuvu 遞給我流理臺上，媽媽唯一認可的零食「蘇打餅乾」。我都快渴死了，一點都不想再吃乾巴巴的餅乾，我推開 vuvu 的手，用力指著水壺，「咪子。」

vuvu 皺著眉頭看著我的手指方向，打開了流理臺旁邊的冰箱，「挨努？」

「不是！」我心裡閃過一絲恐慌，不會吧！才剛逃過變成孤兒的命運，現在卻又要面臨被渴死的命運。

「咪子咪子。」

vuvu 露出了一絲不耐煩的臉色，回頭繼續做菜，不再理會我。我看著她胖胖的身軀擠在公寓小小的廚房裡，眼淚又掉了下來。

完了完了，我只有五歲卻要死了，而且還是被渴死。

我一直哭，愈哭愈渴，愈渴愈想哭，哭到 vuvu 把我拎到椅子上，塞給我一碗盛滿白飯的碗和一支湯匙。

桌上的菜都很苦，連湯都有點苦苦的，有些肉很硬，而且味道有點臭。這些菜和肉都是 vuvu 從山上用一包一包的塑膠袋帶下來，每次和媽媽回屏東山上的時候，都會吃到這些東西，媽媽往往要拿著米達尺才能迫使我吃下去。

喉嚨乾澀的我，辛苦地將白飯一口一口往食道裡吞，打死不動那些可怕的菜，即便愈吃愈渴也絕對不喝那碗苦得讓人想吐的湯。vuvu 看著我，說了一聲「卡努」，就將那些苦苦的菜和臭臭的肉挾進我的碗裡。

先是差點回不了家，再來是快被渴死，現在又要吃這些臭烘烘的東西，我覺得自己就像是故事裡被大人欺負的小孩子，總是吃不好、睡不好，生命中沒有一點幸福。想到這裡，我的眼淚又不自覺地落了下來。

vuvu 看了我一眼，嘆了一口氣，晃著胖胖的屁股和肚子，走到客廳去餵哭著要喝奶的妹妹，留我獨自面對滿桌難以下嚥的菜餚。

偏偏就在那個時候，我瞥見了一個小小的影子正竄向餐桌——阿布拉木蟋！我尖叫起來，vuvu 立刻站了起來，看著我說：「安妮媽？」

又是安妮媽？英勇的媽媽又不在家！眼淚未乾的我，指著桌腳大叫：「阿布拉木蟋！」

vuvu 看向桌腳，但是可惡的阿布拉木蟋已經不知道鑽到哪裡。vuvu 張望了老半天後，又嘆了一口氣，挾起更多的菜到我的碗裡，繼續餵貝比妹妹喝奶，不再理我。

我絕望地看著碗中更多的菜。

哭著將碗清空後，我已渴得快不能講話。vuvu 安靜地將我手中的空碗收走，在她走向廚房時，突然冒出了一句話：「寫功課。」

我驚訝地看向 vuvu，這還是她第一次說著我聽得懂的話。稍微評估狀況後，我下定決心，要為了生存再奮鬥一次。

「咪……咪子。」我拉著 vuvu，拚死命地指著水壺，用乾啞的聲音哀求著。

vuvu 皺起了眉頭，思索了一下，再次打開冰箱，拿出剛買回來的鮮奶，倒滿一整個馬克杯，塞進我的手中。

她低頭看著我，我仰頭看著她。

幾秒鐘後，我深深吸了一口氣，忍住嘔吐的衝動，將噁心的鮮奶咕嚕咕嚕一口氣灌進嘴巴裡，喝完後我不斷乾嘔著，但被液體滋潤的喉嚨和嘴巴已不再痛苦。此刻，活下去，才是最重要的事情。

vuvu 像是很滿意地點了點頭，又對著我說，「寫功課。」

驚訝感被隨之而來的怒意瞬間衝散。笨死了！什麼都聽不懂！只會給我噁心的鮮奶！什麼都不會講！卻會講「寫功課」？

我怒氣沖沖地打開書包，拿出今天的作業，整個人伏在客廳折疊桌上，恨恨地用力在紙上刻著注音符號，力道大到劃破了作業簿一些地方，還把所有鉛筆都用斷。當最後一支鉛筆的筆蕊「喳」地一聲飛出桌緣時，我立刻後悔。我很確定 vuvu 一定聽不懂「削鉛筆機」這四個字，而那個東西偏偏位處在我搆不著的書櫃上。我惶恐地拿著斷光光的鉛筆，走向正拿著小木杵把芋頭搗成泥的 vuvu。

vuvu 看了我一眼，又再次說出謎樣的話：「安妮媽？」

為什麼 vuvu 一直以為我要找媽媽？躊躇著，我不知道該用什麼方式表達我的需求，只是將那些斷筆舉到 vuvu 面前。沒想到我什麼話都還沒講，vuvu 就將那些斷筆接了過去，很熟練地用一把小彎刀，刷刷刷地將這些鉛筆削得尖尖的。

在我正著迷於 vuvu 那神乎其技的削鉛筆技術時，電話響了起來。vuvu 放下手中的東西，拿起了話筒。

「喂！」vuvu 的「喂」說得很重，很像在罵人。她對著話筒講了幾句，就把電話拿給我，「蘇基娜。」

接過話筒，一聽到裡頭傳來的熟悉聲音，我就大哭了起來。

「媽媽！王老師今天不讓我回家，她說 vuvu 是阿嬤。vuvu 不給我咪子、不打阿布拉木蟋，vuvu 不會講話。妳在哪裡？什麼時候回來救我？」

電話那頭安靜了幾秒鐘後，媽媽溫柔的聲音傳了過來，「vuvu 會講話，只是講的是排灣族話，像瑪姆講的就是阿美族話和日本話，『咪子』和『阿布拉木蟋』是日本話，所以 vuvu 聽不懂。妳先不要哭，妳以後要喝咪子，就跟 vuvu 說妳要『喝水』，看到『阿布拉木蟋』就說『蟑螂』，這幾個字 vuvu 聽得懂。」

我啜泣著，「那為什麼老師不讓我回家？萬一她明天也不讓我回家怎麼辦？」

「那是因為老師聽不懂 vuvu 是什麼，就像瑪姆是阿美族話，vuvu 則是排灣族話，阿嬤是臺語，它們唸起來不一樣，但意思是一樣的。老師今天打電話給我的時候，我跟她說過了，妳不要怕，她明天會讓妳跟 vuvu 回家。」

「媽媽。」

「什麼事呀，寶貝？」

「什麼是排灣族話？阿美族話？日本話？」

「排灣族話和阿美族話都是原住民講的話，日本話是日本人講的話。」

「那我們現在講的是什麼話？」

「我們現在講的是中文。」

「所以我們是中文人？」

「呃，不是，我們是原住民，但我們會講中文。」

「喔，那什麼是原住民？」

「妳就是原住民，媽媽和爸爸也是原住民，vuvu 和瑪姆也是原住民。」

「妹妹也是原住民嗎？」

「妹妹也是，屏東山上的那些人，都是原住民。」

「那王老師和其他的小朋友呢？」

「他們不是。」

「為什麼？」

「是因為我們的祖先——祖先就是比 vuvu 和瑪姆還要老的人，他們很早以前就住在臺灣，所以我們就說自己是『原住民』——原本就住在這裡的人——的意思。」

喔，所以我是原住民啊！

「那為什麼我不會講排灣族話和阿美族話？」

「呃，因為你還沒有學。」

「當原住民很好嗎？」我想起今天恐怖的經歷。

「當然很好啊！」媽媽的聲音突然尖銳了起來。

「為什麼？」

「因為，呃，妳不是想和紅髮安妮一樣很會念書，以後當博士嗎？這樣子，妳會有比較多的分數，還有獎學金，不怕沒錢念書，可以很快地當上博士。還有，妳很會跑步，也是因為妳是原住民呀！」

「不是因為我有『阿美族水桶』嗎？」

「血統。」媽媽更正了我的發音，然後回答：「阿美族就是原住民啊。」

是喔？那這樣也不錯。

「媽媽。」

「什麼事呀？」

「為什麼 vuvu 一直以為我要找妳？」

「啊？」

「她一直對我說『安妮媽』。」

話筒傳來了一聲「喔」後，我彷彿聽到媽媽摀著話筒大笑的聲音。過了很久，我才聽到她回答：「『安妮媽』是排灣話『什麼』的意思，vuvu 是在問妳有什麼事。」

原來如此。

再撒嬌一下後，我將話筒交還給在旁邊繼續摀著滿滿一簍子芋頭的 vuvu。vuvu 和媽媽講了很久的電話，我想起以前媽媽打電話給 vuvu 的時候，也是這樣子講話，原來這就是排灣族話。我寫完功課的時候她們還在講，在我快要睡著在排灣族話很有韻律的節奏中時，vuvu 掛上了電話。

然後，我看見 vuvu 走進廚房，從水壺中倒了滿滿一杯咪子。

啊，人生也不過如此。

在我「還要還要」地連續灌完三大杯的咪子後，家裡來了客人。我看過她，媽媽說她是 vuvu 的妹妹，我都叫她小 vuvu。

她住在高雄和屏東的中間，有時候媽媽會帶我們去拜訪她。她有一個長得很高很高的老公，我有時候聽得懂他說的話，有時候聽不太懂。當我問媽媽為什麼會這樣時，媽媽一邊大笑一邊說那是因為他講的話有「閃東搶」。小 vuvu 很會講「中文話」，可是因為她要照顧表弟他們，所以媽媽不找她來照顧我們。

小 vuvu 手裡提著一籃啤酒，vuvu 將還沒搗完的芋頭擱在客廳一角，走進廚房把晚餐的剩菜熱了熱後，兩個人就坐在餐桌邊，喝起啤酒，用我剛知道但還是聽不懂的「排灣族話」聊起天來。聊到一半，小 vuvu 像是想起什麼一樣，從大塑膠袋裡拿出了一包「蝦味先」。

「妳的 vuvu 剛剛有打電話來，說妳喜歡吃這個。」

啊，人生，真的也不過如此。

隔天早上，vuvu 依照媽媽臨行前的交代，在我用早餐時，將滿滿一杯鮮奶推給了我。前一天我迫於無奈多喝了一杯鮮奶，今天再喝一杯實在太不公平。於是，趁著 vuvu 在廚房忙來忙去時，我迅速滑下椅子，跑到妹妹旁邊，搶走她手中的奶瓶，旋開蓋子，將鮮奶倒了進去。不曉得為什麼今天的手氣特別不順，速度慢了很多，在將奶瓶塞回妹妹的嘴巴前，似乎發現事情有點不對勁的妹妹便早一步「啊啊啊——」地尖叫起來。

聽到聲音的 vuvu 立刻衝了過來，一掌甩向我還來不及藏起來的手背，接著她的嘴巴裡狠狠地爆出了一個，至今仍舊令我魂牽夢縈的詞彙——「掐以！」

我顧不得疼惜那已然紅腫的手背，只忙著將這個充滿力道與氣勢的罵人話，深深地收進心底，打算之後拿出來好好研究。

那天倒是很順利地放學，王老師很客氣地和 vuvu 說聲再見，不太會講中文話的 vuvu，只是用很權威的表情和老師點了點頭。接下來幾天，vuvu 固定接送我上下學，當我說咪子的時候，vuvu 會馬上提起水壺和杯子。有次我又發現阿布拉木蟋，才剛喊出來，vuvu 就迅速地將它解決掉。每天吃完飯她都會盯著我寫功課，但不會寫的地方不能問她，因為她也看不懂，只會說「安妮媽」「安妮媽」。當我寫完功課時，小 vuvu 也差不多會在這個時間提著一籃酒到來，兩個很久不見的 vuvu 姊妹便開始就著餐桌徹夜長談，吃著剩菜、嚼著檳榔、喝著啤酒，還不忘先塞給我一包「垃圾」。

有次放學後，我看見 vuvu 在餐桌上鋪滿了一堆葉子，葉子上面又疊了一層不一樣的葉子，vuvu 在葉子上面把她搗了好幾天的芋頭泥抹了上去，接著又把混著芋頭粉的肥嫩嫩豬肉放了上去，最後把它們用細細的繩子裹了起來。

「奇拿富。」vuvu 一邊對我說，一邊動著她那胖胖的魔法手指。

這一連串動作對我來說好迷人，像是在進行一種神聖的儀式般。我興奮不已地要求 vuvu 也讓我包一個，但我的手沒有魔法，葉子爛成一團，豬肉掉了一地，vuvu 最後只好一句句「阿拉阿拉」地把我趕開。

那幾天，我不時提醒自己要多多練習那個驚人的罵人話，不過要找到 vuvu 和其他人聽不到的地方練習，還真有些難度。我只好一遍遍地在心裡默唸著它，力求口音和聲調的正確性。

有一次 vuvu 又進到「便祕商店」買東西，當她走到零食架時，對著我比了「噓！」的手勢。因為我前一天不小心在電話裡和媽媽招認了我一直再吃這些「垃圾」，媽媽好像在電話裡嚴厲地警告了 vuvu 一番。我本來悲悲慘慘地為自己的愚蠢傷心了一下，沒想到 vuvu 居然不怕那個有時候會變得很凶狠的媽媽，她用手勢示意我自己選，我興奮地朝著架上口味眾多的品客洋芋片一比，說道：「我要，大啾娃。」

最近一直聽 vuvu 和小 vuvu 講話，我已經知道有哪些話是 vuvu 聽得懂的。

「挨努？」vuvu 指著原味品客。

「依你。」

「挨努？」vuvu 指向披薩口味。

「五億。」

在 vuvu 拿起披薩口味的那一刻，我彷彿看見許多故事裡常說的——生命中的那一道光。

不過有次做功課的時候，我和救世主 vuvu 出了一點問題。王老師要每一個小朋友回家找一個傳說故事並畫下來，隔天到學校分享。可是 vuvu 聽不懂我說什麼，我也聽不懂 vuvu 說什麼。當我為了明天可能交不出功課而忍不住嚎啕大哭時，正巧上門的小

vuvu 解決了這個問題。

小 vuvu 對著我說：「你的 vuvu 很會講故事，可是你聽不懂，我叫她講，然後再講給你聽。」我點了點頭，看著小 vuvu 回過頭對 vuvu 說了幾句排灣族話，vuvu 先是驚訝地瞥了我一眼，然後把貝比妹妹放進了娃娃床。接著，她頗為慎重地坐了下來，從她的小袋子中拿出了幾片荖葉，用鈍鈍的小彎刀在一個小木壺中，挖出白白的石灰抹在葉面上，對摺後捲入檳榔，放進口中。當紅汁自 vuvu 的嘴角溢出時，一股薰人的味道，便瀰漫至整個空間。

接下來，換我瞪大眼睛驚訝地看著 vuvu。

vuvu 居然一邊搖晃娃娃床，一邊開始唱起歌來，而且不是一般的歌，比較像是老師帶我們去參觀佛光山時，那些和尚唱的那種，會讓人想睡覺的歌。vuvu 每唱一段，就停一下，讓小 vuvu 用中文說給我聽，斷斷續續下來，我完成了我的功課，並且發現，比起〈二十四孝〉、〈孔融讓梨〉、〈愚公移山〉這些幼兒園老師講給我們聽的故事，我更喜歡 vuvu 的故事。

唱完歌後，vuvu 對著我說了幾句話，我聽不懂，小 vuvu 在旁邊幫她說：「這個故事是我們的 vuvu 跟我們說的，我們的 vuvu 有很多故事，妳還想要聽嗎？」

於是，當天晚上，我便在 vuvu 那充滿魔力的語言，和輕搔著鼻黏膜的檳榔味道中，沉沉睡去。

很久很久以前，在一個村子裡，有一個長得很醜的女孩子，叫做烏妮，還有一個長得很漂亮的女孩，叫做依比。

烏妮很羨慕依比，也想要變漂亮，她就跑去找一個很聰明的老人，問老人有沒有辦法把她變漂亮。老人要她去找歪歪曲曲的木柴，破破爛爛的葉子和很髒的河水。可是烏妮心裡想：「我是要變漂亮，那當然要找長得很直的木柴，光滑的葉子和乾淨的河水。」她找回這三樣東西後，老人便用很直的木柴起火，把乾淨的河水倒進鍋子裡，當水滾了以後，就叫烏妮進去鍋子裡面，把光滑的葉子蓋在臉上。煮了三天三夜後，老人叫烏妮出來，烏妮往河水裡看了看，發現自己……。

「變得更醜了！」

我不爽地看著插嘴的同學，我的故事還沒講完耶！

「才沒有變醜，她變漂亮了！」

「為什麼？她又沒有聽老人的話。」另一個小朋友問道。

「所以她才變漂亮了啊！」

「不聽話的人才不會變漂亮！」

「她真的變漂亮了啊！」

「妳一定講錯了，她要變醜才對。」

「我沒有講錯！」

在大家吵成一團時，王老師站了出來，「好了，大家不要吵。安妮，這個故事是妳阿嬤跟妳說的嗎？」

是我 vuvu 跟我說的，「嗯。」

「故事結束了嗎？」

「還沒。」

「那繼續說吧！」

依比看見烏妮變漂亮後，也跑去找那個聰明的老人，老人也跟她說了一樣的話。於是，依比很快地把老人要的東西找回來。

老人用一樣的方法把依比煮了三天三夜，依比出來後，往河水裡一看，發現自己的身體像歪歪曲曲的木柴，臉像破破爛爛的葉子，皮膚像髒髒的河水，她變成全村最醜的女生。

當我講完故事後，發現班上的同學都用聽鬼故事般的表情看著我。

「妳騙人！」一個小朋友說道：「依比應該要變漂亮。」

「沒有，她變醜了。」

「可是她聽那個老人的話啊！」

「所以她變醜了啊！」我不耐煩地回答。

「很乖的人才會漂亮啊！像灰姑娘。」

面對大家的質問，我愈來愈生氣，可是也不知道該怎麼辦，只能回答：「就是因為依比聽話所以變醜了。」

「所以不聽話的人才會變漂亮嗎？」

王老師立刻結束這場爭論，「好了，大家安靜，現在請大家鼓掌，謝謝安妮的故事。」

在大家的掌聲中，我氣鼓鼓地回到座位。這個故事明明就很棒，其他小朋友的故事才奇怪——蛇變成女人然後為了老公被壓在高塔下，女人因為老公死了把長城哭倒了，女人假扮男生念書最後和自己喜歡的人變成蝴蝶——為什麼這些女生都很漂亮但都那麼可憐？

「很棒喔！大家都完成自己的功課了，現在請大家乖乖地坐在位子上，老師去一下辦公室，馬上回來。」

當王老師拿著一疊五顏六色的畫紙走回辦公室時，大家開始吱吱喳喳吵了起來。

「妳的故事一定講錯了！聽話的人才會變漂亮。」

「我才沒有講錯，我的 vuvu 就是這樣講的。」

「什麼是 vuvu ？」

「就是阿嬤。」

「那就是妳的阿嬤講錯了，故事才不可以這樣。」

「她才不會講錯！」

「她會！白痴！」

戰火瞬間點燃，怒不可遏的我朝著不斷質疑我的同學尖聲怒罵，「你們才是白痴！」

「故事白痴！妳是白痴！妳阿嬤是白痴！」一個人高馬大的男同學氣勢洶洶地朝我挑釁，下一刻，我已朝他撲了過去——沒有我以為會有的扭打場面，我被他輕輕一推就整個飛了出去，還重重地摔在地上。面子頓失的我，憤憤地爬起來，想也沒想就尖叫著朝他丟出我腦中浮現的第一個詞語——「掐以！」

一切正如我勤奮練習時那千百遍的想像，吵吵鬧鬧的氣氛瞬間因著我的咒語，安靜了下來。正確的發音、完美的聲調、令眾人目瞪口呆的氣勢，對於這樣的成果，我——非——常——滿——意。

看到大家被震懾得無法言語，我以勝利者的姿態，更驕傲、更用力、更大聲地再向對方吼出另一個咒語——「阿拉！」——惡靈退散！

不幸的是，王老師這時剛好回到了教室，她嚴厲地看著我，提高聲調問道：「安妮，妳剛剛說了什麼？」

只要是小孩子就會知道，這個時候就是要打死不認。

「沒有啊……」

「妳剛剛在罵人嗎？把妳剛剛說的話再說一遍。」

我是小孩子所以我知道，這個時候一定要保持永遠的沉默。我垂頭看向腳趾，堅定地向老師和地板行使緘默權。

一陣僵持過後，王老師嘆了一口氣，恢復了溫柔美麗的笑容，召喚大家上課。我一整節課都不敢再講話，認認真真地做個聽話的好孩子，偶爾憐憫我那不被認同的故事。不過這個陰影沒有糾纏我很久，因為下課時間一到，所有的同學——包括和我吵架的那個男生——都不約而同地簇擁到我的身邊，開始嘰嘰喳喳地問道：「妳剛剛是在講什麼？」

把頭一揚，我覺得剛剛不小心沉默下去的神氣又再度被喚醒。

「那是我們家的原住民話。」

「什麼是原住民話？」

「就是原住民說的話。」

「原住民是什麼？」

這個問題讓我一愣，我好像也有問過媽媽同樣的事情？

「原住民就是，呃，很會跑步，跟我一樣，還有，考試會有很多分數，會有很多錢，還有，呃，很會念書。」我東拼西湊地說著，最後再重重地加了一句「我媽媽說的！」來增加我話語的說服力。

一聲聲「好好喔！」「好好喔！」傳進我的耳朵裡，說有多舒服就有多舒服。

「那要怎樣才能當原住民？」有個同學突然問道。

糟了！媽媽好像只說過是因為我們家有「煮仙」，所以我是原住民，可是就像不是每個公主都會有神仙或仙女幫忙一樣，萬一其他同學家沒有「煮仙」呢？

但是，我現在是大家的燈塔，可不能就這樣滅了自己的光芒。

「呃……應該報名就可以了吧！」

話才出口，我就知道自己說了一個再正確不過的答案。沒錯，就是報名，報名就可以去學鋼琴，以後當鋼琴家；報名就可以去學畫畫，以後當畫家；報名就可以去學芭蕾舞，以後當芭蕾舞者；所以，只要報名，就可以當原住民了！我真是天才，難怪瑪姆總說我以後可以當博士——世界上最聰明的人。

「那要怎麼報名啊？」

渾身上下充滿自信能量的我，面對這個問題，毫不猶豫地回答：「是我媽媽幫我報名的，我回去幫你們問她，她會告訴你們要到哪裡找『煮仙』報名。」

「『煮仙』是什麼？」

我不耐煩地回答：「你很笨耶！『煮仙』就是讓我們變成原住民的人啊！就像安親

班裡面的作文老師或畫畫老師啊！」

對呀！對呀！你很笨耶！其他人同聲一氣地對著發問的同學罵道。

「那妳回去一定要問怎麼報名喔！我要叫我媽媽幫我報名。」

「我也要，妳不可以忘記喔！」

「一定喔！我今天就回去跟我爸爸媽媽說。」

好啦好啦！下次來上學的時候，我一定會告訴你們要怎麼報名。我仁慈慷慨地答應著這些瘋狂的粉絲們。把這麼好康的事情分享出去，我一定會好心有好報，以後可以和英俊的王子結婚。我樂不思蜀地想像著那擁有許多洋娃娃和白馬王子的未來，並再次提醒自己，回家一定要叫 vuvu 打電話給媽媽，我要問她怎麼報名當原住民。

不過還沒等到我開口向 vuvu 要求，媽媽就早早地打電話過來了！劈頭第一句話就是：「安妮，以後不要在學校亂講故事。」

「阿故？」我生氣地大吼以示抗議，為什麼連媽媽都說我亂講故事？

不知道為什麼，媽媽好像隔了好一會兒才回過神的樣子，但沒有回答我的問題，還反問我：「妳說什麼？」

我是在問——「阿故？」

「就是不行，聽話。」

「阿故?喜孤打！」

不耐煩的媽媽也怒吼了起來：「不准說不要！妳給我好好講話！把電話拿給vuvu！」

我用力摔掉電話，氣鼓鼓地巴著vuvu軟軟大大的肚子大哭。我才沒有亂講故事！而且不好好講話的明明就是媽媽！vuvu一手摟著我，一手接起了電話。當她掛上電話後，什麼也沒表示，只是嘆了一口氣，走向冰箱，拿出幾個「奇拿富」擱到蒸鍋上，並「啪」地點起瓦斯。等到水開始咕嚕咕嚕響，我的哭泣也轉為啜泣。而vuvu只是沉默地坐在旁邊，咚咚咚地搗著那永遠搗不完的芋頭。

不久後，「奇拿富」那混合著濃郁蒸肉香，以及清甜草葉香的獨特味道，便像雲朵兒般，緩緩地飄浮、充斥在家裡的每個角落中。vuvu用粗粗厚厚的手指，將透著騰騰熱氣的的「奇拿富」從鍋裡拿出。她默默地拆掉棉繩，剝開外層的葉子，把「奇拿富」遞給了我。和著淚水，「奇拿富」那油滋滋又清清甜甜的香味和美味，稍稍療癒了我受創的心靈。

這個事件的隔天，vuvu 再次進行了製作「奇拿富」的神聖儀式，這次就算我把「奇拿富」包得爛爛的，vuvu 也沒有「阿拉阿拉」地趕我走。當「奇拿富」被擺進蒸鍋時，vuvu 甚至開始唱起歌來，但小 vuvu 不在，我一句也聽不懂。我們在聞起來很好吃的香味，以及 vuvu 那不知道是很悲傷還是很平靜的歌聲裡，度過了一整天。

不久，媽媽回來了，帶著許多益智玩具。很明顯地，她是為了之前在電話裡亂罵人的事情，想用這些玩具討好我，要不然她才不會這麼大方。可是這些玩具又不是娃娃，沒辦法向同學炫耀。

vuvu 幾乎是立刻收拾行李，趕著回屏東的山上，媽媽說是因為 vuvu 在山上有很多的東西要顧。我突然覺得好捨不得 vuvu。可能看出我的眼淚又在眼睛裡跑步，vuvu 臨走前告訴了我一個驚人的祕密，我也一樣把這個事情放到那專門蒐藏祕密的心底。

媽媽帶著我和妹妹，一起開車送 vuvu 回屏東山上，接著又急匆匆地趕回高雄。幾乎是一到家，電話鈴聲就響了。媽媽鞋子還來不及脫，就奔過去將電話接起。

「喂?是，王老師，不好意思我才剛回到家，這幾天給您添了這麼多麻煩真是不好意思。是，請說。」

這通電話看起來一時半刻不會結束，我想起 vuvu 跟我說的大祕密，於是偷偷地溜進房間，拉開了衣櫃抽屜。在層層的衣物下面，是一袋「垃圾」，上面寫著「旺旺仙貝」。

vuvu在家裡各處藏了許多包零食，她臨走前一一地指給我看。我拆開旺旺仙貝的外包裝，抽出一包，再將那袋旺旺仙貝原封不動地擺回原處。然後，一邊小心地啃著甜鹹鹹的餅乾，一邊偷聽媽媽講電話。

「小朋友學她講許多奇怪的山地——您的意思是原住民話嗎？不，我不知道她說了什麼，我會再問她。是……」

我舔了舔沾在嘴唇旁的碎屑，將薄薄的塑膠紙塞進垃圾桶底部，免得媽媽清垃圾時發現，接著裝作一臉沒事地走進客廳，光明正大地旁聽媽媽講電話。

我的屁股才剛沾到椅子，媽媽的聲音就瞬間拉高了八度，「沒有，我絕對沒有這樣對她說過！」

嚇死我了，我還以為偷吃垃圾的事情被抓包了。

「我想這之中可能有些誤會……噢，真的嗎？對不起，我真的很抱歉，可以請老師幫我轉達給其他家長嗎？不好意思造成他們的困擾了，我很抱歉。」

我看見媽媽迅速地瞥了我一眼，「我了解了，我會好好跟她說。謝謝老師，真的很不好意思。好的，謝謝，掰掰。」

媽媽掛上了電話，眼睛對上了我。她安靜地看了我一會兒後，將一張椅子拉向自己，坐下，繼續注視著我。我的眼神開始亂飄，不敢大力呼吸，害怕媽媽會聞到我嘴巴裡的「垃圾味」。

隔了一會兒，媽媽才開口：「妳叫其他小朋友一起當原住民？」

依你！是他們自己想當原住民的。我拚命搖頭，不敢開口，旺旺仙貝的味道在我口腔內依然如此濃烈。

「老師剛剛打電話來跟我說，班上很多小朋友一回家，就吵著要他們的爸爸媽媽幫他們報名當原住民。」

對厚！我差點忘了這件事，等嘴裡的味道消失後，得記得幫他們問媽媽怎麼報名。

「老師還說妳在班上用大家聽不懂的話罵人，現在你們班上的小朋友在家裡都一直學妳說話。」

就算閉口不說話，我相信我的表情早已經不打自招。媽媽看著我，又安靜了一陣子。我以為她準備要拿出家法「米達尺」，但是她沒有，只是久久地看著我。她的表情和眼神，也不像是她平常罵人或揍人前的樣子。

在搖籃裡的貝比妹妹哭了起來。媽媽站起身，朝妹妹走去。走沒幾步，就回頭對我說：「vuvu 和妳藏起來的那些零食，我要全部沒收。」

「喜孤打！」我才剛尖叫出來又馬上閉上嘴巴。怎麼回事？這不是被我深深藏在心底的祕密嗎？為什麼媽媽知道了？

「我就奇怪妳和 vuvu 在家裡走來走去幹什麼，剛剛聽到妳偷吃餅乾的聲音才知道。」媽媽抱起狂哭不止的妹妹，橫了我一眼。「這樣好了，以後妳每個星期背十句英文，背起來後，媽媽就讓妳吃一包。」

阿故！喜孤打！不公平！那是 vuvu 給我的！

我震驚地看著媽媽，突然覺得我好想念不會講中文話的 vuvu，有媽媽在的日子實在是太不好過了，她都不聽我的，什麼都要聽她的。妹妹的哭聲讓人更覺煩躁，怒火攻心的我忍不住站了起來，朝哭得聲嘶力竭的貝比妹妹大吼——「掐以！」

下一瞬間，我看見媽媽抄起了家法「米達尺」。

「哇！」我立刻抱頭蹲下，做好將被痛揍一頓的覺悟。但是，等了好一會兒，預期的痛覺卻一直沒有產生。

維持挨打的預備姿勢，我慢慢地瞄向媽媽，只見她拿著米達尺的手正緩緩放下。

「以後不可以再講這一個字。」

媽媽轉過身，放下米達尺，搖晃起貝比妹妹，輕輕說道。

然後，我可以發誓，媽媽一定是魔法精靈。因為在那神奇的一刻，我看見媽媽突然變身成了vuvu，並發出了和vuvu一模一樣的嘆息聲。

臉書

1天

「醉到開始幻聽，一直聽見那隻貓的慘叫聲，不斷輾壓著我」——這是你在臉書上的最後一則訊息。

訊息發布後沒多久，你墜樓，以一種奇特且戲劇性的姿勢，俯臥在你家門前的龍眼樹下，然後被發現，被送上救護車，被搶救，被送入加護病房，昏迷指數持續升高。

我在病房外，聽見你的家人，哭泣、焦慮、徬徨、憤怒，來探視的客人都是親戚長輩，或是你父母親的教友，他們在你的病房外圍成一圈又一圈，產生出各種祈禱文與詩歌——那些你熟悉卻又些許抗拒的聲音。

沒有朋友來探視你，因為他們幾乎都在外縣市，是你的大學同學，或是離開部落的童年友人。你們平時僅用臉書做為存在與交流的工具，而現在昏迷的你，理所當然地無法告知他們，你發生了什麼事，他們也無從得知。當然，在部落裡，還是有些你偶有互動的同輩，但他們認為寫計畫的你，是老人、巫師、政府那一邊的，他們對你，或敬而遠之，或嗤之以鼻。他們或許會在塵埃落定的那一刻出現，但也只是或許。

每個人都在問為什麼，每個人都在猜測。

部落的檳榔攤中，一群人圍坐在摺疊方桌旁，桌上擺滿了保力達、杯子、米酒與盒菸。檳榔攤的姊姊一邊熟練且快速地剪著檳榔，一邊說：「從她自己的房間摔下來的，啊房間裡有喝剩下的威士忌這樣，所以可能是酒醉，迷迷糊糊地把窗戶當門，就這樣摔下來了！」

其他人嚼著檳榔，嚼出了一道道血痕，看似嘆氣又看似嘲笑地說：「平常不是好好的嗎？怎麼一喝酒就亂七八糟了呢？」「就是平常沒有好好練習，所以一喝就搞不清楚方向了嘛！」「一個女生喝什麼威士忌，喝保力達嘛！明啊載誒氣力，今仔日嘎你傳便便！」「好啦！喝啦！來顧精神拚體力！」

麵店的阿姨甩著手中的漏勺，麵條在滾燙的熱水中翻騰，她的聲音被氤氳的霧氣模糊了一半，「……聽說是什麼憂鬱還躁鬱……現在的年輕人喔……我們以前那麼苦也沒有……」

超商的店員妹妹把咖啡機打開，放入了一罐新的大瓶鮮奶，在長吸管猶如抽痰般抽吸的聲音中，和其他店員聊著天：「是不是精神分裂症啊？我聽人說什麼她有幻聽這樣？」「不是吧！我聽我姊說，好像是跟她家人吵架，然後喝了點酒，情緒上來就跳樓了！」「所以是幾層樓啊？」「也才三層，聽說是有被龍眼樹卡一下，所以沒有當場就走。」「他們是吵什麼？」「不知道內，只知道是被她弟弟發現的。」「她弟弟是不是也很愛喝？我夜班結束的時候，常常看到他醉醺醺地走回家……」

2天

你昏迷的第二天，還持續有人在你的臉書上，回覆被標示為「2天」的訊息——「我說錯話了，我對不起全世界，我閉嘴，然後，管他部落去死吧！」——隨著訊息，還有一張你的自拍照，一個色彩濃烈的面具妝，鼻梁以下全部塗黑，嘴唇重置為一個鮮紅的X型，鼻梁以上，全是龜裂的碎骨。

你的動態消息從來沒有超過二十個讚，這是第一次超越了百人關注，只是給予你的負面表情「嗚」和「怒」，比起「讚」、「大心」、「加油」、「哈」等正面表情，多出了幾十倍。中性的「哇」反而是所有表情中數量最少的，彷彿大家的情緒都在一個極致，而你的情緒，正不斷地被這些情緒公審。

你不過是某天偶然看到了一則，寫著「我的孩子不需要靠回部落、說族語，證明自己是原住民」的訊息，以及底下那一長串贊同的留言。你知道對方想說的是什麼，對方一定只是想回應某些人說的：「你的孩子不回部落、不說族語，又有什麼資格說自己是原住民。」可是，你還是因著這句話，小小地難過了一下。

你曾是外面的人，你也曾一直被這樣的話語凌遲，雖然，面對這樣的質詢，你最終選擇了「屈服」。你成為回來的人，是留下的人，你是對方所說的，靠回部落證明自己是原住民的人。於是你有感而發，想說些什麼，卻又有些猶豫，因為臉書不是個可以展現真實情感與想法的地方，一個字不精確，一句話放錯位置，毀容是必然結果。

所以，你試著輕描淡寫，說出一種事實：「我理解那種責任歸屬被錯置的冤屈感受，不回部落、不會說族語，其實都無損原住民這個身分。但是，以『外部觀點』來看，原住民這三個字，是靠著部落形塑成一個集體；而『內部觀點』則認為，我們需要透過各種儀式被澈底洗腦，才能歸於部落這個集體。所以，目前來說，不管是長期居留或短期祭典參與，『回部落』都有其必要性。」然後放上了連續三個笑到流淚的表情符號，弱化你的真實情緒。

這不是你挑起的戰爭，戰火卻延燒到了你的臉上。文字形成利刃，鋪天蓋地而來，將你的臉割得支離破碎——

「妳這是部落主義和集體主義的傲慢，憲法給予了我們居住遷徙的自由，也給予了我們選擇做什麼樣的人、做什麼事的自由。」「妳這是僵硬的本質論，完全無視文化是流動、變遷的事實，那些儀式、傳統不是不可被改變的，有些甚至在當代根本沒有存在的必要性。」「就像會說族語才是原住民一樣，但可悲的是，那些族語說得好的人，反而都是服膺於殖民政府的人。」「部落根本就不是想像中的美好與浪漫，傳統組織也早已崩解，民主選舉制的進入，更是造成諸多權力資源分配上的爭奪與紛擾，回去了也只是讓孩子呼吸這些烏煙瘴氣。」「我們祭典的時候也都有在回去啊！但工作和學業的關係，無法長期待在部落，往往因為這樣就被排除在妳說的集體之外。說出這段話的妳，根本沒有同理心。」

「外部」的炮火如此猛烈，「內部」的槍彈也擾攘而至，形成了朝你咽部夾擊的鉗形攻勢。

「不回部落怎麼能真的了解我們根植於土地的文化？語言是文化重要的載體，不學會自己的語言，妳就是沒有文化的人，妳只是個空殼。」「部落青壯年人口流失得這麼嚴重，小孩也被帶出去了，只剩下老人，妳們這些年輕人如果都不回來，我們這些老人的記憶是要傳承給誰？給那些學者嗎？最後那些會說我們語言的學者才是真正的原住民？」「上一代的人犧牲那麼多，奮戰了那麼久，讓原住民正名，讓族語成為國家語言，結果妳們都不回來了，也不學族語了！用原住民的身分享受一切權力，卻不付出任何義務。」「年輕人，妳人在部落裡，說出不回部落、不說族語這些話，之後看見那些老人家，應該要覺得羞愧。」「看樣子妳在部落待了那麼久，寫那些計畫只是在撈錢。」

你笑了出來，從擺滿人類學、社會學、心理學和民族誌的書櫃中，拿出一瓶威士忌，打開瓶塞，倒進了以某本神話傳說集為杯墊的玻璃杯中。那琥珀色比起小米酒的豐盛黃，更得你喜愛。

即使你是如此熱情地參與部落中所有的小米事務，自己悄悄地種植著小米，偷偷地以古老的方法和儀式，釀造著一瓶又一瓶的小米酒，你喝的依舊是從遙遠國度運來的液體。釀酒對你來說，只是一種學力證明。

你喝空了那一杯琥珀色，拉開了一層抽屜，裡面是滿滿的化妝工具與各種顏料。你開始往臉上塗塗抹抹，試圖整修你那破碎的臉。

你對著鏡子裡尚未成形的自己，說：「我也很羨慕那些學者，那些在外面念到研究所的孩子啊！他們只要回部落幾個月或一兩年，就能成為論述者，而我在部落待了十年，依舊只是一個不能說話的學習者。」

你對著鏡子中的自己拍了一張照，上傳 Instagram，快速點選手機的觸控式鍵盤，打了一長串其實是你最開始、最真實的「有感而發」：

「在考古學中每次說到人類的遷徙，關注的總是離開的人，認為那是無與倫比的勇氣，是開創未來的強者。而留下來的那群人呢？可能是禁不起遷徙，被離開的集體，所放棄的集體；也可能是自願留下來，面對已千瘡百孔、資源缺乏、敵人緊逼的環境，守住最後退路和族群記憶的人。他們期盼著離去的人能回頭帶著他們解開困境，但是他們會被遺忘，會被視為物競天擇下的弱者，他們的存在、犧牲，對於族群生存和擴散的研究，毫無意義。」

可是，其實你也知道，這只是一個選擇，談不上犧牲。你只是猛然發現，自己曾認為最堅定的，關於「情懷」，關於「留下」，甚至是那最隱晦的「自我犧牲滿足」，在這些夾擊中，最終也只是一場荒誕劇。

你喝空了第二杯琥珀色液體，長按著退回鍵，看著好不容易打好的那串文字，一個字一個字地快速消失，最後，簡化成了那句話。你按下了分享，同時發布到臉書。這是你第一次將「你的臉」，公之於眾。

夏夜黏溼的風，從窗外撲了進來。你忽然側耳傾聽，彷彿聽到什麼又不敢確定的樣子，環視了房間一周，皺了皺眉，舉起了第三杯。

窗外，婆娑的龍眼樹冠黑影，投射在你那張被黑白紅顏料占領的臉上。

你趴倒在書桌上，那本神話傳說集被你掃落在地。夏夜的風翻了幾頁後，覺得無趣，悄然離開，只留下你的夢囈：「其實，像我這樣的人，參與部落文化復振的工作，就像參與一場自殘遊戲……想離開……消失……」

這句話成為一支書籤，輕輕落在了，寫著巫師起源的那則神話上。

3天

你昏迷的第三天，因為不再持續更新臉書的動態消息，那些紛紛擾擾似乎也就這樣安靜了下來，但也有人開始關注你其他的動態消息。

你臉書上被標示為「3天」的訊息，有幾個人按了讚，也不知道他們是否真的理解你所說的：「我只是一個角色，是妳，是她，不能選擇單純是人的你，或是他。」

也是在這天，終於有「親屬」和「教友」類別以外的人來探視你。只是，你的長輩們以一種些微的防備、敵意和不高興，看著那一大一小，一女一男，一著褲裝理平頭，一著裙裝戴蝴蝶結，如此二元對比的來訪者。

雙方沉默、僵持，你的父母以眼神築起屏障，你的訪客將眼神投向反射光芒的地面，最後是由你那醉醺醺的弟弟，暴烈地破壞了這微妙的氣氛。「幹什麼！人都來了幹麼不讓他們進去？姊姊都這樣了你們還想怎樣？是不想要姊姊醒來了嗎？」

我看著你的父母，被連日的徬徨和焦慮折磨，他們的臉已然萎縮得看不出原形。他們退回座位，沉默地讓出了，進入加護病房探視的名額。

你的訪客們戴著口罩，穿上了隔離衣帽，安靜地來到你的床畔，看著你被各種管線與繃帶支解的身軀。

他們被禁止觸碰你，小男孩只能雙手緊抓著床欄，低聲哭道：

「老師，我看了你說的那個神話了！第一個巫師也喜歡穿裙子，做女生的事，所以我今天穿裙子、戴蝴蝶結來了！只是現在被遮住了，你看不到。下次有人欺負我，我就和他們說這個故事。我的爸爸很生氣，但我會很勇敢地好好和他說。我會很勇敢，會去參加少年組織，會和他們說，我和他們一樣有力量，只是我的力量和他們的不一樣，我其實比他們強。老師你醒過來的時候，我會再穿這件裙子，再戴這個蝴蝶結給你看。」小男孩說到最後語無倫次、泣不成聲。

沉默良久的女人，直到小男孩擦掉眼淚，看向他時，才輕聲對你說道：「我聽說你弄了一個新髮型，只是你現在被包成這個樣子，我看不太出來。」

接著，他似乎不知道還能說什麼般，再次陷入沉默。

看著他被口罩、隔離衣帽遮蓋的身影，我想起那天，你掛斷電話後的妝容。你在自己的臉上，畫了一張純白色的嬰兒臉，想著你的家人，那些你永遠沒辦法拒絕的「愛」；你為那個嬰兒戴上了媽祖的冠冕，和聖母瑪利亞的及肩頭巾，想著不管身處在哪個文化，你永遠是他人母性信仰的載體，那些溫柔、安靜、堅忍與聖潔。

再畫了一張紅唇如血的豔麗女人臉，想著那些陸陸續續穿上紅繡裙的同輩，想著自己是否應該脫下少女花裙，找一個男人，生一個孩子，流下鮮血，穿上那件紅繡裙。那張女人臉的鼻子，卻是一支巨大的陰莖鞘。你想著，即使你在言行與靈魂中裝上男人的陽具得以對部落公共事務發聲，你最好的結果也只是被他們當成「背後的女人」感謝。

你畫了一張悲傷小丑臉，想著當你說錯族語單字，搞錯小米與雜草，面對那些「善意」的嘲笑時，你的自嘲；想著當你唱出男性的歌謠，講述男性的文化，被大家指責時，你的陪笑；你是悲傷小丑，你的情欲和情感都是笑話，當你被這個世界賞巴掌──「笑！」你對著鏡子說。

你最後用環繞的火焰燃燒了所有的臉，想著你那塊小米田，說：「你最終只是個異教徒。」

那是一張幻象妝容，你的臉上，有許多的臉，像畢卡索那些立體，實際上破碎的臉，像達利那些用各種零碎物件，拼湊出的似臉非臉，這些臉猶如被攪拌機攪打般，溶解、混和、汙濁。

女人終於再度開口，發出的聲音，比你的身軀還要更為破碎：

「對不起，我不應該在電話裡說那些話逼你，我只是因為在一起這麼多年了，同婚專法的通過讓我……我不知道你是不是因為這件事才……但我真的希望你能醒來。等你醒來，你想結婚，我們就去登記；想要孩子，我有朋友說他可以借精；不想結婚，我們就這樣一輩子；或是，像你之前說的，你找個男人結婚，穿上傳統的紅裙，對你父母有個交代，然後我們繼續維持關係。我知道，你討厭在精疲力盡的時候，別人還對你說加油，那讓你覺得自己連放棄的權利都被剝奪。所以，我希望你醒來，但如果你真的想放棄……」

這句話尚未結束，你身旁那些儀器突然瘋狂尖叫了起來，你的訪客被匆匆趕來的醫生與護士推開，用連續簡短的命令句，將他們趕離加護病房，拉起了簾子，隔絕了所有視線。

他們和儀器的尖叫聲，一起被強風颳出。你的親屬們慌張地圍到迅速關閉的門前，焦慮地張望著。

門扇再度開啟，強風撲打在眾人臉上，將醫生送了出來，也送來了不知道第幾張的病危通知書。

強風止息，所有人定格般佇立著，凝視著那緊閉的兩扇門，想像著你的樣子，最好的，和最壞的。

4天

你是什麼樣子？那些最好的，那些最壞的，你早已在被標示為「4天」的動態消息上回答了——「蓋亞 v.s 美杜莎」。

就這麼簡短，不超過十個字。你看著鏡子，鏡子中的你，掛著口罩，戴著棒球帽，穿著外套，外套的兜帽又蓋在棒球帽上，你的臉孔與上半身，被掩蓋在一層又一層不同的布料下。然後，你一一除去這些布料，將兜帽放下，將外套脫下，將棒球帽拿下，將口罩取下。

你曾經豐美的長髮消失，成為了硬朗的銀灰色寸頭；線條優美柔順的耳朵，多了許多尖銳的耳釘；小巧玲瓏的鼻柱，穿過了一個粗獷堅硬的鼻環；纖瘦的左手臂上，是一個從土裡長出來的女性，抱著豐裕之角，高舉著尋求父神寬恕的右手，她是蓋亞，是大地之母；她的頭上卻糾纏著蛇叢，從她的口中伸出了兩支野豬獠牙，雙手長滿了尖銳的利爪，意欲攻擊，她其實是美杜莎，是蛇髮女妖。

你早已擁有這些，只不過你用厚實的長髮遮住了雙耳，只在深夜或是任何離開部落的時刻，戴上耳釘與鼻環，而你從沒有穿過無袖的上衣。你只是將象徵柔美與乖巧的黑長髮剪去，戴上帽子與兜帽，到遠離部落的髮廊修整染色，再遮遮掩掩地回家，回到房間，注視著鏡中的自己。

如此難得，你長久地看著鏡子，卻沒有在臉上畫著那些特殊妝。

你深呼吸了一口氣，走下樓，朝所有家人，無事般地打了招呼，緩緩往家門口走去。你為自己倒數腳步，如果你順利地跨出了那扇門，沒有任何來自家人的阻擋，你就原諒他們，也原諒自己。

你失敗了，在你的手已握上門把的那一刻——「幹什麼！」來自父親的怒吼聲，阻斷了所有的可能性。

「回來！給我解釋清楚！你現在這是什麼樣子！」

你慢慢地轉身，看向你的父親，顫抖卻堅定地回答：「這就是我的樣子。」

「什麼你的樣子！就是學那個女的是吧！不男不女！陰陽怪氣！」

「沒有學誰，這是我喜歡的樣子。」

你的母親從廚房走了過來，你心裡還是有一絲期盼，期待她阻止你的父親，但她卻摸著你的寸頭，溫和地說：「唉，女兒呀，妳怎麼啦？是壓力太大嗎？為什麼要把自己搞成這個樣子呢？這樣不好看，而且會被人家講，女孩子要注意自己的外表，不要戴這些東西，刺青是不是可以洗掉？妳把頭髮留長之前，先戴假髮出門吧？」

你沉默。

「聽到沒有？」你父親不滿意你的沉默，再次怒吼：「給我恢復原本的樣子！這樣子出去讓別人看到，別人會說我們怎麼把女兒給教成這副德性！」

你冷冷地看著他，答：「這就是我原本的樣子，我的外貌並不影響我的德性。」

「閉嘴！你這什麼態度！」你的父親勃然大怒。

你的情緒也早在無數個失眠夜晚緊繃到最極致，你開始大吼大叫：「我什麼態度！這就是我的態度！我的身體我想要怎麼樣就怎麼樣！我想要怎麼生活就怎麼生活！如果你們受不了這樣的我，那我現在立刻搬出去！遠遠離開……。

「閉嘴！好好說話！」這次的聲音來自你的祖母，她怒斥著你：「我們讓妳念大學，不是讓妳去學這樣子說話的！」

「我怎麼說話？我好好說話的時候你們從來不聽！連自己的外貌長怎樣都要被操控，我只能吼到你們聽得進……」

「好了！妳不要再說了！」你的母親輕聲地阻止你，急奔到祖母旁邊，撫著對方的胸口，溫柔安撫道：「哎呀，媽，妳老人家注意一下身體，別氣別氣。」接著回過頭溫和地斥責你，「你講話注意一下。」

你閉了嘴，紅了眼，大口呼吸，表情猙獰如手臂上的紋身。

「妳看看、妳看看，妳這什麼表情，我們說得不對嗎？」祖母推開母親的手，繼續訓斥：「妳做為我們家族的長孫女，就應該要有長孫女的樣子，要堅強、要穩重、要寬和待人、要孝順長輩、要照顧好下面的弟弟妹妹，要做一個好榜樣。而不是一點事情就發脾氣，還把責任推卸到我們長輩身上。都念到大學了，這點道理怎麼還不懂？」

你不斷地深呼吸，平穩自己的語氣，「我並沒有推卸……」

你話還沒說完，就直接被祖母打斷，「我還沒說完，不要插嘴，妳怎麼連這點基本的禮貌和倫理都忘了？是我們對妳的期待太多，讓妳覺得壓力太大嗎？我們到底做了什麼，讓妳要用這種方式對待我們？我們到底做了什麼，讓妳這麼恨我們？我們是一家人，有什麼話不能好好說？有什麼事情不能好好談？」

你的聲音不斷被覆蓋，你只能再次尖叫：「我之前都有好好說過，你們要我回來，我回來！但我回來要做什麼工作是我的事！我和誰交往是我的事！我要投給誰是我的事！我想信仰什麼宗教是我的事！我……」

「好了好了！妳不要再說了！」你的母親再次打斷了你，說道：「妳可能覺得我們對你不公平，但這個世界本來就有很多不公平，我們也只能接受。」

祖母的絮叨繼續：「妳是長孫女，從小到大，我們對妳的期待最高，妳也一直很優秀，怎麼現在變成這個樣子？妳不是一直在幫部落寫計畫嗎？那應該更要知道，我們是母系社會，我們的女生，應該要更堅強、更穩重……」

彼時彼刻，在那被重複的話語中，你又被成為了妳。

你垂下了頭，微微動著手指，想像著自己正拿著那些筆刷，往自己的臉上畫下一道又一道的顏料。那是一張能面，是瞪大雙眼、張著血盆大口、血紋滿布、長著雙角，卻沒有耳朵的真蛇。那張能面卻有一道拉鍊，自你的下巴往眉間劃開，得以讓人窺見你的下巴、脣周和鼻子，是蛇、是蜈蚣、是蛆、是腐爛生膿的那些。

你的祖母唸到最後有些體力不支了，你的父親趕緊下了一個結語：「我們是有跟妳說過希望妳回來，但最後要不要回來是妳自己的決定，每個人都應該為自己的決定負責。」

你緩緩地踩著薛西佛斯的步伐，上了樓梯，在進房門之前，你的母親從樓下喊住了你：「姊姊啊，我去幫你買假髮，你要什麼樣子的？」

門關上，短暫地隔絕那些正撕裂著你的關愛。

我看著你喝空了杯子中的琥珀色液體，讓它像掏空的你一樣，碎裂一地。你的手流著血，無力抓握筆刷，只能倒向床鋪。在曙光乍現，侵門踏戶闖進房間時，睡不安穩的你，似乎又聽見了那隻小奶貓微弱淒厲的呼喊。

5天

「我們從來就不是母系社會。」——這是被標示為「5天」的，你的動態訊息。有近二十個人按讚，以你的平均人氣來說，算是高的了！也有人在下面認真留言，探討你的族群為什麼會被分類為母系社會。

他說：「母系社會這一對立於父系社會的詞彙，常讓大家有女性權力高於男性的錯誤想像；然實際上，在該族群或部落的公共事務中，男性通常占有主導權。」

你很認真地與對方做了一場學術上的交流，誰都沒有發現，那些文字，對你來說是一聲又一聲的嘲笑。

那天，你的家人焦急地叫住了剛結束訪調工作的你，要你去地檢署把酒駕被抓的弟弟接回來。

「這是第二次了！」你生氣地說：「上次的社會勞動他也沒好好去，最後被抓，還是我把車賣掉，才能繳掉剩下的罰款。我現在每個月還要付這棟房子的貸款，他再記不住教訓，就好好地被關在裡面順便戒酒吧！」

你的祖母高聲訓斥：「講那什麼話，你們是姊弟、是家人，有困難要互相幫助。」你的母親連忙把你推出家門，好聲好氣地說道：「先把人接回來再說，等他回來，妳爸爸一定會好好教訓他。」你的父親在旁邊補了一句，「先不要想錢的事，真的不行，我們再想想其他辦法。」

你騎上了機車，迎面而來的風刮著你的身體。你很生氣，也想不透，小時候那個愛哭鬼、跟屁蟲，為什麼最後變成了一個酒鬼？可是你想到了那滿是絕望氣息的小米田，以及每晚得靠酒精才能入睡的自己，你也只能忍下所有的情緒。

你在地檢署接到了弟弟，熟門熟路地跑完了所有流程，將他載回家，一路無話。進門前，你終於忍不住對他說：「我這次沒錢撈你了！你好自為之吧！別再喝……」

「對！妳最優秀！妳最棒！妳最好！我沒要妳幫忙！」他突然回過頭朝你大吼：

「妳懂什麼！我就是個廢物！妳是選擇回來，我是離都離不開！」

你愣住，接著，長輩們蜂湧而出，將你弟弟拉進門內，絮叨聲、斥責聲和你弟弟的吼聲撞在一起，嗡嗡作響。你覺得一定是哪裡出了問題，可是你真的不曉得問題出在哪裡，你又想起了那一塊小米田。

你進了門，祖母與父親正在客廳訓斥著弟弟，母親把你拉到廚房，一副要長談的模樣，「姊姊，妳是真的沒錢了嗎？」

「沒了。」你冷漠地回答。

你的母親小心翼翼地看著你，說道：「那明天妳可不可以陪我去大阿姨那裡？」

你看向母親，問道：「你想和大阿姨借錢？你、爸爸和姆姆三個人和合作社借款，應該就夠了吧？」

「我們上次的借款還沒還完。」

「你們什麼時候借款的？」

「就是給弟弟買車……」

你開始覺得有些呼吸困難，艱難地說道：「那輛上次被他撞爛的車？不是說是他自己買的二手車嗎？」

「是啊！他說他要做白牌，我們就想說那買好一點的，先和合作社借款買下來，他之後再慢慢還。」

你轉頭，不敢看你母親的臉，她一直都是她，是母親，是妻子，是媳婦，是女兒，是姊妹，每一個她都如此完美，但你害怕再多看一眼，你會變成她。

「那就和大阿姨借。」你想快點離開這個廚房，想快點回去拉開那一層滿是顏料的抽屜，想變成另一張臉，但你的母親又拉住了你。

「還有一件事。」她細聲細氣地說道：「姆姆、爸爸和我，我們三個人剛剛討論了一下，覺得你弟弟這樣下去不行，所以我們想說，將來等妳嫁出去了，把房子過戶給他，至少他還有一個房子安身。」

那一刻，我聽見了一些東西崩落的細碎聲響，還有你那平穩卻壓抑著什麼的聲音：「姆姆不是說以前都是由女生繼承房子和田嗎？我們家沒有田，只有房子，她現在要把房子給弟弟，那我還要繼續幫忙付貸款嗎？」

「我知道對妳不公平，但妳比較有能力，能幫忙就多幫一點。」

你腦中閃過許多爭家產的電視劇情節，那些演員憤怒、貪婪、晦暗的臉，接著頭也不回地走出廚房。弟弟已經不在客廳，你的父親叫住了正要上樓的你。

「姊姊，來，我們有事要和你討論。」
「房子的事，媽剛剛已經說了！」
「是另外的事情，坐下再說。」
客廳的椅子像個捕獸夾，朝你張開，裡面卻沒有任何誘餌。你站立不動。
「先坐下！」你的祖母下令。
你猶如被獵犬的吠聲追趕般，陷進座椅中，聽見捕獸夾歡快的夾擊聲響起。
你的父親開口了，用一種自以為理性和縝密的邏輯，對你說道：「現在家裡情況這樣，妳不要再寫那些什麼計畫了，沒錢，也沒前途。我看那個誰的女兒，她以前的成績都沒有妳好，上的大學也沒有妳好，可是昨天聽人說，已經當上科長了！妳要不要也去考公務員？妳的能力比她好，準備一下應該是可以考上，還有退休金。或是，當那個什麼代理老師也可以啊！在這邊的小學，不用離開部落，還有寒暑假，可以繼續做妳這些計畫。你現在不是有在當什麼文化課的老師嗎？」
你被緊緊地夾在座椅中，用力地從喉嚨擠壓出聲音：「我以前就說過，我不想當公務員，不想當老師，想在外面找企畫類的工作，你說部落需要人，所以我回來，開始做這些計畫……」

你的父親擺出了一個安撫的手勢，打斷了你，說道：「我們當時也沒想過家裡的情況會變成這樣，而且你年紀也不小了，不是小孩子了，也該結婚了，不要再和那個女的玩什麼扮家家了！」說到這，他還自以為幽默地補充：「妳剛回來的時候不是和那誰家的兒子交往過嗎？他們家都長得很好啊！符合那個優什麼生的？」

「我不想結婚，不想生孩子。」

「怎麼可以這麼自私！」你的祖母嚴厲地說道：「現在年輕人一個個不結婚、不生孩子，還搞那個什麼同性戀結婚，部落的人愈來愈少，到時候原住民統統滅亡了！就是因為你們都不生孩子！」

你的臉在一層又一層的擠壓中，漸漸扭曲。

又是一個漫漫長夜，你注視著鏡子，將自己的長髮剪去，眉毛畫粗，顴骨提高，兩顎銳化，兩腮收緊，反覆地打亮與修容，剛硬了臉部所有線條……我看見你逐漸成為了你弟弟。然後，你舉杯，朝著鏡子裡的身影，說道：「敬你，廢物！」

6天

你昏迷的第六天，終於有朋友注意到你自社群網站消失了一段時日。你的 Line 和 Messenger 逐漸湧入了一些訊息。

「怎麼啦？最近沒看見你的訊息，還好嗎？」

「叮咚叮咚！快快現身！」

「又潛行到哪裡去了？是哪裡的山，還是哪裡的海？」

「最近是你們的祭典期間嗎？忙到神隱了？」

「學姊，您好，我是您下五屆的學弟，目前在博物館服務。我的單位在籌備辦理一場小米文化論壇，我之前看到您的臉書上，有您參與部落小米工作的相關紀錄，因此想邀請您以青年的身分，和我們分享部落小米文化的參與和實踐，不知我們是否有這個榮幸？期待您的回覆。」

「小米死光了」——在標示為「6天」的動態消息中，你只寫了這五個字，全黑的背景，連個標點符號都沒有。

你盤腿靜坐，怔怔注視著那似乎是一夜白首枯朽的小米田。

其實你播種的時間晚了，在這個時節，婦女會會長已經開始密集巡視部落的小米共耕田，準備再過幾天就要召集婦女們收割小米。你其實已經跟了好幾年的婦女工作團，熟知每一個程序、每一個步驟，但你還是想知道，如果你自己有一塊小米田，在沒有任何人的帶領與協助下，去期待、去等待、去親手觸摸、去親自守護，是不是就能長出一張，更清晰、更貼近族群女性的臉譜。

在部落的共耕田播種完後，你和移住外縣市的朋友打了聲招呼，在他家荒廢已久的菜園中，悄悄地闢出了一小塊小米田，認真地跟著部落婦女工作團的步伐，依樣畫葫蘆地照顧著你的小米。只是，你的每一株小米似乎都嬌弱無比、成長緩慢。你像宮崎駿動畫中那對姊妹一樣，每天盯著小米田，只差沒有跳起發芽舞。

你想像著，當小米穗飽滿金黃時，你要在自己的臉上，用小米粒和這裡的土，用那些各種層次的金色、黃色、褐色、黑色，創造出一個遼闊、豐盛的空間；你也想過，這些小米可能會在發芽時，就被蝸牛吃光，或是結穗時，被鳥群吃光；但你從沒有想過，原來病灶早已存在，這些小米永遠沒可能長大。你努力地想著，是哪個步驟你做錯了？還是，是因為沒有做任何儀式，沒有小米靈屋，所以小米靈不肯眷顧這塊土地？

你不能做任何儀式，你的家人都是基督教徒，在你表達想要親自種小米，親身實踐每一個過程，用最直觀的方式，進入屬於女性的小米文化時，遭到了他們強颱般的反對。「不孝」、「不敬」等詞語如豪雨般，猛烈地砸在你的身上。

你的母親哭著說：「我們只能信神，不能迷信那些有的沒的，你做那些計畫已經接觸太多那種事情，不可以這樣。」你的祖母語重心長地對著你說：「我小的時候，家裡也有種小米，我們信仰上帝後，就把小米靈屋撤掉了！種小米真的有非常多的禁忌，你一個不小心觸犯到那些禁忌，受罪的不是只有妳，我們全家都會被影響。」

你們進行了諸多場次的激烈辯論，最後，你的父親試著做出仲裁：「妳可以像種菜那樣子種，但不可以做那些儀式。」

你和婦女工作團的長輩們表達了你家的決策，她們憂慮地對你說：「沒有這樣子的，這樣子不行。」「有一些儀式還是要做的，要不然很容易出問題。」「妳就不要自己種嘛！現在也沒有人自己種了啊！跟著大家不是很好嗎？」

我站在你的床畔，看著你猶如那塊小米田般，被各種看不見的事物肆虐，吸取著所有的養分與地力。我知道，她們會說，一定是你沒有好好做儀式的關係。我知道，你連呼吸都用盡全力了。我對你說，沒關係。

你呼出了最後一口長氣。

7天

你的臉書突然湧進大量的訊息，「安息」、「不捨」、「再見」、「優秀的孩子」、「以妳為榮」等文字，你成為了美好、聖潔、充滿希望與母性力量的妳。這些妳，將你原本的動態訊息不斷往下壓去，沉沒至看不見的深處。

帷帳搭起，純白鑲邊，無數個十字，在風中與哭聲中飄揚。我站在龍眼樹旁，等待著。終於，有人聽見了聲音。

「樹上怎麼有一隻貓？」這聲驚呼猶如警報器，一響，梯子、竿子、網子紛紛朝龍眼樹而來，年輕力壯的男人們有的趴在你房間的窗臺，有的爬上了那棵龍眼樹。

「我殺死了一隻貓」——這是你那已經被深深掩埋，標示為「7天」的動態訊息，依舊沒有圖片，只有簡單的文字。

那是這個月，突然出現在家門口的一隻小奶貓，身上有著美麗的灰白色虎斑條紋，喜歡繞在你的腳邊。在牠笨拙又激烈的各種動作中，那些條紋總是像波浪一樣溫柔地層層漾開。被糾纏了幾天後，你去買了一包貓飼料，在那棵龍眼樹下，你們就這樣建立起了狐狸與小王子的關係。

你們親密相處了幾個星期，直到七天前，你發動機車，催油門前行。喝到早上的弟弟，踩著凌波微步，披著一身奇異的味道和光芒，和你擦肩而過。你皺著眉，突然感覺到輪子底下有異物，機車些微失去平衡，接著，你聽見了弟弟的吼聲：「別動！你壓到貓了！」

我看見你雙手緊扣著剎車，僵硬到面無表情地站立著，那隻小貓倒在輪子旁側，不停抽搐，大量鮮血自口鼻湧出。牠看著你，拚命張闔著嘴，鮮血取代氧氣灌入牠的肺，對生命最執著的顫動，猛烈後驟然停止。

你的弟弟帶著濃重的酒氣走了過來，用塑膠袋裹住小貓，準備走向草叢扔掉。在他轉身提步時，我聽見你微弱的聲音——「就這樣嗎？」

他愣住，看向你，猶豫了一會兒，反問：「要不，我們一起祈禱？」

你的腦中嗡嗡雜雜地響起許多聲音，閃過許多畫面，你突然對著你弟弟問道：「這會不會就是那種感覺，少年們在祭典中親手殺死自己養了半年的猴子？」

弟弟用不可思議的眼神打量了你幾秒，粗聲粗氣地結束對話：「我怎麼知道？那是以前的事！而且我又沒參加過祭典！」

然後不再理會你，掉頭走進了草叢深處。

那隻已經虛弱不堪，幾乎是用最後一絲生命氣息，交換呼求聲音的小奶貓，從樹上被救了下來。我看著你弟弟接過那隻灰白虎斑小奶貓，將牠捧在手裡，不顧一切地嚎啕大哭起來。

我吐出了長長的一口氣，看著冰櫃小窗中被凍結的那張臉，看著充斥著整個空間的十字記號，轉身，朝向遠方。

潘志偉

〈呼喚〉（二〇一三）

Ateng A'yic，一九八八年生於花蓮豐濱立德部落。從事影像紀錄工作，紀錄片導演。

出生證明為阿美族，三十歲才知道自己來自噶瑪蘭族的大家族。長期關注原住民族遷移，城市與鄉鎮，文明與荒涼，產生的身分流動、矛盾與困惑。二〇一一年開始創作劇本與小說，並同時製作劇情類與紀錄類影像作品。喜歡書寫文字，喜歡觀察人，喜歡捕捉自然與人，靜謐與喧囂的時刻。

呼喚

「為什麼我回到了石梯港？」

只記得那天我突然很想看海，當天半夜便從臺北搭車下來，在買車票的時候，我都還可以感受到內心的紊亂與腦子的架空。沿途公路上的黑夜掠過客運車的窗口，所有視野在黑暗之中都被孤寂吞沒，那孤寂感讓我想起兒時半夜疏離的記憶，我跟母親正搭著那班無名的末班車叛逃，一亮一滅，一閃一娑，記憶忽然開始像舊膠卷投射的光幕般，播映在眼底。

那天，父親與母親起了衝突，起因是這世界上並沒有任何女人，可以接受身邊的男人對自己忠貞誓言的濫用。我們從大門一路往臥室去，可以清楚看見兩人爭吵的痕跡，翻箱倒櫃、杯盤狼藉，彷彿颱風過境般。「mamaan kiso shao ——（你幹麼這樣——）」父親企圖抑制口中的怒氣緊握住母親的右手，幾乎崩潰道。

兩個姊姊就窩在角落開始嚎啕大哭，不懂事如我，當時只想要聽小虎隊的卡帶，還未爬到，媽媽便整好皮箱抱著我往外頭奔，我哭了，我想不是因為沒拿到小虎隊的卡帶，而是我第一次直覺感受到，外在世界與內在世界衝突的疏離。

天空雲際之魚肚白，往事如夢，我下車拍拍夜車所挾帶的疲倦感，任清晨南國的冷風輕撫我略乾的臉頰，心不在焉地進入火車月臺上找，找那班停駐已久的自強號列車。

待我到臺東火車站時，已正午十二點，非假日的車站裡旅客鮮少，在客運站外頭，我結識了一位年約四、五十歲的中年男子，我喚他作大叔。大叔抱著地圖，頭戴名牌鴨舌帽，身高約一七五左右，體態稍瘦，搭配身上不成比例的包包，讓人感覺頗為衝突，但也印象深刻。

「你也要去石梯坪嗎？」

身邊除了幾個皮膚小麥色的老人，我想應該是指年輕的我吧！他帶著友善的笑意主動靠過來，讓我又更貼近打量他，心想他應該就是編劇課裡常提到的那種悲傷的人，因為他讓我想起大學時代某位女同學寫的劇本，劇本內容是關於一對失戀男女在墾丁大街邂逅的故事。當天老師氣呼呼的點了那位女孩的名字，用極其罕見的憤怒口吻質問那位女孩，「同學，你可以告訴我，為什麼失戀的男女，最後一定要在墾丁大街邂逅？」

大概是當天太多相似結構的劇本，讓老師生氣脹紅的臉，像是剛補上岸的河豚。女孩則支支吾吾說不出個所以然，顯然被老師尖銳的姿態驚嚇到。事後我有偷看女孩的劇本，故事的結尾是男孩遭卡車碾斃的肥皂劇，但女孩的文字與觀點，新穎而細膩，是不能否認的，至少她文字裡的娟麗，是我這種邊吃杜裔[1]配西勞[2]熬夜消化出來的文字所沒有的。

客運行駛過東部海岸線的壯闊，或許這裡沒有中國大陸那遼闊無際的大平原，也沒有美國荒涼衍生的公路，但小小的島嶼裡卻擁有一個太陽終日照耀的瑰麗海岸線。鏡頭右搖，車內沉睡的老人搭配在深藍色的海洋背景裡，頗有幾分況味，於是我移焦往沉睡的老人拍了數張照片。

「你是不是原住民？」從窗戶折射，大叔對我投以好奇的目光，正往我那如沉澱在可樂裡的膚色探索。

「不是，我只是遊客。」我轉頭面對，帶著我招牌的笑容，很明顯這儼然是我的防禦動作。

「我太太其實一直想來花蓮看大港口的豐年祭。」

我看著他誠懇的雙眼，我心想我命中了悲傷的人對於這類人的註解。

「我……」他口中遲鈍著語塞。

我心想大概又是太太被車撞死或者得什麼病之類的通俗劇吧。

「我得絕症了——」他注視著我的雙眼，沒有逃避，這次換我懷疑自己了。「我想在我有生之年看一下港口部落的豐年祭。據說港口部落是……」

「你太太呢?」我打斷地說。

他脫下那頂名牌鴨舌帽，露出被手術刀折磨得光禿禿的頭部。「我跟我太太離婚了!」大叔笑笑看著遠處的浪潮，好似都已無所謂，但我明白他內心中的掙扎。「人又怎能豢養他人的青春，你說是吧!」

一直到跟他分別後，我都沒有跟他陳述事實，但我只說了一個謊。我的確是紀錄片工作者，來花東也確實並不是為了工作，而我確實是原住民。

一座座希臘式的、地中海的、歐式的旅店，在路上綻放著猶如巨大的食人花，「反對美麗灣開發案」一大塊白布拉開了原鄉上的衝突，這座小島曾幾何時被那藍眼珠鷹勾鼻的色目人稱為「福爾摩沙」，又曾幾何時被路過這裡的人不停歌頌或書寫這裡的美。

1　杜崙：以蒸籠將米蒸熟，可以捏成飯糰，也可以倒入臼中搗成糕狀，為阿美族人主食。

2　西勞：是以鹽巴醃漬的生豬肉，為阿美族配飯的佳餚。

花蓮客運經過一大片金黃色的水稻田後，來到了石梯港，我從車窗往港的上方望，那塊地如今只剩下一片荒煙漫草的黃沙地。那片黃沙地曾經是我的家，小小且私密的童年往事，一直是我記憶中殘留下來的祕密。我背上行李下車往石梯港的魚市走去，彷彿身體的記憶還殘留在這片土地上，不知為什麼我突然想起那部永遠都看不完的舊電影。

童年第一次看電影就是在石梯港的魚市場裡，魚市場裡永遠有許多叫不出名字的叔叔伯伯與阿姨。忘了是哪一年了，某個財團為了藝術巡迴的關係，打著「用影像扎根城鎮，復興生活美育」的旗幟，輾轉來到石梯港。但石梯港是個小港，村莊不下幾百人，其實也沒有多餘的公共空間可以讓人播電影，當然也不可能在廟口播，因為石梯港的土地公廟都很小。居民雖然大半是噶瑪蘭族與阿美族，但幾乎都是有基督教或者神佛信仰的經驗；殖民開拓期間，外來的宗教長驅直入，其實一直衝擊著部落原有的生活模式與泛靈信仰。只是廟就這樣小小的一座，香火其實也並不鼎盛，那該怎麼辦呢？所以藝術團隊最後選擇了魚市場，縱深夠、停車也方便。

入夜之後，魚市場幾乎清理乾淨。聽到村長的廣播之後，每戶人家便攜家帶眷地拖著板凳往魚市場移動。記憶裡那部電影，長長的鏡頭，幾乎沒有什麼有意義的對白，對看慣卡通與快速剪接的小孩來說，簡直是一種折磨。後來我上大學才知道，原來那部電影是臺灣新浪潮導演，侯孝賢的電影《悲情城市》。當時好笑的是，每當劇中的人物抽起手邊的香菸時，身邊的叔叔伯伯便也會跟著點起黃色包裝的長壽。入夜的魚市場總會散發一股淡淡的血腥味，這時鏡頭一轉，剛好來到幫派鬥爭的場面，眼看槍支走火一觸即發，抓住我肩膀上的那雙粗獷的手，也愈握愈緊實，現在想起還是覺得很新奇。

最後，當然我也忘了我是怎麼回家的，但那部片一直到現在我都沒有看完，彷佛到了某個橋段，睡意就會自動啓動開關般不敵睡意。但這種看電影的感受，現在想一想，這不就是時下所流行的4D電影嗎？

我住阿凹阿北[3]家的路途中，我經過兒時記憶的所在，記憶裡平房的矮屋簷，如今已是一片荒蕪，民國N年東部執行道路拓寬計畫，我家剛好在年前舉家搬到嘉義，因為久未居住，當時那塊地其實並不屬於任何人，結果父親過晚申請土地所有權狀，土地被有心人士申請去了。

3　阿凹阿北：本故事主角父親的朋友，「阿凹」是他的原住民語名字音譯，「阿北」是閩南語中的「阿伯」。

「那原本就是一個達鹿岸[4]改裝的，算了。」父親假裝一派輕鬆地說，但家人們都很清楚父親矛盾的性格。往後的日子只要有誰提及關於石梯港的家這事，就會被遭白眼，這事就像遭到戒嚴般不能說、也不能問。

有一年，臺灣遭颱風肆虐，各地災情不斷，當然也包括這個從達鹿岸改裝而成的家。那夜我們姊弟三人從夢中驚醒，母親用大棉被與綿繩裹住我們姊弟三人，午夜時分，父親則用他肉身的氣力，撐住那塊經不住風吹的屋簷鐵片，那一連串如刀刃的風襲聲咻咻咻——總讓人可以感受到撕心裂肺的恐怖。如果當時突然一陣逆風，鐵片遇到亂流往父親身上剮，那將會是多麼苦痛！

他撐了一整夜無眠，也撐起了那座由達鹿岸改裝而成的家。

走到了阿凹阿北家後，卻發現他家大門深鎖。庭外還有未補完的漁網，我猜他應該出門了。阿北從不用手機，所以找他都要事先預約聯繫，於是我改變方向往海灘走去。

我發現這裡已經跟記憶裡我所認知的石梯港有所出入，海濱公園裡雖然安裝了各種主流的遊戲設施，但在我眼前看來其實是一場災難，各種顏色的設施背後藏著大半鏽透的痕跡，猶如裹著糖衣的毒藥。我總是在想，是否一定要活在既有的價值才能算是真正的存在？這裡原本就是一片海灘地，海灘地有其沿著生長的草生植物，如今的沙灘換來的是一堆堆用金屬製造的大型玩具，玩具面對深廣的大海，它終究也會被海地的鹹分所噬。

我嚐了一口海風，像是招呼久未謀面的朋友，海它還是在，但我卻長大了些。我走向浪邊，掬起一把沙土握在掌中，我心裡頭想，石梯港是一個小小的港，但是它藏著我許多祕密也承載著我許多關於童年的記憶，如果哪一天它將被填滿了，我想我心裡頭是真的會被掏空的。

夜晚我住進靠近港口的旅社，一打開窗戶我就可以看到小時候常晃的魚市，樓下一隻花貓輕輕經過，牠用牠純樸的雙眼望著我，好像在跟我問候些什麼，電視新聞此時正報導著關於石梯港將興建山海劇場的計畫，我趕緊往電視螢幕靠去，很快地，畫面進入了廣告，思緒也因為這事，忽然被打亂了節奏。

難道石梯港終究還是難逃政客與財團的魔掌嗎？

「鈴鈴鈴鈴——」

---

4 達鹿岸：taluan，阿美族語，工寮或集會所之意。

手機鈴聲這時劃過寂靜的夜晚，思緒也從鈴聲之中得到救援，看著手機螢幕上浮現的文字——父親，突然猶豫是否該此刻接起。

「喂。」我略帶倦意的身心，顯得喉嚨有些沙啞。

「弟弟啊。」

「嗯。」

一片靜默，讓人嗅出一陣陣的不知所措，但內心總覺得應該跟他坦誠我在石梯港的消息。「mama 呀，我在石梯港啦⋯⋯（爸爸呀，我在石梯港啦⋯⋯）」

「mamaan kiso！怎麼會在石梯港？（怎麼了你！怎麼會在石梯港？）」

「沒有⋯⋯放假啦！」

「噢——這樣子喔。」電話那頭可以清楚感受到他鬆一口氣的狀態。

「今天沒出港啊？」

「沒有，法一[5]生病啦，明天要載她出院，我跟媽媽今天都睡在豐濱。」

「嗯。」

「好啦！自己注意安全，早點睡。」

「再見。」

「再見。」

我無力躺在軟綿綿的床上發呆，我還是沒有很誠懇地告訴他，關於我離職的事實。身為他的子女，其實一直存在著許多莫須有的壓力，關於身分的問題或者自我認同的存在感，身為家族中的長孫，連我的名字也是從有聲望的 fa-ki[6] 傳承下來的，這一切的一切，就好像瞄不準的描圖紙般，我總是想辦法一點、一點地錯開。

其實原住民傳承姓名是非常古老的智慧，一方面能夠辨別你是誰的孩子，一方面也能夠避免近親相交的疑慮，這種流傳百年的方式一直到外來政權入侵部落文化之後，百年規則忽然一夕瓦解。強制從漢名的方式，造成了原住民族群的失根，有時候甚至忘了自己是誰。

夜裡我難得失眠了，聽著港外的浪聲，突然好後悔剛剛沒去雜貨店裡多買罐啤酒，讓自己大醉一場。我望著斑駁的天花板，有些茫然。

---

5 法一：fa-yi，阿美族語，「祖母」之意。

6 fa-ki：阿美族語，「舅舅」之意。

早晨吃過簡單的早餐後，我往阿凹阿北的家裡去。此時的阿凹阿北正修著破掉的舊漁網，看著他衰弱的身子，一絲不苟專注的神情，完全無視我的存在。

「阿凹阿北——」

他抬起了頭，不解地看著眼前這個已非青春少年的我。望著他那斑白的銀絲，瘦如乾柴的軀體，他選擇用他那沉藍的眼珠帶著疑惑回應我，彷彿企圖從我身上讀出什麼般。阿凹阿北是父親年輕時補魚的師父，他是道地的噶瑪蘭遺族，他那一雙深邃如外邦人的雙眼，讓他在年輕的時候，常飽受別人異樣的眼光。

「他們家族有混到荷蘭還是西班牙的血統。」父親在我很小的時候曾這樣告訴我們。因為自卑，所以阿凹阿北從以前到現在都是獨身一個。

「你素——」他憨厚地仔細撇頭思考。

「我是獨亞[7]的兒子阿鄧[8]啊——」我淺淺地笑了。

他睜起了牛眼大的雙眼，瞬時牽起他被歲月折磨的皺紋。

「素喔——長那麼大了——」

他起身比對著我兒時最早的記憶，他的笑容總是這樣帶點海洋的鹽味，就如他身上穿破的汗衫那般樸實，他拍了拍我的肩膀，我感受到他賦予我的力道，那是漁人讚美別人的方式，如今我已可以承受。他那臺舊金旺生著鐵鏽，靜靜停在門旁，我對著它微笑，因為它也曾經乘著我的重量，勇敢穿過尚未鋪上柏油的砂石路段，它對於我來說不只是一部機車這麼簡單，它是一個活著的痕跡，甚至是一部具影像化的史詩電影。每次阿凹阿北只要經過我們家門，我只要閉上雙眼聽機車的聲音，便可以知道他的位置。

電話鈴聲這時從屋裡傳了出來，阿凹阿北對我微笑示意去接電話。

驀然！忽有一手掌拍拍我的右側肩膀，我轉身看去——居然是父親！阿凹阿北邊講電話邊對身旁的父親揮揮手致意，父親也露出久違的微笑面對著他。

「等下一起回去吧——」

「也太突然跑來——」我幾乎驚呼起來。

「阿嬤出院了，順便載你一起回豐濱。」

阿凹阿北掛下電話也過來跟父親打了招呼，阿凹阿北與父親簡單的寒暄幾句，接著

7　獨亞：本故事主角父親的阿美族名音譯。

8　阿鄧：本故事主角的阿美族名音譯。

開始談論豐濱將會執行的工程，聽著、聽著我腦中閃過工程車在這小小的港裡進進出出的畫面，石梯港只是小小的港而已，為了觀光為了利益，可笑的人類其實完全忘了這裡特有的生活形態，阿美族與噶瑪蘭族都屬傳統的漁獵民族，當觀光這大型的坦克壓入原有的民族土地時，帶來的我想只是傷害與仇視，生活在這片土地上好不容易的寧靜，最終還是回到利益掛帥的大財團手中。

往豐濱的路上我開著車，父親看著車窗外遠方正在海上作業的船隻。

「房子拆完了嗎？」

「沒有，還在拆。」

「阿嬤好一點了嗎？」

父親嘆了一口長氣，這種靜默讓人難過。

沿途經過立德的舊厝，我看見怪手與大型機械停駐在舊厝的外面，蓄勢待發的模樣怪可怕的，我專注開車，聽父親講，因為屋主對於廚房不滿意，所以廚房會拆掉，其他部分則會視情況改建或保留。

那廚房是父親與小叔合力蓋成的，當時因為花東遭遇中型颱風強壓入境，木造建築的老廚房瞬間毀於一旦，父親與小叔兩個人合力花了兩個半月順利整修完工，落成的當日，新的抽油煙機與新的餐桌好似早已準備好了。此時，油雞、山蘇、炒牛肉爬上木桌，氣味瀰漫三合院，讓人食指大開。

我嘆了一口氣，想想，那也只剩童年記憶了。

車子到了醫院，母親陪著法一在醫院門口等著。法一依舊抽著那包我最熟悉的黃長壽，如今她明顯消瘦很多。

「獨亞，我的西勞——」祖母上車之後詢問著副駕駛座的父親。

「那個早就沒有了啊——」父親嘗試安撫法一，法一卻推開他手，我簡直無法專注開車。

「沒有——還有比那——三罐！」法一有些憤憤不平，用力拍著椅背，「我要回去立德——」

「好啦——獨亞就先回立德有什麼關係！」從後照鏡我看見母親擔憂的雙眼，我看著父親，父親點點頭，接著車內一陣莫名巨大的安靜，我索性開啓收音機收聽廣播，企圖化解這無語的氣氛，幾分鐘過後，大家似乎緩和許多。

七月天的公路炙熱無比，前方公路被海市蜃樓模糊了焦距，遠處的黑潮上一艘艘大型的漁船往北方去，好似準備出征統戰地盤的軍閥兵團，勢在必行。

「這一定是從東港過來的。」坐在副駕駛座的父親對著母親說：「聽阿凹講最近東港的船又跑來這邊抓。」

我們都知道旗魚祭開始了，外來大船的進駐對當地的漁民來說無疑是一種衝擊，當大船的定置漁網在廣闊的深海裡，設下一個個布滿陷阱的漁網，小船行駛在這片汪洋之中如同風中殘燭。不只對周遭魚類的資源造成極大的損失，也衝擊當地漁人，傳統的獵魚生態。

以前父親也在石梯港抓魚，小時候的我最喜歡站在我家後院由上往下俯瞰整個石梯港。我會看著進出的漁船，想像哪一艘是從大海裡搏鬥回來的父親。很多時候我都一個人，就算沒錢喝飲料，路口的阿北也會用不標準的國語跟我說：「沒關西齁，低弟，阿北請你喝啦。（沒關係，弟弟，伯父請你喝）」我後來才知道，原來父親常常送魚給村莊裡的人，大家你來我往，到最後受益的人永遠是我們這些小孩子。

我的童年時期是在那邊度過的，有時想起來，還好我童年是在石梯港裡長大的，因為樸實的人們總一直影響著我對於事物的思考跟觀察，因為他們永遠那麼單純、純粹。

最早的一件衣裳　最早的一片呼喚
最早的一個故鄉　最早的一件往事
是太平洋的風徐徐吹來　吹過所有的全部

裸裎赤子　呱呱落地的披風
絲絲若息　油油然的生機
吹過了多少人的臉頰　才吹上了我的
太平洋的風一直在吹

最早世界的感覺
最早感覺的世界

前進的路上，廣播正放著胡德夫作的〈太平洋的風〉，當鋼琴的琴聲隨流動的窗景移動時，一切的記憶彷彿夏季的海風靠近臉上停駐，最後突然全部都消逝了，就好像消失在地表上的老房子般，最後只剩下照片能夠回憶思念。

車子停在立德的老房子馬路旁。那是一棟三合院的古厝，由翠綠的鵝掌盆包圍住整個古厝外圍，有點像西班牙建築的概念，用植物去劃分比鄰之間的分別。法一跟我都沒有下車，因為母親要我陪著法一，我可以感受到母親與父親的無奈。誰知一見爸媽離去，法一此時更大膽地在車內點起香菸，我有些惱怒地用力打開車門讓空氣流通，法一抽了幾口後，我竟發現法一正在哭，那種哭是一種隱忍住悲傷的哭法。淚水淺淺地從泛紅的眼眶裡流了出來劃過兩頰，我不會安慰，只好遞衛生紙給法一擦。

「阿鄧啊——法一的馬達壞掉了。（阿鄧阿——祖母的眼睛壞掉了）」「林爸爸領我區厚一喜看阿——唉，勞啊啦（你爸爸帶我去讓醫生看病，唉——老了啦）」

我試圖拍拍法一的背讓她舒坦，法一不大會講國語，所以有時候她為了讓我聽得懂，就會用臺語、國語夾雜阿美語甚至日語講話，不過神奇的是我居然這樣也能聽懂。時間過了好久，但爸與媽卻始終未回來，法一推著我，要我去看看他們。我看著法一的臉，有些猶豫，我不清楚為什麼心中無法放下她，她卻揮揮手示意要我快點走，不要管她，又將指縫中的菸點起，並深吸一大口，吐出的煙霧就像挾帶著無奈的傷悲般，使人惆悵。

在豐濱裡幾乎每個有輩分的人都認識我的法一，因為法一在豐濱輩分很高，她受過日式教育也是虔誠的基督徒，就算現在我長大了走在豐濱路上，還是常會有很多人說你是誰誰誰的孫子，然後不停稱讚我。

但這次真的很慘，我抬頭看見右側的三合院的廚房已經拆得差不多了，眼前彷彿到了廢墟，完全跟一早開車經過時看到的完全不同。我才懂剛剛媽媽的用心，堅持要我陪著法一待在車上。如今記憶中榕樹上的盪鞦韆已不在了，只剩榕樹用最淒慘的姿態躺臥地面，我左顧右盼還是沒看見父親與母親。

「砰——」忽然一陣強烈的撞擊聲，讓我嚇得趕緊回頭往馬路奔，眼前一輛翻倒的蔬菜貨車流出了汽油覆蓋住炙熱的柏油路上。我還在思考這炙熱的柏油會不會有夠沸點助燃流出來的汽油時，一顆番茄滾到我腳邊，突然心頭一陣空，我趕緊衝上前去不停喚著法一，霎那之間我感受到心臟的激烈跳動讓我窒息，我往貨車四周環視，只有駕駛司機正在裡頭哀淒叫著。而我卻找不到她——我的法一，我不停喊著，腦中不時閃過好萊塢動作電影裡驚心動魄的爆炸場面，混亂的心緒像是被打翻的水缸。

父親這時也不顧手中一罐罐祖母醃製的醬菜掉落在柏油路上，聽到聲響與母親趕了出來。看著貨車漏油的情形愈來愈嚴重，我嘗試拖出夾縫之中驚恐的司機。突然，一陣火星從後頭爆沖竄出，一雙手臂攬住我的頭，父親保護著我，像童年一樣。

「司機下半身卡住了！」我對著父親大喊。

「獨亞，你愛誰離喔（獨亞，你要小心喔）！」

我與父親幾乎同時回頭，法一正在後頭喊著，母親緊緊攙扶著她，深怕軟弱的法一跌落地面。

「一……二……」我們回頭又合力設法拖出司機，但司機卡在車門太深。

「這樣也不是辦法！」

「阿鄧你抓住他的手臂，我來踩卡住的鐵板。」父親用腳踩住鐵製的門，「我喊三，我們同時出力。」

車身發出微熱，有股類似塑膠燃燒後的難聞氣味，那股噁心感直達脾胃，讓人不舒服，「一、二！」我與父親默契地互視彼此，彷彿早已熟練似地。「三！」

「砰——」司機終於全身出了車窗，我還在喘著大氣，父親卻一刻不得閒的背起了菜販大步奔向遠處，而我則在後頭幫忙扶住司機，此時我們才發現附近的村民皆聞聲過來幫忙，遠處傳來救護車與消防車鳴笛的聲響，好不熱鬧。

我最後的記憶是身體完全無力，軟癱在微熱的柏油路面上，餘光看著立德的海岸被夕陽染紅一線，任豐濱臺十一線公路，夾著屬於它七月天獨特的炙熱侵襲肌膚，然後接下來我什麼都不記得了。等我仔細想起這事時，早已過了好幾日。

豐濱的豐年祭總是會比大港口晚幾個禮拜，以前豐年祭時家族的人都會回來，當然包括 fa-ki。法一坐在貨櫃屋的門外，她用包裹石膏的右手輔助左手，從黃長壽的包裝裡抽出一根菸出來，父親則靜靜看著馬路上不停駛去的車輛，兩個人都安靜地等待電話鈴聲響起。牆上的時鐘一點一滴的移動，時間不知不覺就這樣來到了中午十二點，此刻的安靜不是陰森也不是恐怖，而是一種無法言語的沉重，就好像有把獵槍抵在身為獵物的我們身上一樣，連呼氣都是多餘。

看著路過的遊覽車一輛輛載著陸客送入花東，就好像不停蠶食鯨吞消費部落，啃蝕著這塊土地，我總覺得好像什麼東西正在逐漸消逝般。法一從口中吐出一口濃密的白煙，白煙凝結成一個圓圈接著消散在空氣裡，父親依舊靜靜看著馬路上不停駛過的車輛，這時電話鈴聲大作，我趕緊奔向客廳接起電話，父親與法一幾乎同時間轉頭注視著我。

「喂——」

「你的 fa-ki，馬顧勞[9] 回來了嗎？」

「沒有。」

「唉——都欠那麼多錢了，厝也賣掉了，怎麼可能回來？」

「嗯。」

「你再勸勸他們，先吃飯吧！」

「我有啊但他們不聽——」

「我等下就回去，等下你去買點飲料。」

「嗯……掰掰。」

「掰掰。」

「是媽媽——」我大聲對著祖母與父親喊，兩人聽聞有些灰心，又回到剛剛那個狀態。

接著我起身離開貨櫃屋，發起小叔的野狼，開始在豐濱的街上晃，七月底了，午後的風吹起來還是像冬天一樣冷冽，經過小巷我仔細看著這個鄉鎮與記憶之中的分別。新開的便利商店、網咖、麵店，專為陸客設置的販賣部、伴手禮、花蓮石，這個鄉鎮正在改變，路過的年輕人換上乾淨時尚的華服聽著 iphone5 傳出來的音樂，我冷漠的眼光尤其突兀，當都市化慢慢侵蝕部落最核心的階級制度，古老的傳統又該用什麼樣子的姿態面對呢？我困惑著。

我騎回去時母親已回家多時，只是餐桌上多了位年輕女子。我將剛去超商買好的飲品放置餐桌的一旁，用餘光偷看似地注意身旁的女子外貌，她擁有一雙濃密的睫毛、好奇的雙眼，皮膚白皙透亮，視覺年齡二十五歲上下，穿著牛仔外套搭上短褲，猜測應該來自都市。不過，她綁起馬尾所露出的脖子上頭，有一記鮮明的圖騰刺青，應該是排灣族吧！我猜。

「阿鄧，你等下載她去港口。」我屁股還未坐熱，父親馬上開口，好似害怕我反悔似地。

「喔——」其實有些不願意，因為原本計劃要出去釣魚。

「這我兒子啦——他叫阿鄧。」母親趕緊介紹。

「她是林小姐鼽——」母親簡直是用看媳婦的目光對著我說，我則對著林小姐禮貌

9　馬顧勞：主角大伯的名字。

性地點頭問好。「你好。」

「阿鄧，人家也是在做記者的內。剛剛他們的車發生車禍啦，司機出了點事，隔壁的菜鳥警察就把她帶過來。」

「為什麼？」我幾乎遲鈍，扒了一口飯往嘴裡塞，看著大家彼此面面相覷。

「他以為這裡是民宿──」林小姐尷尬地回答。

接著餐桌上的每個人皆毫無形象的止不住笑靨，只有祖母露出疑問的表情，我們家就座落在豐濱警察局的旁邊，因為之前常有背包客被小叔收留，無形之中有些路過這裡的人，都會誤會我們家是民宿，當然包括剛調來的菜鳥警員。

飯後我站在小時候常去的後院空地，準備點起嘴中的香菸，但打火機卻只出現短促的火苗，很快就消失了，一轉頭，突然一雙白皙的手往我嘴上湊，她幫我點著之後接著也為自己點上，仔細一看林小姐倒也算是挺年輕的吧，稚氣未脫的臉，讓人懷疑她真的是專業記者嗎？

「聽你父母說你是紀錄片工作者？」她有些興趣地打量我。

「對啊──」

「所以你也開始拍攝關於部落的故事嗎？」

「目前還沒有想過。」

「妳是想去大港口作採訪嗎？」我撇頭思考有些懷疑。

「可是卻不見妳的攝影組，或者……」

「他們都住進醫院了。」林小姐打斷地說。

「可以請你幫忙攝影嗎？」

「只要拍幾張照片就可以了。」

雖然我有些顧慮，但腦子還不是很清楚自己正在顧慮些什麼，待我抽完菸後還是發動機車，背起我的攝影包，準備出發了。母親與法一似乎對林小姐非常中意，頻頻要林小姐抱我緊一點，雖然這關乎安全問題，我想其實也並不是這麼必要。

「其實妳不必抱那麼緊。」我騎離家門，委婉對著後頭的她說。

「喔！抱歉。」從後照鏡反射林小姐羞澀的表情，突然讓我一陣竊喜。

想不到她外表雖然讓人感覺有都市人的冷漠，不過她尷尬起來的表情還滿可愛嘛！其實一點也不難親近。

「不過，你媽媽跟你祖母真的很可愛耶！」她想打破尷尬地說。

「等你真正認識她們，你就會知道阿美族女人的可怕了。」我幾乎崩潰地說。

「對了妳也是原住民嗎？我看到妳頸部上的圖騰刺青。」
「嗯，我母親是排灣族的。」
「不過，妳還真不像呢！」
「你也不像啊，完全。」
「只是比較黑而已。」
「只是看起來比較黑而已。」
瞬間兩人同時停掉一秒半，接著同時爆出笑聲出來。

機車還未騎到大港口時，我們就被流瀉而出的歌聲所震懾住了。歌聲就好像大海的浪潮包圍住這條公路般強烈，一到現場，我就嘗試找那位初來結識的鴨舌帽大叔，不知何故想起他突然有些擔心。
「你常回來部落嗎？」
我搖搖頭帶著尷尬的微笑對她，突然一串圓圈如花般綻放的青年迎向我們，接著我們的雙目被青年活躍的身軀所吸引住了。他們的歌聲有些啞，我想應該唱了很久了吧！眼前青年、壯年賣力的吟唱與跳舞，大家賣力跳躍身軀，舞動著頭頂上的羽翼，每個人彷彿隨時隨地都將展翅高飛般，振奮人心。忽然，一道逆光打在諸位數不清臉龐的阿美青年上，我們皆被逆光的歌舞吸引，心裡頭莫名的悸動隨著他們喜悅，我取好鏡位往青年們與耆老賣力的神情連續拍攝照片。

「你常參加過豐年祭嗎？」

「……小時候有現在很少了。」

一陣無語，心裡覺得奇怪，我拉下相機看著身旁的她，她顯得有些低落。

「其實我懂你，因為我也一樣。」她臉頰泛熱低頭害羞地說。

我們互視著彼此安靜許久，突然歌舞的熱鬧靜止下來了！我有股難掩的熱浪沖擊胸口的彭湃感。驀然！手臂突然一陣冰涼，沁入心扉，轉頭一看竟是罐裝啤酒。

「你也來了？」

眼前鴨舌帽大叔的神情，早已不如剛來時的惆悵，反而擁有出乎意料的豪邁笑容。看他滿臉通紅有些宿醉，可以清楚感受到他內心中的喜悅，早已不同初來時可以嗅出的悲傷。

「是啊，帶她一起來。」林小姐探出頭來對大叔打聲招呼。

喔——喔——嘿呦喔嘿呦——

哈嘿欸——阿嘿呦——

一呀毆後瓦嘿呦——

喔——喔——嘿呦喔嘿呦——

哈嘿欸——阿嘿呦——

一呀毆後瓦嘿呦——

哈嘿欸——阿嘿呦——

一呀毆後瓦嘿呦——

「這是他們最後一首歌。」大叔也將啤酒遞給林小姐。「人們活著不就是希望讓自己的身體，通過意志去面對外在的困頓與窮乏之嗎？」「看到第二天時，下午突然颳起一陣雷陣雨，他們唱了一整天了卻還是依然不動，唱到現在第四天了，你看到的不都個個生龍活虎。你說原住民基因比較強悍嗎？」林小姐喝著啤酒，非常專注聽著大叔一席話。「我倒不這麼認為，那是一種意志，一種脫離現代與進步的意志，我想見證這個奇蹟之後，你敢說對你生命沒有掀起波瀾嗎？我不相信。」

「對了，你叫什麼名字，我好像還不知道呢？」大叔打了個酒嗝後對我說。

眼前年輕的阿美族青年，一個個跳躍並圍繞在豐年祭的火堆旁，光影之中，年輕的側臉映上火光，霎那之間我看見了赤色的服飾隨著青春正在光影中閃爍，那一刻，老實說——真美。

「我叫阿鄧，我來自隔壁的豐濱部落——」我轉頭自信面對大叔，兩人互視咯咯笑。大叔露出早猜出來的表情，滿意地笑著。那首祭歌則在四周圍繞傳唱，好似未停歇的不停重播在耳邊般，就像烈火正燃燒那群賣力吟唱，身穿赤色服飾的青年們，如此真摯而熾熱。閉上雙眼我彷彿還可以看見，一個個錯身而過身穿赤色族服的青、壯年們，我是誰？我屬於哪裡？來自部落的聲音正在呼喚，呼喚著我，呼喚著你，呼喚著那炙熱的血液，興奮地流動。

「為什麼我回到了石梯港？」

一掃來時的困惑矛盾，問題似乎早就迎刃而解。

黃璽

〈姊姊〉（二〇一七）

Temu Suyan，一九九〇年生，臺中市梨山泰雅族與高雄那瑪夏布農族的後裔。Slamaw 人，老家位於臺中市新佳陽部落。國立政治大學語言學研究所碩士。

國小就離開部落在都市長大，大學時期才開始提筆創作，研究所時期因為田野調查而有機會更深地探究自身族群文化、語言與歷史。曾獲多屆臺灣原住民族文學獎，獎項包含新詩及小說首獎；並於二〇一九年、二〇二一年，分別以詩作〈十二個今天〉和〈莎拉茅群訪談記事〉獲臺灣文學獎原住民漢語新詩獎。作品大多以當代原住民面對時下社會議題所產生的斷裂與妥協做為書寫主題，並常用詼諧、荒謬或諷刺的風格進行書寫。著有詩集《骨鯁集》。

姊姊

一

一月的日子就跟街道旁的枯樹一樣縮瑟著，每過一天都是一次顫抖。高海拔的空氣有自己獨特的冷冽，加上山區不時探訪的微微細雨，脖子不自禁又縮了一寸。

大門口的騎樓內，除了整齊佇立的一排輓聯花圈外，還有坐坐站站的親戚們，在三個臨時做出來的火爐邊隨意走動擁擠著，一邊交談，一邊嘆氣，頭上有重複不願散去的煙與霧。

我才從廚房拿飲料跟一些點心出來，就被拉著坐在最左邊靠近門口的那個火爐邊。才想從大火快炒的油煙中透個氣的微小願望，自己先走了。我只好呆坐著，假裝有聽，但只是一邊聽一邊忘記……。

「太可惜了，部落裡面最會打獵的就這樣子走了。誰會知道在對面那座山裡面最強的男人竟然輸給了……酒。」他的手抓起身旁的麥香綠茶，像是要一飲而盡的吸啜，恨不得手中是一罐啤酒，能讓他消滅。

「我二十三歲剛結婚的時候，他帶我一起去後面的山裡面放陷阱，那邊已經是我們家的獵場最遠了。真的很——難走，而且很久都看不清楚路。雖然獵場是我們家的，但他比我們家的人更清楚。我跟他走一天半才到，我自己走的話，每次都不敢走到那麼遠。」

說話的人是我的表哥打力，雖然是表哥，年紀上卻大我很多，跟我爸是一起長大的。

「但那都不是重點，重點是我們放完陷阱後，放陷阱很快，因為他的技巧很好。是回來的時候我們遇到一隻熊，我超級害怕，那是我第一次看到真的熊！很大一隻而且還站起來一直叫。但他一點都不害怕的感覺，馬上把槍舉起來瞄準熊的頭就不動了。我以為他要開槍，結果他眼睛一邊瞄準一邊要我打開手、打開腳，一邊跳一邊大叫。我照做以後，那隻熊跟我們對看了一下，轉身就跑走了。」

打力的眼白黃黃的，跟在場的很多長輩一樣的顏色。他們的牙齒都是黃黑參半，喜歡在講話的時候菸還叼在嘴巴上。

我還以為他要說一個老爸殺熊的故事，結果只是嚇走而已，沒什麼嘛。

「幸好是這樣，跟熊打架不管怎樣都是我們輸啊。」旁邊的親戚發出贊同的聲音。

「哈勇真的很會打獵餒，他做陷阱、放陷阱跟找獵物的技巧，都是我們這一輩裡面最好的，而且重點是山裡面從哪裡到哪裡是誰的獵場，他都知道，好像都不會忘記那些老一輩教過他的事情。我想，他大概是我們這裡最可以過彩虹橋的人了吧？手上都是動物的血。」

伊勇開玩笑說，一邊把雙手攤開像是捧著液體的樣子又馬上縮手，怕被牧師看到。

「不要開玩笑，哈勇他想要去跟他老婆見面，才不想去走什麼彩虹橋。雖然每次想要跟他比打獵，都比不贏餒。好像動物都自願給他打。」

阿漾馬上接下去，他是老爸那一輩裡面最老的了。

「除了打獵，他對我們部落的貢獻也很多啊，你們都只知道他管理底下那片果園跟上面那個菜園，賺的錢好像很多，但只要我們這些朋友、堂表兄弟有什麼困難，他都會出錢出力幫忙，部落的建設他也很熱心，甚至連教會之前重建的時候那個地，也是他借給教會的啊。」

阿漾說這話的時候看著我，用一種期許的眼神，但從泛黃的眼白對比下，透著些許像是可惜的光芒，照著我臉上淺淺的、敷衍的笑容。

「你還記得我們小時候不是超皮嗎？有一次在阿漾家外面玩火，還差點把阿漾的家燒掉那次。我看到那個火整個嚇傻，但他直接跑去挖沙子泥土……」

打力趁著阿漾還在回憶的時候，又開啟了另一個話題。

「有有有！還有一次我跟他去偷採馬紹阿公的梨子，結果被發現，我本來只是想找個地方躲起來，但他拉著我叫我跟他跑，結果我們就跑那個現在你們走的那條捷徑到部落裡，直接回家到二樓。後來我聽我爸他們說，才知道那天馬紹阿公有帶狗去抓小偷。」亞威先是打斷了打力，一邊誇張地舞動手臂一邊激昂地說。

他是伊勇的哥哥，他們的阿公是我阿公的……弟弟？還是哥哥？還是他們外公才是呢？算了，反正就是親戚就是了。

「我印象最深刻是有一次，小時候，我跟他去抓魚，天氣很好喔那天。我們就到我家地上面那邊那個溪流那裡。才剛剛到喔，他就看山頭那邊的顏色，就說還是先回去不要下水好了，我以為他只是想偷懶而已。結果回家沒過多久就下大雨餒，暴雨那種。要是沒回家的話，我們早就被沖到太平洋了。」

阿漾說完便深吸了一口氣，唇上的菸滋滋作響。

「他真是一個很傳統的人，而且我覺得他可能有巫師體質，可以預知一些事情。」

伊勇把手插進口袋換了個翹二郎腿的姿勢，乾癟的身軀跟他的推測一樣。

「我倒是覺得他很會做決定，總是可以馬上做出對的決定。」

亞威看著燒紅的火，很篤定地說。

「也是有時候會有錯的啦。是吧？」

打力把眼光打在我身上，把想說的話丟給了我。

「呃……應該吧？」

我像是被光照到的飛鼠，不知如何是好。其實打力想說的是什麼我也知道，在場的人都知道，但我才不想第一個提起呢！

就在這個時候，從家裡傳出了一個高亢的聲音，「比令，電話！」是姑姑。她的叫喊讓我可以短暫逃離這些好像我該知道我卻一點也不知道的關於老爸的往事。這些事老爸根本一點也沒提起過，我也在他的個性底下習慣別多問。

我把爐邊的垃圾收拾，直接闖進了被詩歌音樂凝滯的客廳。家裡的客廳與餐廳是一起的，我也不知道是幾坪大，總之空間夠讓四十個大人擠在裡面吃飯就是了。

現在這個空間被拿來安置老人們，還有我們家一直以來的火爐。在這個空間的右邊有個小房間，臨時布置成放著冷凍櫃供親朋好友瞻仰遺容的空間。前方則是另外隔出來的廚房，在那裡我找到了拿著手機又拚命跟我使眼色的姑姑。

「是你哥哥。」

她把這句話跟手機一起拋給了我就轉身回去廚房繼續炒菜了。

二

哥哥的話說得不多，大致上就是他要回來見老爸最後一面。而且很快就會到了。我們並沒有多聊什麼，深怕多欠了對方幾個字一樣。

不過為什麼他會突然要回來？他明明最恨老爸了。說恨不是誇大其詞，不然當初他也不會突然離家到現在都沒有回來過。

在我高中時，我們私下見過幾次面，我知道他為什麼恨老爸，但當初他搞得整個部落都知道他離家，一點面子也不留，現在才要回來哭嗎？還是他要回來跟我分老爸的遺產？我要給嗎？我一個人管那麼多地跟人，真的很累啊，如果我想分的話應該沒有人會說什麼吧，畢竟我都已經為了照顧老爸、繼承家業的回來部落這麼多年，但他在十幾年前就逃家了，根本沒立場跟我分。而且我哥哥的個性⋯⋯應該不是這種人。

那他為什麼會選在這個時候回來呢？尤其是這麼多親戚都在的時候？

啊，對！老爸死前還說過他不想認哥哥這個兒子了，是不是應該要把這跟哥哥說呢？但如果他只是來看看老爸而已呢？不對，他當年就是恨透老爸了才離家出走的。只是要來參加喪禮嗎？應該不會那麼單純吧？

算了，不想想了，先看看他回來要怎麼樣，再說吧！

我把無助的視線轉向客廳牆上那張較舊的照片。裡面的女人長得清秀，輪廓是我們兄弟共同分享的輪廓，但那溫暖開心的笑容則不在我們身上能看到。我真得說，她長得比較像我哥哥。

「幫幫我吧……」我將這句話喃喃地碎念了出來。

她多變的樣貌能被我準確記起的已不多，我選擇記住那張保有她健康與關愛的泛黃照片就夠了。

媽媽在癌症擴散後待的那個病房，安靜得似乎能聽到天使在凝視著我們。那一個月，我們借住於媽媽的大哥買在都市裡的房子，爸爸要我跟國小請假，哥哥則是已經在都市裡面讀第一志願的高中，每天放學就直接到病房陪媽媽。

後來才知道，那是爸爸花了很多錢的單人床病房，除了高級的病床外，還有許多空間、椅子、櫃子。除了教會的教友外，許多親戚也陸陸續續來過了，他們都對於爸爸的慷慨還有情義非常認同。

陪伴在病床旁的日子裡，媽媽只要抓住爸爸有事外出的機會，就會反覆地跟我們說差不多的事情：

「對不起，要讓你們自己長大了。」

「要體諒爸爸，他很辛苦，他不是不愛你們，他是不知道怎麼表達。」

「只要你們好好長大、乖乖長大，不要做壞事，媽媽就會很開心了。」

「凡事信靠主，我會偷聽你們的禱告的喔！」

「不要做會讓家人傷心的事情！」

她幾乎是用盡了力氣才能勉強擠出這些短句，也擠出自己於那些根本不是她的枯瘦身形裡。

看到她這樣的狀況，我幾乎每天都會在她床沿上哭，還會哭到眼睛和鼻子都很痛，她當然也沒有力氣好好地安慰我，只能用僅有的樂觀，不斷地哄騙，不斷地把我拋向沒有她的未來。

哥哥跟我則是完全不一樣，他放學一到病房，就把學校的衣服換下來摺好，然後將所有袋子、包包方整地擺在一邊，打開他自己收納整理的一個抽屜，拿出媽媽以前的化妝品，開始幫媽媽化妝。

那些步驟，我完全不懂，我只記得那個口紅的顏色，是像凝固過後的獸血一樣深且暗。化好以後，媽媽會看著鏡子好一會兒，然後說哪裡化得不好、哪裡化得好。接著哥哥再幫媽媽把妝卸掉，把器具收好，才開始跟媽媽聊學校的事情，和一些那時候發生的小事。通常都是他講很多，媽媽只是點點頭偶爾回幾句話，反正都是我插不上話的話題，我就發呆。如果媽媽真的累了，他就會停下來自己把書拿出來讀。有時候讀他的課本，有時候看不知道哪裡來的小說，有時候是媽媽的《聖經》，有時候讀一些很厚、很厚的書，他說那是有關畫畫跟心理之類的書。那時候我還是個國小生，才不想知道那些是什麼東西。

總之呢，那段時間裡，我從來沒看他哭過，也沒有問過他為什麼不哭，我怕他跟爸爸一樣不會回答我。唯一一次我看到他差點哭出來，是在媽媽快要走的前幾天。那天爸爸剛好去醫院的商店買東西，哥哥已經跟媽媽聊了一下，不一樣的是，這次媽媽聊得特別起勁，但我一樣是在旁邊一邊聽一邊忘記。

不知道說到什麼話題，哥哥變得很激動，臉都脹紅了。我只聽到媽媽看著哥哥開口說：「媽媽很支持，因為媽媽愛你，但你先不要跟爸爸說，他的死個性是不會懂的。」她的手吃力地摸著哥哥的臉，慈愛地看著他。

「我從小什麼事情都做到最好，因為我不想讓你們覺得我很糟糕，我現在也是這麼想的，如果他不接受，也沒關係，那是他的選擇。但我以後的生活，該由我自己選擇。」哥哥放鬆了一些他的表情，回到了以前的樣子，我可以從他變窄的眼角看到一點點淚光。

「媽媽都知道，你不只會讀書……山上的事情你也會……我們的話你很會說……懂很多山裡面的事情……也會幫忙套袋種菜……那都是想讓我們放心……不想讓我們太管你……你已經長大了，會自己做決定了……媽媽也說不動你了……但只希望你不要做出會讓家人傷心的事情就好了……如果出了什麼事情，弟弟怎麼辦？」

媽媽不像是請求，反而是這些話像是叮嚀一般慢慢地爬出她微張的嘴巴。

「我可以自己長大！」

我等不及聽完媽媽把我給說小了，得為自己的自尊辯駁才行。

媽媽笑笑地看著我，哥哥則是用袖子擦了擦鼻子。

「你不知道的事情還很多，你要怎麼長大？」媽媽淺淺地問。

「我也要去學泰雅的話，還要去打獵，還要去果園！反正哥哥會的我也要會！我要跟哥哥一樣，不對，比哥哥還強。」我滿溢的可笑自信從我淺淺的話語中流瀉。

「你永遠不會像我的。你只要自己做自己就好了。」哥哥看著我，用一種像媽媽一樣的口氣說。

「你也是小孩子，只是比較老而已，有什麼跟我不一樣？」我不解地看著他。

「因為我不是ㄋ……」哥哥在講不完這句話的時候，就收了回去。眼神從我身上飄到我身後再轉回媽媽身上，然後失去了表情。

「不是什麼啊？」我是真的很想知道，所以更大聲地問了。

「不是什麼？」一個粗糙低沉的聲音從我身後切了過來。是老爸剛好回來了。

「沒什麼，就隨便聊聊而已。」哥哥很快地接了話，並不接著老爸詢問的眼神。

「沒什麼事情就讓媽媽休息，沒看到媽媽很累了嗎？再在這裡吵的話，你們回家就知道了。」

老爸把一袋他剛買的東西和慣用的恐嚇話語一起扔向我跟我哥中間的椅子上。

「不要這樣罵小孩子了……你要了解他們，不要只會打、只會罵……」

媽媽的這些話倒是把爸爸一臉的凶狠卸了下來，只剩無奈與哀傷。

「妳多休息吧。這些事情我知道。」爸爸的話像一記悶棍。

即便這裡是醫院最大的病房，但只要他來了，那就連對話的空間都沒有了。

接著沒有幾天，媽媽就過世了。

在媽媽的喪禮之後，我開始每天上學後玩到很晚才回家，反正只要我不調皮搗蛋，老爸也不會對我拳腳相向，畢竟我是家裡剩下唯一可以陪他的人了。但也僅止於陪伴，因為聊天什麼的，他不在行，我不敢說。其他的大小事，他叫我做，我就去做，他不叫我做，我就偷懶。在家裡，他大部分的時間就是雕像，剩下的時間，是會動的雕像。

不過我覺得奇妙的是，在部落的馬路上或是別人家裡面看到老爸跟朋友在一起的時候，好像看到另一個人一樣。那時候的他非常善於講話，甚至還很機靈地會講笑話，他那樣外向開朗的模樣，讓我甚至開始懷疑我跟哥哥的存在是不是就是他的折磨？

但我始終沒有問他為什麼會有這樣接近精神分裂的表現。因為我不敢，也不想。

但關於這件事情，在哥哥從平地回來的時候我問過他。

他說：「老爸不就是這樣嗎？」

當我還想問得更細時，他就會說以後長大你就了解了。當我還想問得更多的時候，我發現哥哥愈來愈少回來了。他說他要準備考大學，不能分心了，等到知道有學校讀的時候就會回來。老爸對這個說法的接受程度也是頗令人訝異，他還提議哥哥可以去考哪些學校的哪些科系了。因為以後原住民會需要這些人才，就算外面的人不需要，老爸的田啊地啊也需要。

但我這邊說的提議，都是一貫地以命令句形式從老爸嘴裡說出。

這樣的日子維持了一年。我快要升國中了，那時候爸爸也沒跟我討論過，就要我國中去借住在大舅家，讀平地的國中，跟哥哥一樣。

我從國小上最後一天課回來，一如往常地打開家門，但卻有人剛好從家裡衝出來，把我撞倒在地。我還來不及生氣，就被嚇住了。

「你最好不要給我回來了！丟臉！丟我們家的臉！你怎麼面對你媽媽？」那是老爸用嘶吼的方式喊出來的，誰都知道具有危險性。

「你不要把媽媽拿出來說，她跟你不一樣！」

那個把我撞倒的人把我拉了起來，是哥哥。

他不用上課嗎?
「你不要亂講話，你媽她怎麼可能接受?她是信上帝的，怎麼可能接受?我們部落有什麼人跟你一樣嗎?你這是跟誰學的?我要你去讀書不是要你去搞這些有的沒的!」老爸繼續從家裡用力地嘶吼。
「她要我不要告訴你，但我現在也不後悔我告訴你，因為你要不要接受是你的事。而我的人生也不用你來決定。」
哥哥幫我拍了拍衣服上的灰塵，小聲地跟我說：「記得你說過的嗎?你可以自己長大了。」
「比令你給我過來，不要跟他在一起，他不想當我們家的小孩隨便他。你給我過來!」老爸這時才出來把我一把拉走，我看到他眼睛的血絲已經布滿黃黃的眼白。
「這麼多的果園、菜園，這麼好的山跟房子都是祖先留給我們的，你竟然不要?」
老爸氣得發抖，胸膛一鼓一鼓的。
「不是我不要，是你自己不要的。」
哥哥說這話的時候是背對這我們的，我這才看到原來他已經背好背包，手上拿著一個被撕開來的牛皮紙袋，上面寫了什麼「學」的。

「你就不能好好當個泰雅人嗎？還要我求你嗎？」

老爸的眉頭皺得很緊，像是想把怒氣給鎖好以免做出會讓他後悔的事情。

「看來你還是不懂，如果這一切有錯的話，都在你跟媽媽生下了我。但她已經接受我了。」

哥哥開始往前走了。瞬間我想起在醫院那段話。

「我們怎麼會有錯？我們生你、養你、讓你讀書，你的命是我們給你的，你現在能有點成就也是我們給你的！我們哪裡有錯？」

老爸好像快要不能控制自己了，每個段落都有青筋跳動著。

「所以我說，你還是搞不懂，今天是你把我生成這樣的，你不接受，我有什麼辦法呢？」

哥哥回頭看了老爸一眼，那是極盡輕蔑與鄙視的眼神。接著他把眼神對到我的臉上說：「比令，你是不可能像我一樣的。但也不要像你的爸爸一樣。」

又一次苦笑。

接著他就離開了，留下還沒長大的我。

三

「喂，比令，你還要不要吃啊？我要收掉了喔。」姑姑一臉急躁的樣子，從餐桌上喊了過來

「噢，不吃了。」我放下筷子。

「你不吃的話就先去二樓整理你大舅他們要睡的地方吧。」姑姑開始鏗鏗鏘鏘地收拾碗盤。

「知道了。」

至此我才回過神來。才發現大舅一家人早就到了，連飯都吃過了，正在客廳還有走廊上聊天，連老爸的儀容也瞻仰過了。

「上帝會幫你照顧他的，他現在沒有病痛地在天堂了。」表妹阿利看我這樣無神的樣子，拍了拍我的肩膀，抱了我一下，我突然有點想念哥哥。

「謝謝，我沒有難過，我只是在想事情。」

「在想什麼啊？」

「想我哥哥的事情。」

「你哥哥啊?他說他會來只是都還沒到，他還說會帶他們公司的化妝品給我。」

表妹一臉期待的樣子。。

「妳也知道他要來?」

我是真的驚訝，雖然我跟大舅一家人在我高中讀完回山上以後就聯絡得並不熱絡，但一次也沒聽過他們提起哥哥，現在阿利講起他來，好像他是她哥哥一樣。

「啊!對耶。不過姑丈過世了，應該可以跟你說了吧?」

阿利臉上浮現了先是驚訝然後神祕的表情。

「其實你哥哥一直都有跟我爸媽他們聯絡，只是他說不要讓你們知道比較好。偶爾他還是會來家裡玩，前幾年他進了化妝品的公司工作，好像做得還不錯。」

阿利講話時一邊翻找皮包，拿出一張簡約的名片給我，上面寫有哥哥的漢名。

「喔……我是沒有很在意啦，只是，我覺得他一直不回家，不跟老爸聯絡，很奇怪。我也不是生他的氣，只是……」我愈講愈小聲，看也不看就把名片塞進口袋裡。

「我記得他說他有跟你見過幾次面吧?好像是你還在高中的時候吧?雖然這件事他也是很後面才跟我們說的。」阿利歪著嘴，開始回想。

「是……是啦，但重點是他都沒有主動打電話到家裡啊，我以為他已經願意原諒我爸了，但好像不是這麼回事。」我雖然看著阿利的眼睛，卻開始回想起我們在他離家後第一次見面的事情……啊！難怪他會打到大舅家的電話。

「喂，比令喔？」

「嗯？啊！」

「你知道我是誰了吧？」

「你幹麼找我。」

「看來你還在生我的氣？因為我離開家還是離開你？」

「我不知道。你想幹麼。」

「我們出來見個面吧。」

「嗯……喔。」

「禮拜五在你學校附近的S咖啡廳吧，那邊可以吃東西。」

「好……不要放我鴿子喔。」

「不會啦，禮拜五放學就來喔。」

那通電話接來雨季的第一聲悶雷，我其實並不能馬上認出那是我哥哥的聲音。因為那是比我記憶裡更輕、更高卻又更自然的聲音。但我還是認出來了，只是我沒辦法聽出為什麼他想要找我，我也沒有要問的意思，因為我想表現得比他更自然些。

我試著去推算他現在的年紀，還有推測他現在會是怎樣的光景，甚至是預備見面時的話題，除了我自己之外我沒有跟任何人討論過這場約會。

那天我一放學就往咖啡廳跑去。連自動門都還沒全開就等不及地鑽了進去。我在一樓二樓都尋過了以後，店裡面沒有哥哥的影子，至少他如果在這幾年沒有變太多的話，我一定可以認出的。

我想應該是他遲到了，就逕自選了一個靠窗的位置，坐了下來。就在我坐好、打開菜單的時候，一雙手柔柔地放在我的肩上。

「比令，認不出我了？」是電話裡的聲音

我驚訝地轉身，一頭撞進黑色、充滿香味的柔絲裡。我把焦距拉開，是一位打扮時髦的女性站在我面前。她白淨的皮膚所撐起的輪廓看來非常熟悉。眼睛深邃、鼻子英挺。嘴角的笑容，是我熟悉的苦笑。

「哥……哥？是你？但……」

我放下手中的菜單更仔細地打量了他，他擦上了暗且深的口紅、拉出了細細眼影。甚至有了隆起的胸部，若不是他先開口打招呼的話，我一定不可能認出他。

「這樣你知道為什麼爸爸要把我趕出來了嗎？」

哥哥的苦笑跟我最後一次看到他的樣子一模一樣，也可以說是完全不一樣。

「所以你……這樣……是怎樣？」我腦中浮現一些傷人的詞彙，但我不說。

「我？哈哈哈，我是你哥哥啊。」他一邊笑一邊在我身邊坐了下來。

「但……你為什麼要穿這樣？」我不自覺地把書包放到我跟他中間。

「其實我今天在想要穿什麼跟你見面的時候，就下定決心不要再瞞你了。」

他擺出了苦惱的表情之後馬上開出了燦笑。

「坦誠什麼？你是同性戀嗎？」我就開門見山地問了，並且對於他自然浮現的表情感到不習慣。

「嗯，是這樣的，我並不是同性戀，雖然同性戀現在也是很辛苦的。」他果斷地說，在我還沒能快速地追問以前，他就回答了：「我是跨性別。」

「那是什麼？」我似懂非懂地問。

「那就是我啊。我是一個女生，就這樣。」哥哥看著菜單一臉不在乎地說。

「就因為這樣，你就丟下爸爸一個人跟我自己跑掉了？」

他愈不在乎，我愈是按捺不住憤怒。

「我給過老爸機會了，我也付出了很多。」

現在哥哥的眼神盯著我的眼睛，銳利得像是針一樣。

「你說什麼機會？你給他什麼機會了？你離開後從沒聯絡，他那之後每天喝酒，在外面表現得沒什麼在那邊逞強，回到家裡頹廢得跟什麼一樣，一句話也不說。你至少打通電話回來也好，但你從來都沒有。」

我將怒氣抑制在一口開水上，不想讓咖啡廳裡充滿我的回音。

「我聽起來你倒是像在嫉妒我，嫉妒我可以自由地離開了他。」

哥哥的嘴角浮現了微笑，是真心的微笑。

「我幹麼嫉妒你？我又不像你，我有我正常的生活，我過得很好，我也要考大學，念可以幫忙家裡的科系。老爸沒有你，至少他還有我。我才不會像你一樣丟下家裡逃跑。」我把心裡面的話都說了出來，盡量不要顯得嫉妒。

「嗯，看來你跟爸爸一樣。」哥哥的微笑愈來愈開。

「一樣什麼？我們哪裡一樣？老爸到底哪裡對不起你，你要這樣折磨他？」我迅速地發抖著講完這句話。

「我並沒有折磨他，是他在折磨自己。我很樂意溝通，是他不願意。不要以為我沒有嘗試過。」哥哥平平淡淡地說著，說完便抿了抿嘴唇。

「為什麼你這麼討厭老爸？」我瞪著他的眼睛說。

「我並不討厭爸爸。是他討厭我。」哥哥的聲音變沉了，「他討厭最真的我。也就是你現在看到的我。」

「那又怎樣呢？他傳統固執又不是一天、兩天的事情，你繼續待在他身邊，總會有讓他想通的那一天。」我隨口應對。

「我為什麼要浪費我的人生，欺騙自己，討厭自己，只為了迎合他。而且……」

「而且什麼？」

「部落裡面的氛圍才是讓他一直那樣傳統的原因，不管是教會還是我們的親戚，都一再影響他。相信我，我不是只有被你撞見的那次跟他吵過而已。他不敢面對他生出來的這個我，我只好離開。」哥哥輕輕柔柔地解釋。

「再怎樣你也要照顧他吧？好歹他也養過你耶。」我還是有我的想法。

「這樣說好了，我問你一個問題。你想活在這世上嗎？」

面對突如其來的這個問題，我傻住了，我從來沒想過這種問題。活著是什麼，或是活著的意義是什麼，又或是為什麼要活著。但這跟我們的討論有關係嗎？

「我不知道你想問什麼，但這跟老爸有什麼關係？」

「如果我跟你說，我不想活著，或更進一步說我不想以我現在這個身分活著。請問我在活之前，能夠做選擇嗎？」

「不能吧？」我小聲地說

「選擇權是父母。當他們決定生孩子的時候，就剝奪了孩子的第一個選擇權。」

「那又怎樣呢？所以他們在孩子出生後，會養、會愛他們啊！」我抓緊機會反駁。

「那為什麼老爸討厭我呢？他憑什麼不接受我？我是他生的。我是女生，他卻生了一個男生的身體給我，以為這是我可以決定的？還說錯在我？」哥哥清楚地回擊了。

「……」我似乎理解了些什麼，但是又說不準。

「你可能還不太了解，可能還需要一些時間。」哥哥看我沉思的樣子，也不想多逼迫我說什麼就說：「怎麼樣？我要點餐了喔。」

「肉醬義大利麵，一杯可樂。」我說出這次約會的最後一句話，接著就沉默一直到回到舅舅家。

在那之後，我們見過幾次。我們談了他畢業後找工作的挫折，還有他的幾任伴侶，以及他在化妝品公司的情況，還有他以後想要跟朋友一起開酒吧的事情。我漸漸能知道哥哥離家的原因，但對於他恨老爸的原因我始終無法理解。

在我高中畢業以後，就按照老爸的命令回山上了。這之間，也就沒再跟他見面了。

四

「欸，比令！你有沒有在聽啊！」阿利大聲的在我耳邊呼喊：「你哥哥來了啦！」

我馬上回過神來，順著每個人的眼光看過去。我竟然鬆了一口氣。

哥哥穿得非常休閒，是男性打扮。臉上沒有任何顏色的塗料。這幾年他過得好像不錯，比之前更緊實的身材，即便是寬鬆的棉褲、大外套，也可以看得出來被線條撐挺的地方。他一一跟走廊上的親戚們打招呼，很奇妙的是他沒有忘記任何一個親戚的名字。

這樣突如其來的舉動也堵住了他們想碎嘴的衝動，只是用：「回來就好了。」這種話輕鬆帶過。

「比令，最近好嗎？」哥哥的笑容展了開來，是假的。

「就是這樣，不能更好，也沒有很糟。」

我接起了他禮貌性伸出的手，柔柔膩膩溫溫的。

「爸爸呢？我想看看他。」哥哥這時候的聲音低沉又生硬，有幾分像爸爸的口氣。

我帶他穿過人群，來到冷凍櫃前。

「現在你高興了吧？」我低聲地說，確定別人不會聽到。

「還沒呢。」哥哥用手摸著老爸面前的那面玻璃，簡短地說。

「他沒有東西給你，他說他不想要你回來看他。他也不認你這兒子。」我竟然有意想不到的鎮定語氣。

「你看他現在這樣，跟他以前一模一樣。我是說活著的時候。」哥哥淡淡地繼續說：「我想，這幾年你應該也沒有好好跟他說話吧？他在家裡就是現在這個樣子。」

「不要亂講話，他不跟你說話不代表他不跟我說話。他教我很多東西，我現在會的很多了，這個家以後就是我來繼承了。」

我確實有點心虛，但我不能示弱，尤其是在他面前。

「出殯是明天吧？」哥哥突然轉變了態度。

「嗯。」

「是他叫你辦的？」哥哥看著冷凍櫃上碩大的十字架。

「他不叫我辦我也會辦，他在還能說話的時候，說一定要幫他辦一場基督教的葬禮，他才能跟媽媽在一起。」我繼續補充。

「是嗎？他之後變得虔誠了？」

「他說只有相信上帝才能到天堂跟媽媽相見。因為你走之後，他只想念媽媽。」

我看到哥哥微微地點頭。

「啊你呢？」哥哥好奇地問，但眼光沒離開過冷凍櫃。

「我沒那麼虔誠，基本上是陪他去。我沒有那麼勤勞。」

「是說你為什麼不上大學了？」哥哥看起來並不滿意我的回答，就換了個問題。

「老爸要我回來，說要把他會的事情都教給我，管理果園之類的。」

「所以你就不上大學了？」哥哥把身體靠在冷凍櫃上面。

「我說過我不像你，可以這麼輕鬆簡單地說走就走。家裡剩我一個可以照顧他，我怎麼能讓他自己在家裡老死？」我被他問得有點憤怒。

「喔，好吧。你不能怪我，那是你自己要回來的。」哥哥輕描淡寫地帶過

「我實在不想跟你說這麼多。你的想法就是那麼自私，只想到自己，你忘了我們的嘎嘎嗎？」我看不慣他那麼輕鬆的臉。

「我想要當一個正常、完整的人，而不是破碎被壓抑的動物。先能做一個真正的人，才能更心甘情願地遵守規範，不是嗎？你只是想拿嘎嘎來壓我？我看老爸也只挑他想教你的教你吧。」哥哥沒有被挑釁到，也是繼續凝視著冷凍櫃。

「真的是講不過你。我不想講了。」為什麼哥哥一下就看穿了我這幾年的生活。

「今晚，我想陪老爸，可以嗎？讓我在這房間裡陪他睡。」哥哥把視線移到我臉上，誠懇地說。

「你現在才想彌補已經太遲了啦。」我像是贏了一場爭吵地說。

「你還沒回答我。」哥哥更往前貼近了我的臉。

「呃……隨便你，反正我會在客廳或火爐旁邊。這冷凍櫃也沒上鎖，最好小心老爸出來掐死你。」我別開臉，小聲地說。

「謝啦，啊，對，我還要先去找阿利跟舅媽，我們公司的最新產品可是很搶手的。

你要嗎？」哥哥馬上從冷凍櫃上彈起，感覺不到一絲被嚇到的樣子。

「你在開玩笑嗎？我要那些幹麼？」

我看著他從口袋拿出一個黑色的東西，搖啊搖的。

「男生也可以用啊。」哥哥一邊笑一邊走出了房間。

我把冷凍櫃的燈關了起來。

那天晚上，我大舅一家人睡了以後，我就在走廊上跟還留著的親戚們聊天，大多是解釋關於哥哥的問題與閒語。姑姑則是在客廳一邊看電視一邊打瞌睡。

時間過了午夜，難忍睡意的我走到放冷凍櫃的房間門口，看到哥哥一個人拉了一張椅子在冷凍櫃旁，黑色剪影在房間裡靜靜的，我也不打算跟他搭話，就自己在最靠近門口的椅子上坐著睡著了。

「比令，要不要上去睡？」一個黑色的影子站在我面前，高大精實。我撐開模糊的視線，在能看清楚之前，臉頰受到一陣比外頭空氣還要冰冷的手貼上，是哥哥。

「不用啦！現在幾點？」我咕噥著並甩開他的手，那種冰冷的程度不太對勁，但我也沒有多問。

「才四點多而已。」

「我再睡一下，你手怎麼那麼冰，去火爐那邊烤火啊。」

「沒關係，我再陪一下老爸就好了。」

「我再睡一下。」

我不願多想，只想快點讓時間快轉到明天中午。

五

最後一鏟降在棺木上的土剛好是中午十二點半。氣溫雖然低，但雲層很薄，透出絲絲陽光，禱告聲很容易穿透。

我跟哥哥兩人回到家裡，還有一些親戚在騎樓邊幫忙整理打掃環境。大舅一家則是在做完禮拜後回去了，阿利回去前還要我跟哥哥和好不要吵架，女孩子就是這樣。

我拿著老爸的相片準備掛在媽媽的泛黃照片旁邊。空蕩的客廳還遺留著一些老人的味道。

「我終於開心了。」哥哥終於開了口，他從昨天晚上之後到現在都沒開口過。

「什麼東西？該不會是遺產吧？我說過老爸不想……」我頭也不回地說了。

「關於這個，我會去辦拋棄繼承的，我不想要他的任何東西。」

這時我回頭瞪著他。

「你……為什麼？」我不可置信地說，我以為我們在這點上會發生爭執。

「我已經拿回他欠我的了。昨天晚上我在冷凍櫃裡幫他做一個選擇。我們扯平了。」哥哥這時聲音高了起來，表情則不再那麼陽剛。

「什麼東西？聽不懂你在說什麼？」我的聲音顫抖了，他對老爸做了什麼？

「接著。」

哥哥拋出一個黑色的東西。我用左手接住，是一個管狀物，有兩截，沉甸甸的，跟昨天晚上他手上的一模一樣。

「我要跟你說聲對不起，我後來想一想，我的離開，對你的確造成很大的影響。讓你失去很多能力與機會。但現在已經沒有人可以告訴你要做什麼了，恭喜你比令，你現在是真的長大了。」

哥哥說完轉頭就走，像他離家時那樣的果斷。

我用兩隻手轉動著那個物品，「喀」的一聲打開了。

那是一支口紅，像血一樣深且暗的，已經剩下不到一公分的長度，而且在最前端也不是整齊的切面，或是輕塗過嘴唇柔和的圓滑面。

那個樣子好像是有人拿著這支口紅憤怒地抵在什麼東西上面來回摩擦過。當我再更仔細地聚焦後，口紅上面還有一些扭曲的細碎紋路，類似於掌紋。

在那一瞬間，我好像懂些了什麼，我好像懂了哥哥所理解的世界。我好像釋懷了些什麼，放下了些什麼，又得到了些什麼，感到一陣胃絞痛。

我感到自由卻又有滿滿的悲傷。

我可以接受了。

那天，我把老爸的照片擺在了離媽媽跟十字架最遠的一面牆上。

在往後的日子裡，每當我看到他的照片，就會想起她。

潘貞蕙

〈神祕鐵盒〉（二〇一六）

Yaway Suyang，一九九一年生，南投縣仁愛鄉馬烈霸部落泰雅族。臺灣藝術大學視傳所畢業，參與過幾年的博物館工作，現為國立東華大學原住民族發展中心計畫助理。

書寫作品以散文及報導文學為主，試著描繪生活的形狀，屢獲多屆原住民族文學獎的肯定。

神祕鐵盒

我們全家都住在一個神祕的鐵盒裡。

我在好多地方都看過這種鐵盒，不僅外觀類似，打造方式也沒什麼不同，比較特別的是，這個鐵盒是我看過唯一有兩層樓的。

我很難說清楚「神祕」的定義，但大概永遠也忘不了，在鐵盒裡發生的每一件事情，看見的每一張臉孔，都充滿異樣的和諧，發散著沒有雜質的光芒。

在住進鐵盒之前，老爸是在老媽部落幫忙送肥料的，奇怪的是，兩人並不相識。要到後來，阿公、阿嬤在山上承租了一片果園，外婆帶著舅舅和老媽到果園打工，才促成一段戀曲，而這也是為什麼我們統統都住進了鐵盒的原因。

說穿了，其實鐵盒就是一間外人眼裡再普通不過的工寮而已。

這間工寮由好幾面斑駁的鐵皮皺起，交錯的鋼條和木柱穩固撐托著，加上幾片簡陋的隔板，就劃分出好幾塊獨立的空間：一樓是公共區域和廚房，擺了不少農用器材和廚具。浴室和廁所也在一樓，是額外搭建起來的，在工寮之外與工寮相連。走上鐵製樓梯，就是二樓。二樓有個狹小的客廳，是睡前大家泡茶聊天的所在，其餘的空間則是睡房，長長走道把所有房間分隔成兩邊，扣除客廳所占去的範圍，共有六間房間，大小不等。

以工寮為圓心，環抱工寮的是占地約兩甲的農地，農地覆滿繁密的果樹，主要種植水蜜桃、水梨、蘋果和李子，計算起來共有五百多棵。

工寮左後方約十五公尺的距離，有一座超級巨大的銀色水塔，供應著每天生活所需的水源。老爸總說：「這可以裝好幾十頓水噢。」看我一臉疑惑，他緊接著換算：「這裡面可以裝好幾十個你噢。」

長大之後我才明白，對於這個有點瘋狂又難以理解的世界，單位的存在只是一種比較理性的丈量方式。

水塔不遠處，有一堀直徑十公尺、跟鐵盒一樣神奇的水池。原本廢棄的土坑鋪蓋上黃色帆布，從水塔引水，就變成了這堀農用的水池。不知道什麼原因，這堀水池後來充滿了各色各樣肥美的蝌蚪，小隻的、大隻的、咖啡色的、黑灰色的、長腳的、斷腳的、變成青蛙跳走的、開心游著泳卻被我們撈走打扁的……池裡的蝌蚪已經茂盛到存在感大於水池本身，最神奇的是，我在裡面可以看見蝌蚪從水裡幻化到陸地的一整個過程。直到有一天，表弟摔入水池差點淹死，我才肯相信原來裡面裝的一直都不是酒。

住在鐵盒裡的日子，除了表弟，我沒有別的朋友，大人們每天忙著工作，懶惰的好像只有表弟和我。

整地翻土、刮樹皮、趕鳥除蟲、疏果、套袋、秤重……鐵盒裡的每一個大人，都被賦予了重要的職務。我看著自己身上的裝扮，明明也穿了雨鞋、戴了袖套，卻只能蹲在路邊拔拔小草。

聽見我這麼形容，表弟不以為然地反駁，他揮起小鐮刀，咻咻咻地說，我們有更神祕的事情要做。

表弟小我一歲，腦袋大大的，四肢非常纖細，我不禁想，如果蝌蚪能夠站立，大概就會是表弟那個樣子吧。

表弟時常有一些奇怪的念頭，跟他在一起，總能打發不少寂寞。不久前他才問我：「你知道為什麼那個水塔一直發光還會啵啵啵地漏水嗎？」

我很認真地想了一下，說我不知道。

表弟要我把耳朵貼在水塔，仔細聽聽裡面的聲音，暗示我裡頭似乎存在著很嚇人的東西。

「一定要很認真很認真很認真那種哦。」他說。

「好啦。」我湊向水塔，把耳朵貼在上頭，貼得很緊很緊。

「砰！」表弟大力敲了一下水塔，讓我的耳朵瞬間爆炸。

「哈哈哈哈！知道為什麼了吧。哈哈哈哈！」表弟笑歪。

後來，我實在氣不過，一番扭打才終於原諒了他。

更早之前，表弟偷偷告訴我，那個黃色水池裡面其實都是酒，是大人為了自己偷喝才在裡面養蝌蚪。我恍然大悟，難怪裡面的蝌蚪又大又肥，水池的顏色也很不尋常。

發現了這個天大機密以後，表弟交代我千萬不能跟任何人說，說要是讓大人知道我們知道，以後可能就會失去撈蝌蚪玩的理由。

為了可以繼續抓蝌蚪，又非常好奇大人們為什麼那麼愛喝酒，於是我們都沒有把祕密戳破，還趁著某天下午工寮沒人的時候，溜到舅舅房間偷了一瓶保力達，特別選在一棵不太有人經過的果樹，把那瓶酒悄悄開封。

「嘔，好噁心。」我淺嘗一口。

「真的好難喝。」表弟附和。

「你有沒有拿錯？」我問。

「對啦，上次他們喝的就是這個啊。」

表弟看了看瓶身，語氣堅定。

後來的事情，我們都記不太清了，只知道被搖醒時已經是傍晚。據說我們被找到的時候，兩個人的臉紅紅熱熱的，那瓶保力達也被喝掉了一大半。那個夜裡，我被罰站一整晚，吃了老媽不少棍子，表弟也發了一場高燒。

關於工寮為什麼會是鐵盒，也是表弟告訴我的。

表弟有一個非常心愛的鐵盒，放在部落老家，舊舊髒髒的，上面很多鐵鏽和刮痕。打開的時候，會有一層機關被推起，讓鐵盒瞬間變成兩樓。盒子裡有大大小小的隔間，完全就跟工寮一樣。

在那個鐵盒裡，表弟放了不少寶貴的收藏。

「所以哩，你在裡面放什麼？」我問。

「廢話，當然放寶物啊。彈珠、甲蟲屍體，還有零用錢。」表弟說。

「然後咧？」我覺得一定還有別的東西。

「問那麼多幹麼，忘記了啦！」表弟開始不耐煩。

「呿，那麼神祕。」下次我要偷看，我心裡這麼想著。

我問了好多人，搜刮了好多個地方，就是找不到一個我很喜歡、又能夠讓我藏放寶物的鐵盒；阿公覺得茶葉罐不錯，外婆說方糖用完盒子要給我，老爸拿了長壽菸盒，老媽說隨便找找，紙箱都那麼多。

表弟則說：「工寮啊，工寮就是你的鐵盒。」

一日早晨，鐵盒裡所有的人都忙著替採集來的果實秤重、分類、裝箱及運送。在一條充滿秩序的生產線裡，我也當起跑腿工；誰喊我，我就應答，誰需要我，我就幫忙，只有表弟一個人不知道在幹麼，杵在一旁盯著分果機發呆。

搭搭搭——啪搭——搭搭搭——啪搭——搭搭搭——啪搭——搭搭搭——啪搭——

分果機是一套非常有邏輯的系統，取代了古早耗時的手工，在一定的水平區間內，分果機能夠依據重量、級數，替每一顆果實找到自己的歸屬。

大家將摘採來的果實一顆一顆放置到機器上的果盤，輸送帶不斷循環，沿著軌道把果實往前推送，運送途中分果機會依照果實的條件確實分類，讓果盤側向傾倒，果實滾落，分別被不同顏色的果籃順順接起。

阿公曾經告訴我，分果機有自己的節奏，厲害的農民可以從那些啪搭啪搭的聲音裡找到旋律，光是用耳朵聽，就能夠猜到有幾顆果實掉入了哪些果籃裡。

「欸，我如果變成水蜜桃，會被分到哪裡啊？」表弟問我。

「白痴喔。」我覺得表弟的問題真的很無聊。

「你講嘛。」表弟一臉嚴肅。

「你那麼像蝌蚪，應該那邊吧。」我指著最角落黑色的那個果籃，裡面裝的都是一堆歪七扭八、奇形怪狀，不會被裝箱出售的果實。

「那你咧？」表弟接著問。

「我嗎，當然是特A級那種囉。」我說。

「你阿公、你阿嬤、你爸、你媽，加上你。還真的特A級，五粒一盒咧。」表弟小小聲地說。

「講什麼啦，聽不懂。」我是真的不懂。

「沒有啦，走！我們去抓蝌蚪！」

表弟馬上換了一副表情。

「好啊，換你拿洞洞湯匙喔，上次我被阿嬤罵很慘！」我說。

搭搭搭——啪搭——搭搭搭——啪搭——搭搭搭——啪搭——搭搭搭——啪搭——

在我告訴表弟分果機的祕密之後，他就豎起耳朵，非常安靜地站在機臺前，待了一整個中午，好像在欣賞著一首，只有他聽得懂的歌曲。

所謂的洞洞湯匙，是阿嬤拿來瀝乾食材的漏勺，簡單來說，就是一把被挖了好幾十個小洞洞，可以把水分都甩乾的大湯匙。最早開始抓蝌蚪的時候，我和表弟對於該用什麼東西來補撈這件事情非常煩惱。我們耍了很多小聰明，比如拆解大人丟棄的空啤酒罐，或是改造禮盒裡用來保護水果的發泡棉和網套，甚至把歪腦筋動到自己腳上的雨鞋。不過，這些方法都不是太有效率，能撈到的數量實在少之又少。

直到有一次，我們在鐵盒裡閒晃，苦惱著該引進什麼新的器材好增加捕獲量。我們走到廚房，看見阿嬤正甩著油麵，手裡握著的正是洞洞湯匙，我和表弟對看了一眼，發現那就是我們尋覓許久、夢寐以求的工具。

事實證明，阿嬤加持過的漏勺還真的讓後來每一季的蝌蚪產量都超標。表弟的鬼點子比我多很多，我總是拜託表弟去跟阿嬤借洞洞湯匙，表弟說不要，他說阿嬤講閩南話他連一句都聽嘸，所以每次洞洞湯匙都是我去借，也都是我挨罵。

阿嬤之所以會那麼生氣，不是因為我們拿廚房的東西去撈蝌蚪之類的衛生問題，而是因為池裡有幾條她養的寶貝魚。

上次撈蝌蚪的時候，我們看見阿嬤走近，以為要遭罵，結果阿嬤捧了一碗白米飯，豪邁地就往池裡灑。像魔法一樣，幾隻銀亮的吳郭魚，反射著陽光，從汙濁的池底搖擺了出來。阿嬤知道我們進行著蝌蚪實驗，她太擔心那幾條魚，可能有一天也會消失不見。說也神奇，無論我們往水池扔了多少飯粒，吳郭魚都只有在阿嬤靠近的時候，才會突然現身。

對於蝌蚪的血到底是紅色還是綠色這個問題，我和表弟一直有不同的看法，而且每次都會講到吵架。這也是為什麼我們總花大把時間想著怎麼抓到更多的蝌蚪，其實都是為了要把牠們一隻一隻壓扁，好證明自己的答案最正確。

「一定是綠色。」

我非常堅持蝌蚪的血是綠色的，摸起來的觸感還十分濃稠。

「屁咧，紅的啦。」

表弟很不服氣，他確定蝌蚪的血跟我們一樣都是鮮紅色的。

根據我的實驗結果，被我打扁的每一隻蝌蚪，牠們流出來的血都是綠色系，只是綠的程度差異而已，聞起來甚至還有濃濃的草香味，我猜，是因為牠們很愛待在青苔旁邊的關係。

表弟卻認為蝌蚪的血肯定是紅色的，他提出了一套說法，讓我覺得其實還滿有道理。他說，扁掉的蝌蚪爆出的綠色汁液都歸咎於腸子裡的東西，蝌蚪喜歡刮食青苔和藻類，牠們腸子裡也都是那些尚未消化的綠色食物。用盡眼皮力氣仔細觀察的話，在太陽底下可以看見一團腸子蜷曲在蝌蚪身體裡，還會發現牠們身上充滿著透亮的體液，就連血的顏色也紅得很透明。

「不信的話，蝌蚪長大不是會變青蛙嗎，青蛙的血就是紅色啊。」表弟補充說明。

「你這隻臭蝌蚪……」聽完表弟的分析，我真的覺得，他一定是一隻人面蝌蚪。

眼前這堀冒著泡泡像呼吸著的水池，被又長又彎的灰色水管連接到那個總是「啵啵啵」讓我以為住著妖怪的巨大水塔，從水塔又散出幾條複雜的管線，牽引到鐵盒裡。

望著這一切，我思考著綠中透紅的難題，再想想阿嬤那些會玩捉迷藏的怪魚，轉過身來又看見活像一隻蝌蚪站立的表弟。

我忽然有一種感覺，感覺像活在一場怪異的夢裡，還拖著無法言說的祕密。

鐵盒裡的人都喜歡吃阿嬤燒的菜，除了阿公和老爸天天吃得到，其他人則是因為難得嘗到平地的味道。阿嬤對下廚好像有一種特別的情感，她總說沒法度啊、沒法度啊，然後又開始復刻那段我和表弟聽了幾百遍的，她身為長女十歲就放棄念書跑去當辦桌學徒的記憶。

我們對阿嬤的少女時代興致缺缺，反倒是廚房的一切讓我們感到非常有趣。廚房的空間一點都不寬敞，或許還不到兩坪。廚房落在鐵盒一樓有窗戶的那個九十度角，會被叫做廚房，也只是因為那個角落堆了架子、放了雙口爐和二十公斤的液態瓦斯桶，加上阿嬤每天都在那裡變換菜色，於是某一天那裡就成了廚房。

阿嬤的傢私頭仔真的很多，加上她非常節儉念舊，什麼東西都捨不得丟。廚房架上擺滿形形色色、大大小小的瓶罐和器具，光是這點，就讓表弟興奮不已，他完全就是一個工具迷。我則著迷於食材被拋入熱油，一瞬間衝出的那道鍋氣。不知道為什麼，看著阿嬤的身影被放在那樣霧白的背景裡，我總覺得那像一種顯靈，魔術般向我訴說神祕。

「來喔，來共我鬥跤手喔！[1]」

某個下午，阿嬤看我們閒得發慌，兩雙眼睛對著廚房瞪得大大的，決定讓我們搭把手。她開始備料，一個指令一個動作指揮。

阿嬤讓我把切得細碎的食材分批堆起，提醒我什麼時候該把它們扔下鍋，還叫我要注意調味的比例。表弟負責守在前線，調整旋鈕控制火候，阿嬤准許他自由調度廚房裡所有的武器，叮嚀他無論如何只要食物能熟，任何工具他都可以拿來用。

晚餐時間一到，我們拉了高腳的圓凳，將它們倒著擺放，讓圓凳長長的四條腿，

1　這句是閩南語，「來幫忙」之意。

能夠穩穩地抱住幾個大鍋子。隔著差不多的間距，鍋子被一字排開，熱氣蒸騰，像「吧費」一樣，華麗地呈現在大家眼前。

唰——

那個傍晚，是我和表弟生平第一次，很近很近的，看見鐵盒在我們面前顯靈。

黃昏躺下來，天空的顏色就變了。累壞一整天，鐵盒裡的人也終於能夠放鬆，一個一個回到自己房間，找到消遣，打發無聊的夜。

二樓客廳對面是阿公、阿嬷的房間，就算到了可以好好休息的時間，他們兩個人也不時拌嘴。貪吃的阿公在床邊和枕頭底下偷偷塞了很多零食，像咖啡糖、梅子乾或奶油酥餅這類含糖量極高的甜點。阿嬷筋骨不太好，喜歡貼著膏藥睡覺，身上的痠痛貼布總在半夜發出刺鼻的藥味。為了這類雞毛蒜皮的小事，他們就可以吵上整天，從天亮一直鬥到睡前。

我和爸媽睡在阿公、阿嬷隔壁間，老爸壓力大的時候，特別愛抽長壽菸，抽著、抽著，就把房間薰到整間冒白煙。老媽和外婆漫長的睡前聊天常常講到忘記時間，像活在別人走不進的世界。外婆和舅舅有自己獨立的房間，表弟從小就習慣跟著外婆睡，他抱怨舅舅比殺豬還大聲的打呼聲讓他非常、非常討厭。而我總是捨不得睡，我會和表弟耗在客廳，完成睡前的探險。

小小的客廳，擺著一只茶几、舊電視和一臺錄放影機，除此之外沒有別的家具。山上訊號很差，聽不見老三臺的呼叫。舊電視也真的太老舊，端子線的外皮已經剝掉一大半，連能不能成功接上錄影機也是一個關於機率的問題。

錄影機裡一直塞著那卷沒有片名的錄影帶，播映的劇情我和表弟從來都不懂，只記得叢林、屍骨、篝火與食人族輪番搶著鏡頭。我們看著那部恐怖電影，表弟縮在我懷裡，我也害怕地躲進阿公懷裡，嘴裡咀嚼著奶油酥餅，懾人的影段讓我們差點忘了呼吸。事後我和表弟再也想不起那些嚇人的場景，只記得在心被懸置得那麼高的時候，還好能有個擁抱讓我們放心地紮營。

在每天將要結束之前，我總是會想起表弟的鐵盒，然後再想想我的。我盯著身邊走動的每一個人，看著他們跟我道晚安，最後回到自己專屬的隔間，我在腦裡想像著，原來我也有一個這麼大的鐵盒，而回顧每天的生活，就是我細心數算和擦亮寶物的過程。

前後算一算，我們在鐵盒裡度過了將近十年的時間。後來因為地主私人的原因，果園被強制收回，阿公、阿嬤不得不終止合約，帶著我們一行人離開了鐵盒。

雖然回到了平地，阿公、阿嬤還是在家裡附近開闢了一塊小小的農地，過著簡約的田園生活。外婆帶著表弟回部落，有時候喝點小酒，有時候打打零工，到別人田裡砍菜拔蘿蔔。舅舅考上警察，因為調派的關係，在不同的城市間流轉，四處服務。爸媽和我搬回都是稻田的鄉下，住的地方隔壁就是阿公、阿嬤家。

離開鐵盒的那一天，老爸開著搬運車來回好幾趟，幫忙載送大包小包的行李。我們所有人則被分成兩個梯次，照著看不見的時刻表，搭單軌車分批下山。

不知道為什麼，平時覺得很濃、很臭的汽油味，在那個時候，好像也變成了土地的一種香氣。一路上，我和表弟都沒有說話，只是一直看著好遠、好遠的遠方，慢慢地，被晃到我們眼前。

一直要到好多年以後，我才知道表弟的寶盒裡還放了一張泛黃的合照，照片裡的人除了表弟和舅舅之外，另外三張生面孔是我無緣的舅媽以及兩個表哥。舅舅後來娶了新舅媽，還生了三個可愛的女兒，和表弟一起「六粒一盒」地在同個屋簷下，過著還算幸福的生活。

「果園還在啊，但地主好像換了人。」老爸說。

我終於能夠理解，在那個鐵盒裡的一切，其實一點都稱不上神祕。隨著日子堆疊，鐵盒氧化生鏽，甚至還會住進一群完全陌生的人，在我沒有察覺的時候，那些被收束著的時光，彷彿也有了褶縫。

長大之後，我在好多地方都看到過那樣的鐵盒，不僅外觀類似，打造方式也沒什麼不同，比較特別的是，那個鐵盒是我看過，我最喜歡也最多寶藏的一個。

江佳茹

〈記憶中的森林〉（二〇二二）

Abin Tanapima，一九九四年生，花蓮縣萬榮鄉丹社群布農族。中國文化大學法律學系。

曾以短篇小說〈她說〉、〈記憶中的森林〉獲第十二屆、第十三屆臺灣原住民族文學獎。認為文學創作是對任何一種人生經驗的愛護與尊重，期待在原住民族兒童文學持續筆耕。

記憶中的森林

這座植被茂盛緊密的森林，從遠處望去似堅不可摧的盔甲，孕育著成千上萬的生靈。森林裡，鑲嵌的能量巨石、神木、鋪墊的雜草、間隙的自然景觀，以及陽光偶爾穿插進來的光束，似捉摸不定的鎂光燈，捕捉動植物肉弱強食的生態規則。而沒有等來陽光普照的地方，會是如何地黑暗，又是怎樣地空寂。誰的記憶裡不曾似一座森林呀！這座森林起伏的高低，似人躺下的樣子，這一群布農族人就居住在這片森林之中，時光悠遠。

午後的村落，一位名叫 Ani[1] 的女孩在後院和家裡的 Asu[2] 吃餃子，看牠吃不夠，Ani 從自己碗裡送給牠幾顆。她和牠在樹下乘涼，依著房子有幾棵山枇杷樹，吃撐了，女孩就爬上去摘幾顆來當作飯後水果。當她從樹上跳下來，聽見房子裡大人們的交談聲，她半開著門看著。

有兩個穿著淡紫色印著「鄉公所」三個大字背心的調查人員問：「你們家裡還有其他人嗎？」正想跑去屋內介紹自己時，就聽到繼父說了一句：「沒有人了。」

Ani 沿著外牆慢慢蹲坐在牆邊，聽到媽媽提她的名字，說是跑出去玩了。幾個大人笑個開心，她的心情也沒那麼鬱悶了，心想，或許剛剛繼父是在開玩笑。

繼父 Pima[3] 似乎不待見六歲的 Ani 和小她三歲的妹妹 Ibu[4]，可妹妹的臉精緻得像個娃娃，似乎還看不出有什麼明顯的性格，在 Pima 眼中還算討喜。而七歲的 Ani，見過自己的親生父親，腦中還有很多和父親的回憶，所以剛開始對於繼父還是很牴觸，因為在父親的葬禮上，這個人捏了自己的臉一把，還佯言是蚊子叮的，向鄰邊的人一派端正地詢問是否有綠油精。

後來，媽媽 Pula[5] 和繼父 Pima 生了一個男嬰，Ani 喜歡妹妹和弟弟，也喜歡媽媽，但不習慣有繼父在的時候，跟媽媽親近、陪妹妹和弟弟玩。當繼父來的時候，屋外的 Asu 就會和 Ani 靠近，牠不介意和她一起吃飯、一起玩、待上一整天。

---

1 Ani：丹社群布農族語，女子名。

2 Asu：丹社群布農族語，獵狗。

3 Pima：丹社群布農族語，男子名。

4 Ibu：丹社群布農族語，女子名。

5 Pula：丹社群布農族語，女子名。

有段時間，繼父工作不太穩定，脾氣暴躁，有過幾次和媽媽齟齬爭執。某日，繼父朝Ami和狗狗露出久違的微笑，一副輕鬆的樣子和媽媽交談，他們身邊還有可愛的妹妹和襁褓中的弟弟。繼父說決定帶Ami和Asu去山上走走看看。

Ami非常喜歡山上，所以一口答應。可Asu似乎不願意去山上，在繼父準備好裝備時，不停地繞著他打轉，他又罵又踢的樣子被一旁的鄰居看到，提醒他說：「你今天可能不適合去山上，這隻狗在保護你。」繼父並不領情，他用一旁的木棍趕跑了狗狗，逕自走向幽暗的樹林，沒走幾步，就轉頭喊上了女孩的名字，「快點跟上我的腳步。」

女孩趕緊把雨鞋翻出來，覺得穿著粉紅短袖有點冷，就回屋內拿了一件藍色外套，輕裝上陣。她特別喜歡這粉紅色的衣服，那是她親生父親買給她的，穿著它就像爸爸在擁抱她。記得有一次，妹妹穿了它，女孩哭了好幾個小時。媽媽奈何不了她，這時繼父回來了，他站在她面前約半個小時，看著女孩哭，哭得她臉都腫起來了，直到她消停。媽媽沒有說什麼，妹妹看著她哭腫的臉，連忙將粉紅色衣服脫下來還給她。繼父走去客廳看電視，媽媽帶她去房間休息，衣服被她緊緊地護在懷中睡去。

在女孩準備追向繼父的方向時，媽媽匆忙地替她翻出一個登山袋，替她掛在雙肩，撫摸著她的額頭，叮囑她要注意安全。這時，Asu乖巧地蹲坐在她腳邊。其實，這隻

Asu的主人已經過世，在獵人的喪禮沒人管牠，Asu四肢有力，整體看起來不厚重，人可親近卻不黏膩人，一副就是訓練有術的樣子。繼父出席獵人的喪禮上，給牠了骨頭，牠就跟著繼父回來了。這隻狗狗嗅覺靈敏，在繼父家盡責地顧家看院，每天固定一餐，各種顏色的食物被攤在Asu面前，被餵食的感覺似乎挺好的，有別於以前在森林裡陪著獵人餐風露宿、釋放天性的生活。

進入深林後，他們擇地休息，女孩不小心碰到繼父的獵槍。

「對不起，Tama[6] Pima。」

「女孩子不能碰槍。」

繼父語氣看似輕柔，卻隱晦著對女孩的羞辱。但這句話是習俗，聽起來沒有任何鄙視。接續的話語，才是對女孩真正的心靈荼毒，「女孩子不需要懂什麼，妳們只需要在家等獵人回來就對了。妳們碰槍會倒楣，這個槍的主人會倒楣一輩子。」

最後的一輩子，咬牙切齒說得很重。

---

6 Tama：丹社群布農族語，單使用指自己的父親。若後加名字，是對父輩的稱呼，如：叔、伯、舅等。

愈往山中去，樹林相隔愈來愈緊密，陽光漸漸照不進來，女孩直流的汗水和慢慢落後的步伐，空氣中有種莫名向她逼來的悶熱。額頭上的汗珠不合理地直流，腳下的土壤不再乾爽，而是變得像小溪流般帶走細土。抬頭一看，天氣變化快，雨急驟且大量地倒入森林，一道道雨簾阻擋眼前視線……Ani 偏離了平坦的小徑，不慎滑倒，往另一處斜坡處滾了下去，「啊！」Ani 吃力地往上抓著小草、石頭，靠著 Asu 在後面推著自己。

「Asu 謝謝！」垂直地爬太吃力，她以斜面的方式爬行，才爬上一塊較平坦的地。森林的天氣總是無窮變化，費盡力氣爬上來後，也送走了剛剛的午後雷陣雨，卻再不見繼父的蹤影。

「Tama Pima？Tama Pima？有聽到嗎？」

無人回應，女孩就這樣被遺落在森林，與繼父走散。

Ani 摸著 Asu 的頭，說：「我們得在太陽下山之前回家。」太陽下山之後，森林就會變得熱鬧起來，她想起在家關燈後，偶爾聽見家後的山傳來動物的聲音。她邊走邊喃喃自語，誠懇地說：「不要讓我遇到黑熊，不要讓我遇到狼，也不要讓我遇到蛇！」

心中正想，四周草叢就開始出現細碎的聲音，一道身影出現在路前，一隻黃喉貂！

「啊，怎麼沒想到說不要遇見你呢？你擋在前面做什麼？」

Ani 撿起地上的石頭要趕走牠，都被牠躲開。而且牠凌厲的眼神，似乎不把她當第一對手。她看見 Asu 露出久違的凶猛，翹起尾巴，健壯的後肢挖出了兩個小坑，像弓弦拉滿的箭飛了出去，可來者似乎並不懼怕，反而露出興奮的樣子，閃電般地速度迎戰。在雙方臨近之時，Asu 像野馬般抬起了前腿，將黃喉貂的頭往土裡壓，野性十足的黃喉貂用銳利的爪子刮了 Asu 一道傷，女孩在一旁草堆裡看到了一長棍，她拿起一長棍，發了瘋似地追著黃喉貂跑，牠逃的速度一閃神就不見了。

「壞蛋，壞蛋！」女孩朝著牠逃走的方向對著空氣罵。

往前走，不知道可不可回到家，往回走，想起經過一處工寮，女孩只好帶著 Asu 返回山中。心想去那裡借宿一晚，今晚應該不會太難過。

女孩和 Asu 來到一處乾淨的水窪，因為剛下過雨，水面照著她們，還很清晰。在鏡中，Ani 學著 Asu 的樣子跪著，這一刻，彷彿女孩就是牠，牠就是女孩。天真的女孩不知這一待，接下來的日子就要和獵狗在森林裡相依為命。

工寮的門被鐵鍊鎖著，Ani 跟 Asu 說：「沒事，至少我們還可以在門口休息。」她找來屋外的竹掃把清一下晚上要躺的地方，便把自己的登山袋全翻了出來，看看媽媽為自己準備了什麼：有打火機、麵包、水、雨衣……女孩滿足地說：「太好了，有晚餐。」她掰了一塊麵包，跟Asu說：「我們剛好一人一狗各一半。」但現在的牠不像平常看見她有食物時就靠近自己，而是自己蜷曲在門口另一邊的牆角垂頭休息。女孩撫摸著Asu的背：「今天累壞了吧。」女孩收起牠的那一半，吃起了自己的一半。她穿著藍色的外套和粉紅色的短袖，可是看見虛弱的Asu，便把粉紅色的短袖給牠穿，自己套著藍色的外套。

吃完後，她爬上窗，看見屋內的擺設，想起了家。裡面有一把獵槍，還有零星的擺設。她在屋外走走，翻開帆布袋內有木材，她拿了幾根，撿了乾草，就燒起了火，取暖入睡。

起床時，大大的月亮還掛在山前，Ani去洗把臉，順便給Asu裝了點水，不一會兒的工夫，月亮躲起來，天更亮了。Ani和Asu走到一顆樹前，她爬上去，坐在樹上摘了幾棵果實，紅紅的果實，卻苦得要命，她在樹上掙扎，就掉了下來，四腳朝天地落在地上，Asu繞到她的背後，用鼻子來回推著她的脊椎，緩和了她的痛感。

正當她要站起身子來時，一隻Hutung[7]出現在她們面前，她想著Asu有點虛弱，Hutung就來了。

「該不會又要攻擊我們吧?」女孩擺出戰鬥姿勢。

這時,除了女孩的聲音,又出現了另一種聲音,「不會這麼弱吧,連爬個樹都不會,笨蛋!」

女孩立即駁斥:「什麼笨蛋,這果子多難吃,你知……」等等,Hutung會說話?

Hutung沒有回答,一溜煙地往樹上跑,居高臨下地說:「這棵樹的果子,多提神啊,這是精神果實,野生動物吃了都會非常亢奮且感覺充滿力量。妳懂不懂啊?」

女孩驚訝地看著面前這隻頭大四肢纖細,一身毛亮又柔順,且顏色棕裡透金的Hutung。

「妳不要那麼驚訝,Asu,你也說一下話啊,受傷也是可以說話的吧!」

女孩又看向Asu。

「唉,真是愛現的傢伙,不說話會死嗎?」

女孩尖叫,往深山跑,「Tina!Tama!」

---

7 Hutung:丹社群布農族語,猴子。

Asu和Hutung緊追在後，Asu率先開口：「如果她出事，我就不饒你！」

Hutung回：「如果我們兩個連她都追不到，才有事吧？」

在樹上邊盪鞦韆邊說著：「叫Tina應該往家裡跑，她往深山跑做什麼！」

Asu忍著疼痛，邊跑邊說：「唉，暫時是不能往家裡跑了。」

女孩跑累了，Asu和Hutung都非常佩服女孩的體力。猴子看著伸著舌頭散熱的Asu，說：「她真不愧是吃了精神果實的動物，挺能跑的。」

Asu懶得回應牠，對著女孩解釋：「妳昨天是不是有跟山神祈禱過？」

女孩愣了一下，回想昨天體力不支的獵狗在自己面前睡著，而她就為Asu向眼前的月亮祈禱，「如果我能聽懂Asu的話，那該有多好，我就可以知道怎麼照顧牠了。」

女孩想完後，微點頭。

Asu接續說：「所以，山神答應妳了。要我們一起平安地離開這裡。」

女孩露出笑臉，「真的耶，我真的可以聽到你說話，我們是真正的kaviaz[8]。」

「這是我以前在山中跟著獵人打獵時，就認識的kaviaz，Hutung。」

「嗨，我也想跟妳成為kaviaz。」

剛剛覺得女孩煩，現在又一本正經地親近人，Hutung果然很善於交際啊！

Ani 的左邊是 Asu，右邊是 Hutung，一路上有說有笑直到看見溪流，女孩去裝水的空檔，Asu 對 Hutung 說：「不管怎麼樣，她是獵人的女兒，一定要讓她平安回家。」Hutung 收起玩鬧的本性，堅定點頭。

女孩向在石頭堆上的 Asu 和 Hutung 揮手，牠們立即跟上女孩。

「你們看，水裡有魚耶！」響起咕嚕咕嚕聲的肚子，飯點到了！

「我不吃魚啊！」Hutung 說完把雙手交叉在胸口。

「難道我會吃嗎？」Asu 瞥了一眼 Hutung。

女孩望著水中的魚說：「可是我想吃。」

於是牠們合力捕獲今日的午餐。

「虧人說 Asu 跟狼長得像，你怎麼在水裡踩踏那麼久，只有五隻，太陽都快打烊了。」Hutung 打趣地說。

「還有一隻，可惜是 Hutung 在我身後漏接，流到下游。」Asu 從容地說。

---

8 kaviaz：丹社群布農族語，朋友。

「因為我等得都快睡著了。」Hutung 嘴硬。

「那就是怠忽職守啊，不然我們有六條。」女孩邊撥開烤熟的脆魚皮邊說。

「那不就有人在樹蔭下睡午覺，不然肯定不會漏掉那一隻。」Hutung 調侃。

「對啊，可惜我沒上場，不然怎麼可能只有五隻。」

女孩吃著飽滿的魚肉，滿足地說。

猴子一聽差點吃下魚刺，「這孩子心真大，竟然聽不出來我在說她懶？」

狗不出聲，以口型回應他，「不大的話，她會在森林裡跟我們玩得那麼開心嗎？」

猴子認同地點點頭。

「那我們今晚睡哪？」女孩從香酥肥嫩的烤魚中抬頭，望向兩位。

Hutung 跳躍在不同樹間，奮力地向前衝刺，抓到了一根粗樹枝，繞著它在空中轉出三圈後，射出漂亮的弧度往前飛去。

看著猴子在夜空中活躍的身手，女孩忍不住讚嘆：「哇！」

「哎呀～」遠處傳來中高音的悠揚聲。

「Hutung 會唱聲樂？」女孩加碼稱讚。

「我們稍微跑起來跟上牠，好嗎？」Asu 不想在女孩面前多說什麼，但心裡也知道肯定又是落地沒練好。

「好啊！不然我們距離相差太遠了。」女孩跨大腳步追趕。

「我是怕牠受傷，沒人扶，被叼走。」Asu 心裡想。

Hutung 扶著腰，慢慢從草堆上下來。

「Hutung～偶像～我們來啦！」女孩在夜裡這樣歡呼著。

「Ani，夜裡不適合這樣喊。」Asu 邊跑邊提醒。

Hutung 擺著帥氣的姿勢，倚靠在隆起的草堆說：「怎麼樣，厲害吧，看樣子之前是山豬窩，不過應該已經離開了，裡面沒小山豬。」

「Hutung，你真的太有才華了。」女孩一臉崇拜地看著牠。

只有 Asu 走進窩時，說了一句：「山豬作工真老實，地挖得深，上面鋪的草堆也夠厚，救猴一命。」

只見 Hutung 罵罵咧咧地說：「真是狗嘴吐不出象牙。」

「全進來。」Asu 一聲，Ani 及 Hutung 都躲了進來。

嚄嚄嚄嚄，一群山豬聲愈來愈靠近。他看了猴子一眼，猴子撓頭，露出尷尬的微笑。直到聲音又遠離，Asu 才以匍匐前進的方式去察看。

原來，是距離不到二十公尺也有一處山豬窩……不管如何，今晚又平安地度過。

今夜，女孩夢見了久違不見的外婆，她問起外婆：「為什麼女孩不能碰槍？」

外婆說：「因為女孩要在家顧小孩、種小米、燒水、砍材，讓獵人安心去打獵。」

女孩問：「是女人比較衰嗎？」

外婆說：「誰說的？」

女孩下意識地抿著嘴，雙手摀住嘴巴：「沒有人。」

外婆說：「還有一個原因，在女人不確定自己有沒有懷孕的情況去山上，總是對腹中的胎兒不太好。」

女孩點頭。

外婆接續著說：「女孩子是很重要的，所以不是不讓女生做，而是有其他事情非女生做不可。」

夢中的人愈來愈遠，太陽慢慢升起。

第三天早晨，有了同伴，揮別了孤獨的感覺，一覺起來女孩開心準備跟牠們展開接續的森林之旅，「開始囉！」女孩興奮地歡呼。

Asu 和 Hutung 同心掀開樹皮，看見成群的白蟻，女孩把一旁的樹幹當成加油棒，使勁地搖晃，眼前從天而降一隻以尾巴倒掛在樹上的穿山甲，像極了大型的番薯形狀，兩端尖，肚子橢圓又厚重，還披著灰褐色的大面積鱗片。Asu 和 Hutung 連忙跑來扶起穿山甲小姐，穿山甲不慍不火地說：「自己正要爬回樹上睡覺，怎麼又回到地上。」

女孩連忙道歉：「抱歉，穿山甲，我真不知道妳在樹上。」

穿山甲溫潤的聲音說著：「沒關係，我常在這森林打滾，自己有時也會在樹幹上踩空落地，我堅硬的外殼落在森林的土壤，就像躺在彈簧床似地。」

Hutung 說：「抱歉，我們正在森林找食物吃，剛剛正在掀樹皮……」

穿山甲順著牠指的方向，突然驚呼：「哇，妳們也愛吃白蟻嗎？那是我昨晚蓋上的美食，本來想晚上再享用。不然，我們一起……」

Asu 連忙衝去把樹皮恢復原樣，再回來說：「沒事，既然是穿山甲女士的庫存，我們就別白費妳的辛勞。森林那麼大，不爭食，不爭食……」

Hutung 見 Asu 的窮緊張樣，自己也不想吃了，幫腔說：「對啊，不爭，不爭。」

女孩說：「我們還可以抓魚、採筍子、吃水果呢！」

穿山甲優雅地露出微笑，用尖尖的指甲遮住自己的睏意。

機靈的Hutung說：「白天是穿山甲的睡覺時間吧？我們真是打擾了。」

穿山甲溫柔地說：「不打擾，很高興認識你們。有什麼需要幫忙的，再來找我，我先休息了。」語畢，就挖開鬆軟的泥土，整個身子曼妙地走進洞口。

Hutung說：「需要我們替妳找樹葉來遮蔽洞口嗎？」

洞裡傳來穿山甲說：「謝謝你，善解意的Hutung，就麻煩你了。」

喜愛被誇讚的Hutung，抓起一把又一把落葉，均勻蓋住了洞口。

Asu和Ani已經悄悄往前走了。他們沿路像郊遊般追著蝴蝶、巧遇蜜蜂，徜徉在其中，有樣學樣地吸食花蜜。Hutung帶女孩去嘗新鮮果子，鼻貼地的Asu獨自行動，在女孩和Hutung乘涼的工夫，牠便踩踏著輕鬆的步伐帶回野兔大餐來獻祭五臟廟。

可森林的節奏，總是看似美好，卻暗藏凶險，無法預料。他們又再次遇見了那隻熟悉的黃喉貂。Hutung身手矯健地爬回樹上，對著黃喉貂說：「有種往我這裡爬阿，臭貂。」黃喉貂易怒的脾氣，簡單一句就能剪斷他的理智線。像是兩道雷電，穿梭在樹林間。

Hutung雖然能輕巧擺盪在樹林間，可黃喉貂竟然可以輕踩在樹葉上，女孩在樹下大喊：「加油，Hutung！」不料卻傳來Hutung大罵：「我是在幫你們爭取時間逃走，加什麼油！Asu！」接到指示的Asu拉著女孩的衣服，示意要她快逃。

黃喉貂受夠了跟Hutung追逐的遊戲，在一旁看清Hutung跳躍的規則後，就在另一棵樹後埋伏。算準時機，張開尖銳的趾爪，將牠一下打趴落地。

黃喉貂面露兇惡，「只用速度就想打贏我，猴腦退化了嗎？」

Hutung不甘示弱地說：「貂就貂，腥氣真重，我還沒被你吃，就先被你熏死了！」

黃喉貂陰沉說：「是嗎？」說完加重力道壓制，一點都不在意他的話，「那是要讓血慢慢流乾，還是要先吃內臟？」

被壓在地上的Hutung，鄙夷他說：「孩子出了森林，就算贏了，不是嗎？」

黃喉貂猛一抬頭，Asu和女孩不見了。

「糟糕！」再壓一腳猴肚，張狂對著血濺一地的Hutung說：「吃你，沒胃口！」一瞬間就去追捕獵狗和女孩。

撐起身子的Hutung說：「別讓獵人失望啊，Asu。」

一發現他們的蹤跡，黃喉貂無視 Asu，猛向女孩追擊，女孩看見發瘋的黃喉貂，嚇得在森林裡亂竄。女孩奮力地向前跑，Asu 在一旁看清地勢後，大喊著「趴下」。只見黃喉貂直線飛撲，超過了土地，落入山崖。而女孩誤入了樹葉布滿，只進不能退出的洞穴無法動彈。Asu 在原地打轉一會後，等來猴子去找山裡的動物救援。

不久後，尖銳的爪子戳破了女孩眼前的土壤，然後鑽洞的動靜愈來愈大，一顆鐵球滾了下來。女孩驚喜：「啊！是穿山甲呀！」

鐵球慢慢伸展成了長形，兩顆像粉圓的眼睛，細長的臉就在女孩眼前。穿山甲扭動著鱗片把泥土抖落，優雅的個性在關鍵時刻依舊。

穿山甲慢聲地說：「抓好我的尾巴，我們慢慢上去。」

天色漸晚，女孩和 Hutung 都受了傷，穿山甲聽聞他們的遭遇後，讓出了自己連夜挖出的寬敞的洞穴，便與他們告別。

Asu 獨自去找了兩隻斑鳩和一些果實回來，給他們補充體力。Hutung 不改嘴皮子地說：「果然，機智如我，拖延了時間又逼急他，讓傍晚眼力不好的臭貂栽跟頭。」

Asu 非常緊張地繞著猴子再檢查一遍傷勢，「真的沒事嗎？」

Hutung 看著敦厚的 Asu，欣喜地說：「善良果然不可靠，得有點聰明。」

Asu 看著他一下午的奮戰，也不忍似往常與他鬥嘴，心想萬一又吐出血怎麼辦。

女孩仰望著天空，緊靠著牠們說：「我們能不能一直在森林生活下去。」

Asu 沉默不語。Hutung 率先打破沉默：「可是，妳現在能在山中獨自生活嗎？」

女孩搖搖頭。

「所以囉，妳還是得回去。」

女孩反問：「可是，回去不如現在快樂呢？」

Asu 開口，「至少回去更適合妳生存，這幾天妳在森林裡臉晒黑了，也比以前瘦了。依照妳的情況，待在這裡愈長，對妳來說愈危險。」

Hutung 語重心長地說：「有些時光是拿來收藏的，它會在妳獨自面對黑暗時，閃閃發亮地告訴妳什麼事可以做，什麼事不能做。」一生能有這樣的時光，就足夠自癒。

女孩含著淚光，又再次抬頭看向月亮說：「我想像 Hutung 一樣機靈又仗義，也想和 Asu 一樣勇敢又忠心。」

Ani、Asu、Hutung 各有所思，望著又圓又大的月亮，在不能圓滿的心上發亮，一起併肩而睡，今夜的風雨過去。在夢裡，Hutung 依然在人的腦袋上盪呀盪！女孩學會了汪汪叫，Asu 學會了聽懂人話，牠開心地笑著說：「妳的汪汪叫似乎在回應我。」

日剛破，他們還沉浸在夢鄉中，猶如露珠還留在小草的懷裡。遠處依稀聽見有人喊著 Asu 的名字，女孩以為是 Asu 在這片森林裡又交了新朋友。

來者像是沒有看見女孩在場一樣，母親先緊張地擁抱 Asu，此時的 Asu 在樹下奄奄一息，救護人員及時來帶牠走，他們問牠叫什麼名字，牠只會汪汪叫，害怕得欲往反方向跑，躲進叢林裡，使勁地奔跑，想找到山豬群的窩，想鑽進土裡，心想不能讓他們發現我是一隻會說人話的 Asu。

但，被抓到了。

後來，一位經驗豐富的警察先生趁病房裡只有牠獨自一狗時，問：「除了她之外，還有沒有見到其他人？」

Asu 瑟瑟發抖，面無表情地說著：「沒有人了。」

蔡宛育

〈豔紅鹿子百合〉（二〇一七）

Tjiasa，一九九五年生，臺東縣達仁鄉森永部落排灣族。畢業於臺灣大學中國文學系。

曾以短篇小說〈豔紅鹿子百合〉、〈Epiphany〉、新詩〈Comprehending〉獲得第八、九屆臺灣原住民族文學獎。這些作品的書寫靈感主要源自於身為都市原住民的自己剛返回部落時期的見聞，以及對當時環境的寫照。

豔紅鹿子百合

堂前擺滿了花。

家前的樹和離開家的時候，長了個差不多的樣子。啊！似乎圓了一圈。只胖了一點點，和他一樣。

母親做給他的禮服，原來還穿得下。當時估計想著他還會長高，就做大了些。雖然只穿過兩、三次，這件衣服就沉睡在母親的衣箱底了。

箱籠窩在生滿灰的地方。定是母親偷偷藏起來的。箱蓋上有他年幼時的色筆塗鴉。他拿布清理了整個箱子，看到不少暗紅殘痕。那時畫斷了整支筆的墨水。

這幾天整理家裡，清出許多細小的東西。碎碎斷斷的、破殘的物件骸肢，不曉得母親從哪裡把他們撿回來，又一個個藏進沒人看見的奇怪地方。

「爸爸，時間快到了，我們該出去了！」女兒隔著房門叫允翔。

他把手覆在禮服上，撥弄綴著的貝珠和鐵片。縫線一如新製好時緊密。現在卻不是穿禮服的時候。他走向門外。女兒身上那件跟親戚借來的黑衣，鬆垮地掛在她身上。他替她正了正帽子。輕輕地摸孩子的頭。

廳裡瀰漫香水百合的味道。幾天前的花之外，又新添了幾束。白輪菊、白薔薇、洋桔梗、白鶴花。再加上白色的花十字。視界裡白茫茫的一片才甘願吧。他和二弟架不住小弟允翾買花的衝動。這幾天允翾看到漂亮的花就會帶回家，儘管不需要這麼多。人漸漸多了起來。他能看到幾位紅著眼的女性，是母親近年交好的教友。

她不是死了，乃是睡了。安歇在耶和華的懷抱裡。她聽見了神兒子的聲音。我們必與她一起被提到雲裡在空中相會……允翔安慰母親的友人，儘管他一個也不熟悉。

這些阿姨跟允翾一樣在哭，流著抹不完的眼淚。儀式前一點點的時間，允翾的家人和母親的友人們在家門前抱著哭、伏在母親的靈前哭。牧師說，母親已走過她一生該行的路，她已卸下勞苦重擔，主讓她得了安息。她將回到神身邊，等待進入神所預備的國度。

儀式時間長得令人發昏。像允翾那樣哭得痛徹，會不會才像個正常人，接受失去母親的疼痛，並在喪禮後漸漸調適悲傷呢？他這麼想著，卻看見 Lavaus 阿姨和二弟遠遠地對他微笑，手心也傳來了淡淡的溫度。

他說要回部落是三天前的事了。

黑雲密布，落雨不停，天一寸一寸沉暗下去的日子。宛如風颱的天，行人道上濘了一澤澤沼。積水遲遲不退。允翔窩在房間角落，靠著牆發呆。明明是這種天氣，明明女兒今天高中畢業，女兒說過晚上要跟同學一起慶祝高中的最後一天，他卻還是把女兒叫回家來。他向孩子撥了好幾通電話，卻又每每在第一聲鈴響起時掛斷。這種打過去又不講話的反常行為，一定讓孩子擔心了。

但他不知道該怎麼說，不曉得怎麼談起想回老家的事。Lavaus 阿姨難得鄭重地打電話來告知允翔，他母親 Malaic 最近的精神愈來愈差了。允翔以前跟 Lavaus 阿姨約好過，老家那邊，若不是太重要的事情，都不要轉達。

該回去嗎？他閉上眼睛想著，但忘記關上窗，被打進來的雨澆了半身溼。

「啪！」是甩上窗戶的聲音。允翔嚇了一跳，看見自己的孩子蹲在他面前，睜著大大的眼睛望著他。她髮上都是水珠，滴滴答答地往早已溼透的領子落，制服被雨淋成深一號的顏色。地板上印了一排腳印，是溼透的襪子吧。她一定急急地從學校回來了，都是因為他反常的舉動。

「子初，」允翔從櫃子裡找出乾毛巾，替孩子擦頭髮。「我們去團山（dangasan）一趟吧。」

「為什麼?你和 vuvu Lavaus 的老家不應該是在水源地嗎?」

「還記得名字跟你一樣的那個 vuvu 嗎? Lavaus 阿姨打電話來說她身體不大好了。我在想，是不是該回去一趟……」

子初從允翔手裡抽走毛巾，說:「知道了，我去收拾行李。」

「可是……」

「回去就知道了。」

他突然看見牆角掉了方半溼的手帕，這才發現自己的頭髮披散，帶著一絲被解開、擦拭過的淡微溼氣。

他頂著大雨，帶子初搭夜車南下。公路上搖搖晃晃地。雨聲不斷，反覆沖刷著車窗。心煩亂地像外頭的風雨。他今天說話吞吞吐吐，走路也拖拖拉拉的，腦袋亂紛紛揪成一團。車票還是讓子初去買。時隔近二十年，突然要回團山，他也搞不清楚要怎麼上去部落。地圖上多了好幾條新路，他還記得他下山時大概走的路線，但那並不在路標上。太久沒有回那個家，久得令人難以辨清前進的方向。

子初說，下客運後，去租機車的時候再確定路就行了。這讓允翔鬆了口氣，不再因想不起正確回家的路而焦躁。

回去的車程長而遙遠，總讓人不住地想起家鄉的事，允翔數著路燈，昏昏地睡了過去，一會兒又被雨聲敲醒。昏昏沉沉之間，他想起團山的那條長坡。

回憶裡的母親還是貌美如花的少女，豔麗得讓身邊的花失色。年幼的他牽著母親的手，一起走上部落的坡，慢慢地悠回家。坡長得要走上幾十分鐘，但好像每和一家的人打招呼，就離家近了一些。天好像要暗了，但家在坡的上段，他們連自家屋子的影子都還沒看到。

他們行得愈來愈慢。家裡空蕩蕩的，唯一的家人在身邊。他抬頭，看見低飛過去的鳥。鳥肚子被落日的光照得螢白，和旁邊的低雲是同個顏色。

「Setjan！」母親突然停下步，放開他的手，說：「我們來比賽看誰先回到家！」

他愣了一下，看見母親一副準備要賽跑的認真樣子。他笑著自己往前跑了。母親很快地追上來，Setjan又邁開腳跑得更快一些，搶占在前頭跑的位置。用比他跑過最快的速度還要更快的速度跑。

橙子色的光離開坡道，照往不在人的路上的植物，坡邊谷底傳來了風，吹得那些背光的草窣窣搖搖。他的心臟叫痛了，但只要跑得更快，就能讓母親早一點看到家。擦過他臉際的風比之前更強更涼了。地下的土吃進他淌下的一滴滴汗。母親愉快的步伐踏過他跑過的地，儘管背著重物，還是輕巧得像只鹿。他扶著家前的桃子樹喘氣。細幼的桃枝被他壓得喘不過氣來，甩著彎曲的枝，令葉子叫囂。贏了比賽的母親笑盈盈地開了家門，點上燈，邊唱歌邊收拾她摘來的菜。

那是上學前的事了。母親背上那些青翠菜的色彩，遠遠沒有她的笑容明豔。可以和母親相比的，也許是太陽特別晴朗的那些天裡，海波映射出的光，亮晶晶的，一海面的寶石。

他總叫自己不去想關於母親的事。久違地想起一次，卻發現母親的身影不曾模糊。他會不會像父親說的那樣，從小就產生了齷齪的心思呢。

雖然繞了些路，但他和子初到團山的家時，天才微微地亮，二弟正好在外面抽菸。二弟驚訝地朝他快步走來。那樣急切的步聲，在這個家。那樣急切期盼他回家的姿態。允翔別過頭去，卻聽見有聲響在腳邊炸開。是行李落地的聲音吧。他被弟弟的手臂緊緊箍著，胸口被磕得生疼。好長好長的時間沒能看到的允翼，原來下巴剛好到他鎖骨下一點的位置。他看見允翼剛才站的地上落了段菸頭紅光，被風吹亮，成灰散去。細而微涼的風，還帶著上個月亮照看著的雨氣。水氣濡上他的襯衫，從他心口溼染一片。他任由弟弟抱著他無聲哭泣，直到曉光撕破幽曖的天。

子初把順著坡滾下去的行李都撿回來了。背向籠著薄霧的群山，他看著長長的坡，嘆氣。

夜裡下了那樣大的雨，新出來的太陽卻極其乾淨。

「允翔哥哥回來了，母親一直唸著要見你。」

允翼開心地拉允翔和子初進屋，輕手輕腳地送他們進母親的房間。允翔無奈地笑，他並不那麼渴望看見現在的母親。但他還是一眼就看到了，即便衰老下去，母親的唇還是紅得飽滿漂亮，像她喜歡的蘋果那樣誘人。

母親還沒醒，允翼一邊說著母親平常也就在這種時候起床，一邊打起窗簾。柔和的光透進窗，瀉在母親床邊。允翔拉了張椅子來，靠在母親床側，替母親整理睡亂的髮。他並不認得這張床，家裡近幾年翻修過。他小時候和母親一起睡過覺的床遠沒有眼前這張柔軟潔白。

年輕的母親相當喜歡睡覺。刺繡要趁著陽光充足的時候，穿線和珠子都容易。母親卻常常邊繡邊打盹，針還捏在她手上，她就已經睡過去了。為此外婆唸過她好幾次。母親刺繡得累了的時候，總開始把玩自己的頭髮。又是盯線又是盯髮絲的，眼睛很快也跟著累了。

學校放假的午後，Setjan 會替瞇眼休息的母親梳整頭髮。她像貓一樣慵懶，窩在椅子上，任由男孩替她打理。針線盒裡變得擱有梳子了，Setjan 編辮子也愈來愈順了。男孩的手指插進母親柔軟的髮間，將額側的髮絲攏向後方，貼著頭皮，仔細地纏繞交叉，然後將耳際的髮絲也編進去。結尾用彩繩繫上小蝴蝶結。偶爾像他外婆一樣將花編進髮裡。有一次，母親趁 Setjan 替她整理頭髮時，從她的針線盒裡拿出她年輕時的寶貝耳環，勾到 Setjan 的耳廓上。Setjan 閃躲不成，只好由著母親玩鬧。母親咯咯地笑，說 Setjan 長得就像小姑娘一樣漂亮，戴她的耳環也很好看。印象中，那時候的 Setjan 回母親說：「我是代替不在的爸爸保護這個家的長子！才不是小女生呢！」接著就跑出去找其他 vuvu 唱歌了。

那時的他待在 vuvu 們身邊聽了好多事。然而現在的他好像又開始替母親編起頭髮來了。允翔嚇了一跳，發現陽光照到他手指纏著的母親頭髮上。

子初正拿著一瓶混著鐵炮百合和香水百合的花進來，放上窗邊的几子。「叔叔說外婆前幾天醒著的時候說想看花。」

花瓣上有新灑的水珠。他看著白色的花發呆，遲了一會兒，才發現子初睜著眼睛在看他。子初把晒在他身上的陽光擋了，似乎在猶豫該不該關窗簾。他疑惑地看著女兒，子初卻扭頭走了。

允翼走進來，問：「媽媽還沒醒嗎？」

似乎能聽見其他家人陸續醒來的聲音。水的聲音，沖馬桶的、刷牙的、倒水的。平日早早醒來的母親卻還沉睡著。

「媽有時候特別早起來，天還黑就醒，然後把我吵起來聽她說話。前幾個月都沒怎麼睡好，難得她今天這麼安靜。」允翼拿了另張椅子過來，坐在允翔旁邊說話：「爸去世之後，媽很消沉。飯不太吃，也不愛講話，瘦了很多。她維持這樣很長一陣子。原本以為出喪期後會好一點，但也沒有。」允翼頓了一下，繼續說：「她有時候會一個人待著，整個下午都不動，叫她也不應。我們很緊張，有時候覺得她會就這樣跟爸爸一起去了。我找了很多方法逗她，但她也沒什麼反應。」「Lavaus 阿姨來的時候，媽才比較會說話，而且愈來愈像只記得年輕的時候。」「然後說起哥哥的事情，她就變得很開心。她問你去哪裡了？」「讓阿姨打電話給哥哥這麼多次叫你回來，真是不好意思。這裡的家給哥哥太多不好的回憶。」

「但好在哥哥回來了，好久沒有看到媽睡得這麼沉。」

母親睡得既沉又安靜。

「哥，外面的摩托車是誰的？」年輕的男聲響起，令允翔全身緊繃起來，是和他差了十多歲的小弟的聲音。允翼拍了拍允翔的肩，走出房間。

但不同於允翼的輕聲細語，其他幾個說話者的聲音刺了進來。他一個也不熟悉，雖然知道現在這個家裡住著允翼和小弟的家人。「你怎麼放這種會破壞家的東西進來了。」「平常也沒回來，現在回來該不會要討遺產嗎？不知道從哪聽說媽要把財產都留給他。明明這幾年都是我們在照顧媽。」「以前的事跟我們有什麼關係，都多久了。再說那些事不就是他的問題嗎？你要講以前，他還拿一堆錢去大城市念書學樂器咧。」「好好好，我們都不知道事實。爸以前親口跟我說的事情都是假的，就你一個最清楚最了解。」

允翔木然聽著外頭的對話。二弟一定又幫他辯駁很多事，但他實在厭惡應付這些。

「哇——」屋外突然傳來哭聲，一群人顧不得爭吵，急忙衝出去看。

年幼的男孩衝向正走出來的女人，抓住女人的衣角，使勁地哭喊：「媽媽，她打我，這個人打我！」

允翔也跟著走出門，旋即看見子初的衣服被扯歪了一角，還有她腳邊的幾個小石子。允翔沉默地走離圍著女兒的人群。

女人氣急敗壞地檢查她兒子身上的傷況，指著子初說：「你怎麼打人呢！」子初一言不發，冷冷地看著被他母親護著的男孩，男孩見狀，又往他母親背後縮了幾分。

「你瞪我兒子做什麼？」允翔站上前，用寬大的肩膀擋住男孩。

轟隆隆的機車聲響起，允翔牽車到子初身邊，遞給她安全帽。子初俐落地跨上機車後座。

他丟下一家子人走了。他仍不很確定該往哪裡走，只是順著團山的坡往上騎，騎出部落，順著風繼續前行。炎熱的風掃過他的腳。他向腳下瞥了一眼，影子被晒短了。

他往林子裡的泥土路走，離開將被燒燙的柏油地。他在北邊的大城裡也有過這樣的記憶。從煩雜的心緒逃開，但也沒有真的能讓自己喘息的地方，哪裡都去不了，只好往山裡走。

有天他帶著小小的子初上北城的山。氣悶的夏燒得他滿身汗。汗水反覆乾去，留下糾成一團的硬澀髮塊。穿林的風旋在他腳邊，遲遲沒有降去上身的灼溫。但即使如此，也比城市裡的空氣讓人能呼吸。特別是租屋裡遊蕩的濁氣。允翔呼出一口氣，望著山裡的瀑布發呆。水氣和緩了日晒的疼痛。

父親的部落那邊也有個小瀑布，瀑布再往下幾段路的溪是部落的人嬉水的地方。還住在那個家的 Setjan，曾和部落的夥伴，邊說笑邊走往山裡。在有蝌蚪的溪前褪去衫褲，踩進水裡。刺骨的冰寒鑽進腳心，漫上小腿，纏上腰際。部落裡的哥哥們涉往水更深的地方去了。朋友拉著 Setjan，綴在哥哥們的後頭。有哥哥上岸了，爬往岸邊的高石，興奮地歡呼。其他人鼓譟著。Setjan 暗暗退了幾步，離開人群。跳下來的哥哥，激得有斑的小魚們四處逃竄。朋友使勁地向那個哥哥潑水，把他墜水帶給大家那一臉的水統統還回去，濺得哥哥睜不開眼睛。

迎著光望去的溪水碎花，映耀明燦白亮的太陽。朋友拉 Setjan 一起走上石頭。水裡湃冰的腳重新讓岸邊的石子燒熱，隨之沾覆滿底的砂灰。上了大石，比人高上許多的雀榕枝子，彷彿伸長手就得以觸碰。枝上生滿白點點的紅果子。一隻黑鵯張喙咬了下去。滿樹的鳥仍吞不盡的紅果正漸漸下掉，爛了一地果籽，交雜香甜和新腐的氣味。

「Setjan ——，min —— tu —— lu —— qu！（Setjan ——，快 —— 跳 —— 啊！）」先跳下去的朋友，在底下興奮地喊他。Setjan 看見朋友的眼珠子，和剛剛的黑鳥一樣，圓滾滾的，瞳裡閃耀著太陽的光。他看著朋友期待的眼神，轉過身，背對著跳下水。

高三的他，最後一次到團山附近的瀑布的時候，似乎也跟朋友一起跳水了。卻沒有和其他人一樣打赤膊。穿著制服的他看著愈來愈遠的太陽，笑著沒進冰冷的水裡。涼水稍微解消熱煩的心緒。允翔回過頭去，小小的子初在他身邊靜靜地吃著吐司。

允翔和子初聽了好幾小時的瀑布聲，才慢慢往山下走。蟲鳥聒噪，但回到北城的家，聽到的就剩都市麻雀了。山道並不特別好走，允翔放慢了腳步。他想，團山的坡，是因著每天都有好多人經過，才變得好走的吧。

不明不白地離開團山，不知道要被說成什麼樣子。但再壞也壞不過剛離開的那些日子。至少現在租的小房子隔音不好，不能唱歌彈樂器，吃東西也還有味道，允翔兀自想著，等等隨便吃點東西，早點休息，準備明天的工作。

背後傳來不太對勁的響聲，允翔回過頭去，卻什麼也沒看見。樹還是樹，在叫的蟲還是在叫，太陽仍慢慢地落下，他後面空蕩蕩的一片。空蕩蕩的，和離開團山，來到北城的他一樣，一無所有。

「一無所有？」心底有什麼聲音傳來了質疑，允翔突地打了個寒顫。

子初呢？去哪裡了？

他到處探頭張望，翻弄身邊的樹枝和長草叢。他往回跑。眼前的路卻讓他失望至極。旺盛的草木，自在飛舞的蟲鳥，漂亮的謐靜山路。柔和的山風搖盪夕陽的微溫，吹拂細弱的草。

子初、子初，允翔外婆替新生的孩子取的名字。期許孩子像初夏盛開的紅花一樣耀眼明亮，枝間的果實也會好好地成長下去。他到處喊子初的名字，回覆他的仍是沒有人類蹤影的山林。

過去聽人說過山裡惡靈的事情，把到山上的人藏起來。但這裡是他不熟悉的山，不知道這裡的規矩。有的靈會帶走人和他們的名字，到屬於靈的世界去。有的靈製造假的路出來，讓人自己走離人間。允翔檢查走過的路，卻沒發現異常。

他想起外婆替子初取名的事情。外婆先替女兒命下的是另一個名字，不顧他反對，強硬地選了那個他所厭棄，不再想聽到的名字。美麗得令花木失色、枯萎的字詞。

Malaic。他在心裡強烈地呼喊著。

一陣強風吹來，他忽然能看見，女兒掛在前面的石壁上，頂著風壓，顫巍巍地向一叢花伸手。圍繞著黑色蝴蝶，開在柔細的綠枝子上的白花。

他爬上高得嚇人的石壁，把女兒抱下來。女兒僵在他懷裡，默默地哭了起來。

「那些紅色的花叫我過去。」

紅色的花？允翔再抬頭看了一次花叢，映入眼裡的仍是白潔的花。女兒指向花心的地方，允翔這才看見，白花的中心染滿鮮血般豔紅的斑點。豔紅斑點的花在風裡優雅地搖曳，引著播粉的昆蟲過去，卻也像向著他招手一樣。

他抱著孩子，沿著開滿大片花的石壁，從另一條路下山。

女兒從後座伸手抱住他，允翔才意識到自己還在騎車。沿著這條小路上去，雖然會離部落和主要幹道愈來愈遠，卻似乎能看到海。只論海景的話，去廢棄車站那裡會更好，但或許無人的山路更適合現在的允翔。

漫長的車程、熟悉的故鄉風景，勾拉著心。允翔突然想起，他曾經問過 Lavaus 阿姨，為什麼她其他家人在北城，她卻和外婆兩個人住在已經沒有村民的水源地呢？

「待在熟悉的地方，老人家的記憶才不會這麼快就丟不見，也才記得住以前的事情。」阿姨這麼說。

這大概也是他回鄉的心情吧。看到熟悉的事物，就想起曾經發生的事情；看到沒見過的事物，也會想著這地方以前的樣子。回憶不受控制地湧上來，開心和難受的事情都飄浮在腦海裡，平常記不得的幼時回憶也變得特別清晰。

像我這樣不是人的東西也會甦醒過來。

傷痕隱隱作痛。母親過世了。

他打算和子初一起回北城，卻在路上被允翼攔下，告知他們午後的事情。允翼笑著說，母親安穩地睡著了，她能就這樣去找父親也是好事。

沒等允翔回過神，允翼搶下機車的鑰匙，放到子初手裡。接著不由分說地，把允翔塞到他開來的轎車前座上，「子初，我帶你們去民宿住，跟在我們後面騎啊！」

「等等，我女兒還沒滿十八歲，沒有機車駕照。」

「鄉下地方不會有人來開單。而且才一小段路而已。」

新鋪好的公路開起來相當平穩。路邊雖是整排沒看過的樹，卻仍散發部落給他的熟悉感。允翔看著開心的弟弟，問：「你把我們留下來幹麼？媽的事情我們又插不上手。過去只會添麻煩而已。」

「後天早上出殯。哥哥一定要出席喔！」

「時間上這麼趕，不會有問題嗎？」

「媽的狀況不好，所以早就做好準備了。已經通知教會，其他必要的手續也有去辦，你和子初的喪服我也去借了。」遇上紅燈，允翼微微側身，湊往允翔，低聲地說：「我要是說兩個禮拜後辦追思會，難道你會再回團山一趟嗎？」

民宿的床上，允翔翻來覆去，度過難眠的夜。母親過世了，多麼虛幻的話。對他來說沒有半點實感。

他早就沒有父母了，從離開團山的時候就沒有了，反覆對自己說過好幾次，絕不再回這個地方。將對母親的情緒埋藏到心底，最深最深的地方。令他牽掛的 vuvu 們早就不在了。在為了 Setjan 的夢想，和父親吵架之後就生病走了。Pulaluyan 伯父也在幾年前，因為生病的關係，去城市治療了。

允翼……好吧，雖然父親不會為難允翼，但他確實是把二弟丟在他所恨的那個家裡。現在順著允翼的意思，留下來幾天也不為過。

「為什麼我一定要去那種場合呢？」允翔揉皺一團棉被，悶悶地想。卻又想起離家前，他曾經問母親，要不要和他一起走的事情。

他夢見離開團山的夜晚。

晚夏的茅間蟲叫著。

路邊的長草搖曳，刮劃他才新有的那些傷痕。

暗暝的土，抓攫他的腳下墜，拖往鞭笞的緣鐮葉齒。

他一路由走變跑，又再次跌落得像只鳳蝶，梭滾在泥草之間。

受傷的年輕公獸扎滿一身傷紋，掙脫咬住他的夾子。

他在叢間抬起頭來，終於看見雲隙裡的月亮。

山腳的風捲來，催促他跛腳順著月印前行。

指間淌下的血珠，細細地染紅一路蜜標般的跡。

但跡子終究變得稀疏，遠離花心裡豔美甜蜜的夢。

隔天早上，子初喚醒沉在惡夢的允翔。他們被叫去收拾母親的遺物。

「媽有些年輕時用的東西，可能只有哥哥認得。」允翼這麼說。

允翔在心裡翻了個白眼，母親年輕時的物品，還有他小時候的東西，早被扔到沒剩幾點渣滓，哪裡還能翻出什麼寶藏來。但當子初拿著剪刀，裁開母親的內衣，從那裡頭掉出幾個小珠子的時候，他也沒辦法淡定了——是母親出嫁前戴的，代表少女貞潔的耳環上的珠子。

允翔找允翼一起搬空家前的柴堆，有幾個髒兮兮的鐵罐子半埋在角落裡。糖盒。外婆讓 Lavaus 阿姨送來給母親的洋糖，母親以前總是捨不得吃，擱在櫃子裡。待糖被太陽晒融，不得不處理掉的時候，母親會拿出來和 Setjan 分著吃掉。

《聖經》的書脊裡抽出了紙張殘片，子初說書脊有黏貼過的痕跡，當著眾人的面割開經書。殘片上是 Setjan 小學時的畫，是勞作課的習作，畫了父母牽著他和二弟愉快地邊走邊唱歌的樣子，曾經掛在母親房間很長一段時間。畫雖然只剩下邊角的草地，允翔還是認了出來。他悄悄地告訴允翼，允翼皺起眉，輕聲回他：「我記得爸受傷回家沒多久後就把那幅畫燒掉了。媽偷偷留了一點下來？還是後來照著印象畫的？」

他們的父親早年和 Lavaus 阿姨的先生一起在城市的工地上班，聽說還幫忙跑過船，有很長的時間不在家。平地人的新年，是他們父親在家最長的一段日子，允翔和允翼也因此生日相近。允翔升國中那年，父親因鷹架意外受了重傷，城市裡沒人照料他，只好回部落療養。受傷的父親在家閒得發慌，不能做太重的家務，和鄰居聊天聊到沒話說，窩在小屋子裡，歌也漸漸唱不出悠遠的意境了。在他們不知道的時候，父親染上了酒的紅色。

米酒。

米酒摻水。

米酒加咖啡。

米酒咖啡國農。

米酒莎莎亞威士比。

醉到和米酒瓶上的標籤一樣紅。外婆以前送來的洋酒也成為要丟棄的空瓶。聽說父親在城市時，下工後去一些店裡喝過更貴、更晚的酒。

玻璃瓶相互碰撞時是清脆的聲響。

整排玻璃瓶碰撞則像打保齡球的聲音。

玻璃瓶碎裂的聲音像煙火炸裂。一聲巨響，和後續的細碎人聲。

完整的玻璃瓶打到人身上，是悶悶的聲音。

碎掉的玻璃瓶打進人裡？是不得不撥電話送醫的聲音。

外婆氣得要殺上團山來，把他們和母親一起帶去水源地，但被 Lavaus 阿姨攔了下來，說這事還是得問 Malaic 的想法。Malaic 那樣深愛丈夫的人，拒絕了外婆的提議。外婆恨恨地罵父親，和白浪混久了，居然也學會像白浪一樣打老婆。

遇上有酒味飄盪的夜，Setjan 就會抱著弟弟，摀住弟弟的耳朵入睡。有鐵鏽味的夜，Setjan 衝出去過幾次，替母親擋下父親的拳，儘管跑來插一腳的 Setjan，只會被打得更慘。父親的神情也只是變得更加猙獰。Setjan 和母親一起處理傷口，用乾淨的水洗刷跌倒造成的擦傷，拿針挑掉嵌在肉裡的木棍刺屑，修剪斷裂的指甲，找東西來敷瘀青。兩具受傷的身體靠在一起，有幾次他們互相壓傷口，替彼此止血，也有幾次，看著綻開的皮不知如何是好。看著傷口處理完就睡了的 Malaic，Setjan 輕撫上她的臉，摩娑她的頰，心想著得讓她過上好一點的生活。

有天早上，Malaic 把自己關在房門裡，說什麼都不肯出來。Setjan 撿了幾個雞蛋、煮了菜切細一些的稀菜飯，再去鄰居家裡要了一點點小米酒回來。他把飯放到母親房前，從門口對著裡頭說：「媽媽，多少吃一些。」弟弟在一旁跟著說：「媽媽從早上就沒吃東西，會餓。媽媽肚子裡的寶寶也餓。」

回答他們的是一片靜默。

Setjan 把弟弟安在家裡，要弟弟好好看家。他自己則沿著坡往上走，去伯父 Pulaluyan 那裡，請 Pulaluyan 帶他去溪邊抓魚。

「好，今天就讓你試看看我的新釣竿。」Pulaluyan 爽快地答應了。

Setjan 笨拙地整理魚線，雖然幫忙整理過部落的漁網，用釣竿卻是第一次。Pulaluyan 要他往哪裡下竿，他就跟著照做。他緊張地望著水底，希望快點有魚過來。他想，母親一定是傷到臉了，也許嘴巴也受傷了，連軟軟的菜飯都沒辦法吃的話，是不是該煮營養的湯呢？

Setjan 往旁邊看了一眼，Pulaluyan 釣魚時的神色平靜自然，耐心地等魚。Pulaluyan 有著寬厚的肩膀，健壯的身體和善的眼睛，做事豪爽，對家人卻又無比細心。Pulaluyan 家的哥哥，對他和弟弟也都很關照。

水下似乎有東西在晃動，Setjan 叫道：「爸爸！好像有魚上來了！」

Pulaluyan 愣了一下，Setjan 發現自己叫錯稱呼，驚嚇得摀住嘴。

「哈哈，我也這樣過。想講 kama，但講國語就變成爸爸了。跟那些 vuvu 講日語的時候錯得就更多次啦！」Pulaluyan 拍了下他的背，替他把魚撈上來。

魚到 Setjan 手上之後，Pulaluyan 對他說：「快回家吧，你媽媽在等你，剩下的東西我來收。我再釣幾隻魚。」

Setjan 盡快跑回家裡去了。

允翔幾人在家裡翻了一個下午，母親藏起來的碎片堆了小半個鐵盒。允翼送他和子初回民宿。允翔一沾上床，就覺得疲憊不堪。

「哥哥是我們之中最需要告別式的人。」

允翼的這種貼心讓允翔感到煩躁。他才不需要葬禮。他早就埋葬了還愛著母親的那個自己。

允翼和子初說話的聲音飄了進來，「我不太希望妳深入。爸因為這種荒謬的想法，對哥哥的態度很差，卻很疼我跟小弟。」

他想讓外頭的兩人換個話題，但一陣香水百合的氣息傳來，甜得發膩，撥之不去的黏濘，將他錮在床上沉睡。他如小小的茴香籽，沾裹一層又一層的糖液，直至變成纏甜的花糖，再也嚥不下蜜。

他記得自己在外婆家醒過來。Lavaus 阿姨說，好心人撿起他，認得是她們家的孩子，把他送過來，來的時候到處是血，滿身的傷。

阿姨和外婆在客廳用日語說話，「妹妹打電話來說她有辦法解決家裡的事情的時候，我就有不好的預感。也許是我沒轉達好母親的話，讓她產生了這種判斷。我去通知 Malaic，說 Setjan 在我們這裡。」

「沒必要，說上學去了。自己的孩子遭遇上這種事，居然沒神經到發現不了。告訴她久未歸家的丈夫可能的邪推，她卻想到用這種方法來解決事情。頭腦果然壞了。也別再叫 Setjan，都長大了，團山那裡也沒人給他個成年的名字。」

「邪推？」他問。

「年輕漂亮的女人一個人待在家裡，怎麼可能安分地等丈夫回來。又怎麼可能不被其他男人看上。」外婆說。

「才沒有這種事情！」

母親明明這麼期待父親回家。母親孤伶伶的，在家門前哼父親婚前唱給她的歌。他陪母親唱，也去跟 vuvu 們學，等著父親回來教導他唱得更好。父親不在家，母親還是做父親喜歡的菜。他也該喜歡這些菜，母親就能常常煮。

「你比你父親強。」外婆嘆了口氣。

昨天他從市裡的學校回部落，依然是個幫母親處理傷口的日子。他想了想，說：「媽，跟我走。我從宿舍搬出來，一起去附近找房子住。在這裡只會繼續受傷。」

母親沒有回答他。

他和父親在晚上發生了激烈的爭吵，為了不吵到鄰居，還到部落邊沒什麼人的地方。不堪的指責與咒罵交雜，他嘶吼著罵父親是魔鬼。父親嗤了聲，說：「我是魔鬼，你也不是人，犯禁的髒東西。」隨即把他踢下團山的崖。

允翔聽見允翼和子初還在外頭說話，但他仍在床上動彈不得。

「他們兩個不再爭吵，變回感情良好的夫妻。哥哥被 vuvu 收養走，不再回團山這邊。vuvu 說，媽認下爸對哥哥和她的那種荒謬指控，帶給爸重新支配家的滿足感。」

「犧牲一個兒子。」

「但那是沒有的事。我一直在他們旁邊，媽和哥哥之間若有那種關係，我怎麼可能不知道。哥哥的夢想也毀了，你知道他本來想當吉他手吧，不過吉他手的事，vuvu 說不要告訴爸媽。後來爸媽好像也真的沒發現。」

「vuvu（Lavaus）說，她妹妹有去水源地那裡看兒子，但被她媽媽趕出去了。」

「vuvu 很兇的。要不是她那時候年紀已經大了，爸可能會跟 Lavaus 阿姨的老公一樣被修理得很慘。vuvu 一直都比較喜歡哥哥，那次之後她就不理我媽了。我媽反正有了我爸，也不再去水源地。」

允翔在床上苦笑。當時他在外婆家養傷。也過著做不了粗活的日子。屋外的雀榕果掉了滿地，還常常有果子下到他頭上。母親來水源地的日子他還記得。母親很高興地在門前和阿姨說起家事。他在後面的房間，聽見母親說最近的生活過得很好，和新婚一樣美滿。他們講著講著，外婆卻拿起掃把，把母親趕出門。母親一臉驚慌，但看著外婆非常生氣的樣子，便也不敢辯解，默默離開。

他打開屋子的後門衝出去。

不屬於部落的香水百合的味道，沾得四周氤氳甜美的香息。手心薄泌的那層汗，彷彿蹭上微融的花糖殼，被溫暖潮黏的東西包裹著。彷彿那些夢一樣的日子，每天每天膩在一起。說著日常瑣事，坐在一起吃飯，收拾家裡，再一起上屋頂看星。

走那條長坡回家時，唱喜歡的歌。家裡有他和母親生活的痕跡，是沒有父親也過得很愉快的日子。園裡的芒果花開了，紅色的枝上聚滿金色的花。部落邊的龍眼花聚滿了蜂，颱風過後也還是滿樹的果子。家後的月桃結下一串帶粉的苞，就快開滿白花，露出紅豔的心。遠遠的坡上有百合抽高了枝，生出紅紋的花芽。漂亮的白反捲花背那抹暗紅，是盛開的純潔花。

Malaic 說她想戴百合花。我動身前去取來。坡上生滿長草，不時有蟲想咬壞我的手腳。尋找百合花的路途如此遙遠，想著 Malaic 是最美的那朵，我就不疲累。開遍白百合的地方就快到了，卻有什麼阻擋我前進。

山崖。

布滿堅硬的石頭和尖銳的樹枝。

冰冷的風。

令人討厭的地方。

飄散著血腥的味道，我卻沒有看見受傷的動物。

我知道，掉下山崖的那一瞬間，我湧出了別的心思。
我渴望著 Malaic，那是不知有多深的情感。
必然如那條暗夜長路一樣漫無底端，黑不見影。

走到乏力仍沒有盡頭，只能倒地流血。

我知道，我還在的話，那個家一定沒辦法恢復原樣。我會去沒人知道的地方，還給他們想要的未來，把這條借來的命還給他們。明明最最希望的事，就是 Malaic 能過上好日子。可是為什麼，聽見家裡變好，痛苦卻像要淹沒我一樣。

我如果是女人就好了。

殺了我。
不是人的 Setjan 不該在世上。
把我埋在不會被人發現的地方。

允翔縮在被子裡。就是這樣他才不想回團山。曾經成熟懂事的 Setjan，過去的他，瘋狂地用沾滿鮮血、斷了指頭的手，刺進自己心底的傷口，撕裂醜陋的厚痂。他是如此不該存在世上的東西，或許從一開始就壞掉了，早該殺了自己。

外婆找到跑出去的他，把他牽回水源地的家，說了很多很多話。明明是讓他脫離死志的言語，卻因當時的心情太過混亂，沒能記住幾句。他現在快四十歲了，時間沒能療癒傷痕，他也沒成為能自癒這份傷痕的人。除了外婆，他沒有對任何人說過這份沉在心底的扭曲心思，外婆卻早已不在了。

頭皮上傳來了點震動，有東西在碰他的頭髮，允翔轉過身，看見子初正拿著梳子幫他打理長髮。他想起碰觸母親頭髮的自己，心裡有了點不好的感覺。

「我知道喔。」子初淡淡地說。

允翔一下僵住了。

「一直一直看著你。還看過一點外婆的日記，所以知道發生過什麼事。我也跟你猜的一樣。對你抱持著被稱為愛的情感。」

子初抓住允翔的手，阻止他逃離，逼他看著她。「我愛你。不希望你經歷難受的事，也不喜歡你一個人承受。更不喜歡看到你受傷的樣子。」少女將他壓在床上，湊近他耳朵，將話吹進他耳裡：「你說這種充滿愛的心情是禁忌？」

允翔跳了起來，想反駁些話，但被子初摀住嘴，出不了聲。子初說：「我才不在這裡跟你討論那些。幾個月前去找媽的時候，她說你當年對性的認知青澀到爆。還有，就算你真的觸碰到禁忌，我也不會就這樣放你一個人不管。對了，叔叔說 Lavaus 和 Pulaluyan 兩個 vuvu 明天都會過來。雖然會晚一點，但下葬的時候都會到。」

窗外傳來滴滴答答的聲音。溫暖的雨落了下來，灑在草葉和土地上。

子初走出他的房間，但她的聲音還留在允翔耳裡：明天還是會遇到講閒話的人，但我們都會陪你走過的，快睡吧。

床上的允翔仍縮成一團，羞窘得閉上眼睛。明天還要早起，他得盡快睡著，卻在床上滾了好幾圈，在他心底的 Setjan 也還安分不下來，絮絮叨叨地講他想在喪禮上和母親說的話。

但最後他還是敵不過疲憊，Setjan 也安穩地睡著了。

何伯瑜

〈阿嬤的掰掰肉〉（二〇一八）

Hayung Pagung，一九九六年生，宜蘭縣南澳鄉金洋部落泰雅族。國立成功大學電機工程學系畢業。目前正在準備考研究所。

曾以〈阿嬤的掰掰肉〉、〈野狼與黃魚鴞〉獲第九屆、第十二屆臺灣原住民族文學獎。其中〈野狼與黃魚鴞〉討論部落家庭內的暴力問題，試著以此帶出對此議題的討論，也期待以這樣的方式與自己和解。

阿嬤的掰掰肉

阿嬤的掰掰肉甩呀甩，真不知道是在打招呼還是道別。

火車沉默不語，喀噠喀噠地前進，但願軌道與輪軸之間的節奏，可以代替我的心跳。我南下的時候山在右邊，家也在那裡，老家座落在蘇花那帶，大部分人經過此地都會小心翼翼，以防落石或者土石流。我習慣在此瞭望左側的海，遼闊又平靜，恐懼就變小了。

南澳跟臺北不一樣，這裡的人膚色偏黑，說話方式族語摻雜著中文，這趟回去沒看到什麼年輕人，跟我們一起下火車的大多是老人跟小孩，南澳是個小鎮，人數本來就少，再加上青年人的外流，冷清應該也算是正常的。

「呦齁～」遠方的大舅喊著。

大舅在火車站等一段時間了，開著他的發財車，我們從小就叫那種車「Dolika」，真正的族語發音應該叫做「Torak」，我沒有去追究這種叫法的由來，從小跟著大人叫到大，這個詞語也只有一年之中零星幾次回部落才用得到，自然沒有多探究的欲望。

爸媽跟大舅、舅媽聊了一陣子之後，全家五個人就坐上發財車的後面，搖搖晃晃地被載往山林深處，我的老家。以前我們回老家時都是阿嬤和二舅開著 Dolika 載我們回家，小的時候我總是會在車子行進中站起來抓住車頭後面的把手，乘著風大叫，像是個真正的原住民那樣自由，然後告訴阿嬤，沒了紋面，我一樣很勇敢。

但自從二舅跟阿嬤吵架、大舅跟二舅吵架之後，阿嬤跟二舅就沒有來接過我們了。大舅的發財車雖然比較大，但並不好抓，山林也不像以前那樣乾淨俐落，除了山壁上的植物長到道路之外，山腳下的露營地也聚集了許多遊客，以及他們留下的垃圾。

發財車的引擎聲好大，不知道是不是我們變重，還是回家的路途變得吃力了。阿嬤在那個好深、好遠的地方，不知道會不會很冷。

「嘿咻。」我跳下發財車，大家都在那裡，這是自從阿嬤跟二舅吵架、二舅跟大舅吵架、小舅和媽跟二舅吵架、阿嬤得糖尿病之外的病、阿公老人痴呆之後，第一次大家都在。族人個個都莊重地打扮，深色的褲子配上純黑的上衣，有別於過往重逢時熱絡的擁抱和歡迎，阿嬤還沒下葬，氣氛就已經低到了極點。

媽媽進了家門，我在門外，她跪在那個銀白色的大冰箱旁邊，雙手合十地祈禱、啜泣。或許媽媽又在感謝大寶座上的那位救世主，帶走了阿嬤的靈魂，讓阿嬤從痛苦的病痛中解脫。

而媽媽究竟在那個銀白色的大子宮前面呢喃什麼，我還是無法得知，不過若是相信這些程序是阿嬤進入另一個生命的必經之路，無疑的，讓我們好受很多。

老家的門好窄、好窄，不知道冰櫃是怎麼進去的，阿嬤好胖、好胖，但還是進去了。睡醒之後，媽媽叫我來看在冰櫃裡的阿嬤。就外表上我分不出生前、生後的差別，一樣的捲髮、一樣的皺紋，真的好像睡著了一樣，若是硬要吹毛求疵，可能是臉變白了許多。只是，為什麼我會恐懼呢？

我不敢打開冰櫃的那扇小窗，也不敢聞阿嬤那邊的空氣如何，或是撥撥她的頭髮，告訴她，她有多漂亮。我的手摸著那扇小窗，希望手中的熱度可以傳遞給她，還有心裡的溫度。阿嬤的鼻子上有個小肉瘤，小時候我常趁阿嬤不注意時偷偷撥個幾下，總是免不了被唸。阿嬤說，月亮愈大，鼻子上的肉瘤會愈痛，可能是以前祖先射下太陽的懲罰，而那個太陽中了箭，成了月亮。我走出放冰櫃的房間，月亮高掛在天上，阿嬤應該不會痛了，但月亮的傷口變成了陰影，我嘴裡對著阿嬤道歉。

「你們到底怎麼回事？阿嬤生病的時候……」阿姨這樣破口大罵。

在阿嬤最後生病的期間，二舅的孩子，也就是表哥、表姊們，都沒有來看阿嬤，這就是為什麼媽媽、阿姨、小舅生氣的原因，阿嬤從以前到現在最疼的就是二舅。大舅在當兵、阿姨去日本、媽媽北上打拚、小舅到偏鄉傳教，阿嬤疼二舅也不是沒有原因，阿嬤跟二舅互相陪伴了好久，而在他們之間的關係破裂之後，隨即而來的是整個家庭的瓦解，到現在已經來不及復原了。至於表哥、表姊，或許他們有他們的掙扎，而最終決定在阿嬤臥病直至過世，連一眼都不看。只是我不知道他們到底愛不愛阿嬤，說是愛，那為什麼不來探望阿嬤呢？說是不愛，那為什麼在冰櫃前面痛哭呢？我以為這本該是早已取捨好的事情，我很好奇，他們是否在下決定的當時，可以預見就在這時、這地，他們會跪在冰櫃旁痛哭流涕。若以因果來看，這些眼淚似乎就不這麼值錢了，但我私心認為，若以阿嬤的角度來看，這眼淚或許是他們三個送給阿嬤最後的聘禮。

這喪事辦了好幾天，每個夜晚大家會在柴火旁聚集、圍圈，不知道算不算是原住民的浪漫，總有人拿著吉他，邊彈著旋律，邊清唱著古謠。旋律、節奏、高粱，蟬鳴的夜晚，和爐火啪啪作響的聲音。回想起這樣子的聚集，可能要追溯到我在鄉下被阿嬤照顧的童年時期。我一直忘不掉有一對老夫婦，他們是阿嬤的好朋友，早晚都坐在門口的臺階上，閒著沒事幹，路過的人都會寒暄。

「ima lalu su?（你叫什麼名字？）」他們常常這樣問我。

「我叫×××。」我用中文回道。

儘管我回答他們，他們還是會用嘲諷的語調不停地問我同一句話並取笑我，那時我還是頂著大光頭，穿著不合身白色背心的小鬼，見他們的輕浮，只能氣得跺腳。我一直不知道他們要我回答什麼，直至我得知我有原住民血統的身分，加上愈長愈大，對自己的家族有些認知，才漸漸對於他們對我的取笑有些許的了解。

最後一次好多人一起烤火的時候是國中時期，老夫婦也一起，他們會跟阿嬤一起說故事，媽媽通常在我旁邊當我的翻譯。那晚好冷，我坐在圈裡的一個塑膠椅子上，邊聽著他們說日本人、說國民黨，邊搓搓手，希望那炙熱的歷史可以帶給我一絲溫暖。爐火裡的木頭就這樣一塊一塊地被燒盡，那香味也一陣一陣地四散，或許偏散到山林間，與自然共享芬芳，又或許在額頭還未乾淨前，飄散到祖先紅白色的袖套上。而我們圍繞在火之上、星斗圍繞在我們之上，就像置身於天際的中央，不知道以這為圓心運轉了幾個世紀，這個文化還在這。

那對老夫妻早就已經不在了，我們依舊在烤火時哼著歌、說著故事。他們在的時候，我們哼著祖先的歷史；他們不在的時候，我們哼著他們的故事。

「ima lalu su?（你叫做什麼名字？）」老夫婦的先生問我。

「Hayon lalu mu.（我叫做哈勇。）」我用族語回答。

阿嬤看著我，臉上好驕傲。

「你怎麼睡在這？會著涼的。」媽媽說。

「媽，我睡飽了，這裡挺舒服的。你沒睡？」我回答。

「媽媽不累，還有事要忙呢。」

喪禮這幾天是照三餐供應，來看阿嬤的客人也好多，媽媽忙得不可開交，我喜歡她這樣很忙，這樣應付來看阿嬤的客人，應該可以暫時忘卻阿嬤在冰櫃裡的樣子。

阿嬤病情真正開始惡化是我國中的時候，我跟媽有天從教會回來發現阿嬤昏倒了，排泄物弄得整床都是，很臭、很溼。媽媽立即把阿嬤拉出房間，拍拍她的臉，硬塞了個巧克力，幸好阿嬤的意識算清楚，還嚼得動。

這一切來得很突然，阿嬤以前沒有這樣過，每天控制飲食跟測量血糖，仍然不知道這次昏倒的原因。媽媽把阿嬤拖到浴室，讓她坐在浴室的馬桶上清理著身體。

「以前沒有對妳很好，抱歉[1]。」阿嬤用母語說。

「laxi kayal la.（不要再說了。）」媽媽用母語回答。

阿嬤身上都是汗，媽媽眼眶都是淚。媽媽的名字叫做「Pagung」，是「螢火蟲」的意思。原住民的名字通常由長輩取名，代表著從長輩和祖先承襲下來的祝福，可是媽媽的名字卻是自己取的。

阿嬤以前重男輕女，她把所有好的東西都給兒子，小時候就沒有很重視媽媽。媽媽說童年最受傷的一件事，是有次阿嬤跟她在山裡被林務局的人追，因為她們偷種香菇。阿嬤的腳程太快，媽媽跟不上。媽媽使勁呼喚阿嬤，但阿嬤頭也不回地消失在樹林裡。那天媽媽躲在山崖下一整晚，等到天亮才走路回家。

媽媽說她不恨阿嬤，只是說不難過是假的，不過沒辦法，自從她們被國民黨集中管理到那個村落之後，為了生存，什麼事都得做。

「要換毛巾嗎？」我說。

「好，謝謝。」媽媽擤了擤鼻涕。

我已經稍微聽得懂族語了，媽媽不知道，我也不想讓她知道，因為在她們兩個之間，我只想當一個局外人，所以我大概知道她們的對話內容，卻一樣無法抓住愛的輪廓，那時只知道，其中一種形式是道歉跟接受。阿嬤的掰掰肉被媽媽用毛巾擦呀擦，擦掉了排泄物，也擦掉了傷痛。浴室裡瀰漫著水氣，光閃爍在她們兩個中間。一閃一閃的，我看到螢火蟲第一次亮了。

阿嬤對我們家的孩子十分好，僅次於二舅的孩子們。只是後者是疼愛，前者是補償。算是對媽媽的虧欠吧。在我小到還沒有意識只有記憶的時候，阿嬤上來臺北照顧我幾個月。那時媽媽跟爸爸還在為了錢煩惱的時光裡，阿嬤離開活了一輩子的深山，來到人比樹還多的都市照顧我們，讓爸媽可以放心地在外打拚，儘管她連電扶梯都沒看過。

那是阿嬤最得意的一段時間，她經常提起為了幫媽媽省尿布，經常在我有屎尿意的時候，一把抓起我衝到廁所解放，而經常讓我掉進馬桶裡，這件事後來也成為令她津津樂道的一大趣事。阿嬤對這事很得意，雖然這故事說起來是對著我，但卻是講給媽媽聽的，只有我知道她對於幫媽媽省到錢的得意，這好像是每個老年人的習性，就是不想給兒女添麻煩，但若是有益於自己的兒女，可以說是天大的夢想了。

---

1 泰雅族語裡並沒有直接表示「抱歉」的字詞，只能微婉的語調來表達歉意。

但阿嬤在媽媽面前是嚴肅、不苟言笑的，有別於對我的柔情幽默，自從阿嬤一年之中規律來臺北就醫之後，她一直覺得自己干擾到我們的家庭。阿嬤來臺北的時候總是愁眉苦臉，她覺得自己沒有資格要求媽媽什麼，這種情況在阿嬤跟二舅吵架之後更甚，疼了一輩子的兒子，比不上成年即離家的女兒，阿嬤又更抑鬱了。

阿嬤很疼愛我，因為她覺得自己有愧於媽媽。

直到有一次我們三人去吃完晚餐，穿越了榮星花園返家，路上媽媽牽著阿嬤的手，一步一步地慢慢向前走，路上她們談論著近日的狀況、村落人家的八卦，中文摻雜著族語，有些我懂、有些聽不懂。或許阿嬤那時候才知道，媽媽這幾十年來要的只是她的目光而已，可是虧欠使人懼怕，阿嬤一直不敢正眼看媽媽。

愛還真是個難懂的字，沒了政治正確的說詞，沒了指名道姓的承諾，互相感受彼此的真實和傷痛，再一起痊癒。慢點也好，一步一步，逝去的開始回流。

「弟弟，我跟阿嬤走很慢，你可以先走回家沒關係。」

那對母女手牽手一起回家。

淡水的風很大，媽媽告訴我要開始有心理準備。

阿嬤最後待的醫院是馬偕，阿嬤左半臉已經顏面神經失調了，包著尿布，我已經忘記她身上插了幾根管子，不過幸運的是意識還清楚。阿嬤的病情因為糖尿病的關係有許多併發症，而且愈來愈惡化，離開是遲早的事情，我們都知道這點。

「我很醜齁？」阿嬤用中文說。

「阿嬤很漂亮。」我笑著說。

「奇怪，這孩子還是一樣愛騙人。」阿嬤用母語對著媽媽說。

大家笑成一團。

「阿嬤已經不能給你什麼了。」

「阿嬤我已經很幸福了啦。」

「小時候還經常掉到馬桶裡，想不到現在長這麼大。阿嬤真的老了。」

「阿嬤，我長大了。」

「那阿嬤就放心了。」

那天晚上媽媽陪在醫院看顧阿嬤，我自己回家。淡水馬偕周遭的傳統攤販和高樓大廈參差不齊，我斷魂在往捷運站的街道上。

阿嬤那天因為我去看她，心情很好，但顏面神經失調，笑起來的時候，只有右半臉的嘴角上揚。我一直揮之不去阿嬤左半臉的樣子，那是她飽受病痛十幾年來，最真實的樣子。

回家的路上，我不斷地回想剛剛有沒有說錯話，或是應該要說什麼卻沒有說。我該跟她說辛苦了嗎？還是問她會不會痛？不可否認的是，對於她的苦痛，我沒有一絲承擔的餘地，不管是身體還是心理。不知道是淡水的風太大，還是我的眼淚太尖銳，在臉上還有溼潤的痕跡時，感到一股撕裂的痛楚。我並不是故意要背叛阿嬤，只是那時的心裡沒有足夠的成熟去吸收她左半臉的樣子，更何況想起她強顏歡笑了幾個年頭。我一直以為我懂阿嬤，直到看到她顏面神經失調，我還沒有心理準備。

我卻跟阿嬤說，我長大了。

表哥挑選了下葬那天孫子們要一起演唱的曲目，叫做〈求聖靈澆灌〉，這首是泰雅族的詩歌。我們全家人除了我爸之外都是基督徒，但有無活出耶穌的旨意又是另一回事了。這首歌連續練了兩天，氣氛很愉快，孫子輩的我們自然沒有上一輩吵架的煩惱，召集我們唱這首歌的是我們最大的表哥，也就是二舅的大兒子。表哥的眼睛一直紅紅的，但聲音依舊十分有精神，好久沒聽到他唱歌了，還是一樣好聽，渾厚又低沉的嗓音是他最特別的地方。「這邊到這邊聲音要……」表哥細心地教導我們。

表哥還是一樣溫柔，他國中是在我們家住的，算是給我媽管教過，我們家收留過的孩子好多，都是要北上就讀，我媽很重視這個，她覺得給我們好的教育總比在鄉下十八歲生小孩來得好。

自從表哥決定傳道並去神學院就讀，已經好久沒看到他了，很多原因讓我錯失跟他見面的機會，二舅跟我媽吵架應該是最大的關係。這場喪禮中，阿姨對二舅的孩子是沒在客氣的，不過表哥還是扮演好他長孫的任務，扮演媽媽的左右手，接待客人、煮飯、打掃、唱歌，他一樣都不馬虎。那時我們就像一家人。

「若是阿嬤在的時候就這樣有多好？」

我承認是有這樣的想法一閃而過，儘管我不怪表哥姊們在阿嬤病危的時候沒來看她。但阿姨、大舅、媽媽、小舅都覺得表哥姊們太不懂事，可我不這麼覺得。他們有他們的顧慮和難處，我無法評斷是否他們的障礙大於對阿嬤的愛以致於直到阿嬤臨終都沒有去看她，只是我看到他們悔恨、懊惱、道歉。父親做不到的事情，孩子都做到了，還要有什麼怨言呢。

阿姨常常不客氣地說「人都走了，來幹麼？」可是我覺得正因為人走了才顯得這些情感的價值，也正因為人走後他們來了，才證明他們對於阿嬤的愛大於先前那道障礙。

「明天就要唱囉，今天早點睡，明天大家都會很累的。」表哥這樣說道。

「表哥謝謝你」我說。

「怎麼了嗎？」他疑惑著。

謝謝你願意來證明。

這段日子做了很長的準備，像是臺北到南澳那樣長，可是那裡還是坍方了。

那天我們全家都在，我們家聚餐的時間很少，一個月大概一次。媽媽早上帶我去市場添購食材時，告訴我說昨天夢到阿嬤，媽媽不太信邪，只是會比較上心一點。昨天夢到，今天就接到電話。那時我們正在吃飯，媽媽端著剛燉好的蒜頭雞，一把鍋子放下，電話就響了。從媽媽的表情大概可以略知一二，儘管做了好長的準備，像是臺北到南澳那樣長，但還是措手不及。媽媽的臉故作鎮定，誰都看得出來她手在顫抖。

「怎麼了？」爸爸問道。

「沒事，先吃飯。」媽媽回答。

蒜頭雞的味道瀰漫在整個客廳，碗筷的聲音鏗鏘作響，爸媽不發一語，哥姊也是。那是我們家第一次吃飯這麼安靜。

「我吃飽了，先講個電話。」媽媽放下食物，走到走廊的盡頭。

我請爸爸遞給我媽媽吃剩的雞湯，她的雞湯好鹹，不知道是不是加了眼淚的關係。

「阿嬤走了。」媽媽忍住失控地告訴我們。

爸爸上前擁抱媽媽，我正好把那碗剩的雞湯喝掉。

別哭了媽，眼淚被我喝掉了。

暑氣逼人，這是個連蟬都熱到脫殼的季節，只是蟬早就應該要叫了。已經在這裡待了一段時間，今天就是下葬的日子，來的人真的好多，這也算是原住民的另一種浪漫吧，不論有喜事或者喪事，都是全村的事，凝聚力不是一般人可以想像的。

我的手扶著在我肩膀上的棺木，小心翼翼地扛著它，順著那條鋪在地板的白布，與我的心愈離愈近，放下棺木，摸摸肩膀上的烙痕，我卻只感受到她在我心中的重量。

老家的門好窄、好窄，阿嬤，還是走了。

小舅主持著下葬典禮，我想黑髮人送白髮人也沒有那麼容易，哽咽地主持著、一字一句唸著講稿，不知道這些眼淚是不是他這幾天的救贖，畢竟阿嬤的孩子們已經不是一家人了，小舅跟阿嬤也不是家人了。

小舅從年輕的時候就去比我們部落更偏僻的地方傳教，除了幫助弱勢的原住民孩童可以在較多資源的地方就學，也耕耘於深山到不行的部落裡傳教。小舅話很少，只會笑，他是媽媽那一輩最沉默的一個。他雖然話少，卻真的很溫暖。我從來沒看過他有太多的怨言，直到阿嬤跟二舅吵架之後，小舅在家裡也不太常笑了。

在葬禮時，小舅壓抑著淚水，這是我第一次看到他哭。小舅窮盡畢生為了幫助人，但沒人來救贖他。

「平安、喜樂。」他對參加葬禮的人們這樣感謝著。

葬禮倒數第二個階段就是孫子們演唱前幾天練習的歌曲。

「p-qsya'iy ku se-re su, ya-ba u-tux ka-yal, nyux sa-miy m-la-wa su-nan.」

（主聖靈充滿我，天父上帝我們正在呼求祢。）

「ya-ba u-tux ka-yal, so-bih ba-lay hi-yal，la-ma pin-nbaq qsa-huy ma-mu, mwa-h ku la.」

（天父上帝，祂就近這地，你要隨時警醒預備心，我必再來。）

孫子們唱著這首歌時，下面的人哭成一團。二舅和二舅媽跪在阿嬤的棺材前面痛哭，當二舅哭的時候，大舅、小舅、阿姨、媽媽也都哭了。大家唱著歌詞，啜泣著。二舅跪在地板上，捶胸、痛苦地長嘯。阿嬤一直到臨終都不快樂，因為她最愛的兒子沒有來看她，二舅一直到現在都不快樂，因為他沒有去看他最愛的媽媽。他們兩個從以前打拚到現在才有家裡豐盛的樣子，但也因為他們兩個，家裡才分裂成現在這個樣子。

「這一切都是為了什麼？」我在內心這樣問道。

二舅很疼我，還記得有一次我在深山裡發高燒，他立刻衝到樓下牽車，帶我下山就醫，他那慌張的樣子，我還記得很清楚。當天回來的時候，我睡在舅舅跟舅媽的中間，他拍拍我的背，淡淡地唱著古謠，直到我入睡。

長大後，舅舅跟媽媽並沒有和好，但有一次氣氛比較和緩，舅舅跟媽媽有一起吃過飯，那時爸爸喝了酒，而我非得從山上趕回臺北，正愁沒人載我去坐火車，二舅要載我。山裡的路彎彎曲曲的，從小到大都沒有什麼改變。

我在發財車上看了看二舅，他變老了，也變瘦了，自從洗腎之後，整個人變得好虛弱，歲月刻印在他臉頰上的斑駁，奪走童年時頂天立地的二舅。走著同樣的山路、開著同樣的發財車、哼著同樣的古謠，同樣的人，家卻不一樣了。

阿嬤的棺材要上蓋，我上前去看最後一面，看看她的面容、她的皺紋，以及埋在壽衣底下僵硬的掰掰肉，就在棺蓋「砰」一聲之後，那些都變成不斷循環的回憶。而關於這個與我不太對話的女人，將深埋在綠意盎然的墓園裡，卻會隨著我年老逐漸荒涼。

年輕的鄰居幫忙把棺木放上Dolika，發財車後面硬是塞滿八個人，離合器慢慢地放開，引擎也慢慢地與齒輪接合，但我還是找不到一個適當的情緒，讓自己銜接上這幾天發生的一切，而關於這女人在這世上的一切痕跡，會不會像我肩膀上的烙印，倏忽消失。

部落只有一條主要道路，大家都出來送阿嬤，花束拋到發財車的棺材上，承載著全村的心意，從村落通往公墓的路像是幽徑一樣，又小又窄，像是神隱少女裡那條又黑又長的隧道，或許在我看不到的另一個世界，大家已經排排站著出來迎接阿嬤了。我帶著恭敬的心感謝那裡的所有，幫阿嬤拜個碼頭，也提醒自己，在我的背影緩緩離去之前，偷偷地許願——不要忘記我。

「好久不見。」我呢喃地說道。

老夫婦的墓地在阿嬤旁邊，不知道有多久沒有人來看他們了。我用大拇指劃過他們黑白的臉龐，讓灰塵不要蓋掉他們彩色的人生。拔一拔雜草、拿了兩朵花，放在他們面前，祈禱。老夫妻和我擁有相同的輪廓，又深、又黑。但他們的眼窩裡滿是傲骨，而我只剩下文明，我經常想起他們呼喚我的樣子，炯炯的眼神、長繭的雙手，叼根菸、倒杯酒，對我點了點頭。

媽媽說阿公那一輩以上，山上是沒有道路的，可是只要背著一個竹簍、帶著一把彎刀，就可以生存在山林之間。乳白色的苧麻衫，相間著紅黑圖騰的文化，驚動了多少野草、踩斷了多少樹枝，才得以從亙古的自然中，穿梭回來。他們總是知道家在哪。

照鏡子時，我經常用食指和中指，從我額頭的正中央往下輕輕滑到我的下巴。這是我原本該紋面的位置。

「一、二、一、二……」

壯士們用繩子慢慢放下阿嬤的棺木。那時全家人都在，在一起禱告。

「我們在天上的父……」媽媽這樣帶頭禱告著。

已經忘記那個地方長幾尺、寬幾尺、深幾尺了，只知道自己還需要一點時間去消化阿嬤已經死了的事實。

禱告完後，拿著鏟子，一點一點把土蓋上，也一點一點送阿嬤走，我沒有哭，只是手很沉、很重，這是我能為阿嬤做的最後一件事情。我以前一直以為一個對於自己很重要的人過世，應該會是一件晴天霹靂的事情，像是排山倒海般純粹的傷心、難過還有沮喪，淹滅了某人過去的痕跡或是未來的嚮往。不過阿嬤死後，我覺得那種感覺更像是無奈，但自己又不禁想起曾經的美好，並在幸福的滋味來臨以前，逡巡在我耳邊低語。

「她已經不在了。」

從期待轉為驚嚇，那種無力感使我無力招架。就像阿嬤過世後的某天，我走進麵店，叫了同樣的食物，呆滯半晌，與老闆大眼瞪小眼，留我一陣錯愕。

阿嬤下葬後，大家圍在一起吃飯，像是從前的從前，沒吵過架那樣。沒了童年那樣的歡樂和自在，我也不是在餐桌旁追逐的小孩了。飯桌上不免尷尬，只不過能再一起吃飯，我想是最大的進步。

二舅跟大家開始有了交談，而以前那些令人傷心的事情也被塵封在阿嬤的棺木裡，從此不再被挖掘，只是家的樣子還沒復原。我心中一直對於二舅跟媽媽之間感到矛盾，因為他們都很疼愛我，看到二舅在阿嬤下葬的時候跪地痛哭，媽媽也開始跟二舅對話，我心中的疙瘩慢慢地化解了。眼淚與溝通代替成見和罪過，我想我跟二舅都找到家了。

「喀嗟、喀嗟」，真不知道那是火車的聲音還是我的心跳。樹影婆娑，坐著自強號的我穿越了數不清的隧道和橋。我把頭靠著窗，不知道家要多久才會到達，但我知道已經啟程了。我北上的時候家在左邊，心也在那裡。睡意濃厚，月光灑在我的額頭上，沿著原本該紋面的地方直至我的心，不需要流星，我也記得，許願。

知道自己是誰，知道家在哪，也就放心地睡了。我做了個夢，夢見阿嬤。夢裡我問她死後接她的是十字架還是彩虹橋，然後問她快不快樂，問她想不想我。

阿嬤在山頂上向我揮揮手，掰掰肉甩呀甩，真不知道是在打招呼還是道別。

我只聽到她說：「我要回家看看。」

《臺灣原住民文學選集・小說》作者名錄

小說（一）作者

陳英雄（Kowan Talall）
游霸士・撓給赫（Yubas Naogih，田敏忠）
奧崴尼・卡勒盛（Auvinni Kadreseng，邱金士）
夏本・奇伯愛雅（Syapen Jipeaya）
尤巴斯・瓦旦（Yupas Watan）
阿道・巴辣夫・冉而山（Adaw Palaf Langasan）
伊替・達歐索（itih a ta:oS，根阿盛）
夏曼・藍波安（Syaman Rapongan）

小說（二）作者

夏曼・藍波安（Syaman Rapongan）
霍斯陸曼・伐伐（Husluman Vava）
拓拔斯・塔瑪匹瑪（Topas Tamapima，田雅各）
瓦歷斯・諾幹（Walis Nokan）
巴代（Badai，林二郎）
里慕伊・阿紀（Rimuy Aki，曾修媚）
娃利斯・羅干（Walis Loqang，王捷茹）
達德拉凡・伊苞（Dadelavan Ibau）

小說（三）作者

桂春・米雅（Kuei Chun Miya）
馬紹・阿紀（Masao Aki）
林金玉（Wagi Shyac）
阿民・法拉那度（Amin Balangatu）
梁秀娜（Sened Tjuljapalas）
周牛莒光（Kacaw）
多馬斯・哈漾（Tumas Hayan，李永松）
Nakao Eki Pacidal（拿瓜）
乜寇・索克魯曼（Neqou Soqluman）
陳宏志（Walice Temu）
賴勝龍（Talu）
田雅頻（Robiaq Umau）
葉長春（Paljaljim Pa'aljangud）

小說（四）作者

胡信良（Lulyang Nomin）
姜憲銘（Tupang Kiciw Nikar）
以新・索伊勇（Ising Suaiyung，朱克遠）
邱聖賢（Salizan Lavalian）
程廷（Apyang Imiq）
陳孟君（Tjinuay Ljivangraw）
陳筱玟（Sinan Matengen）
潘鎮宇
然木柔・巴高揚（Lamulu Pakawya）
潘志偉（Ateng A'yic）
黃璽（Temu Suyan）
潘貞蕙（Yaway Suyang）
江佳茹（Abin Tanapima）
蔡宛育（Tjiasa）
何伯瑜（Hayung Pagung）

——感謝各界協助出版——

原住民族委員會
花蓮縣政府文化局
國立臺灣文學館

二魚文化事業有限公司
玉山社出版事業股份有限公司
印刻文學生活雜誌出版股份有限公司
南方家園文化事業有限公司
城邦文化事業股份有公司麥田出版事業部
晨星出版有限公司
遠流出版事業股份有限公司
臺灣商務印書館
聯經出版事業股份有限公司

臺灣原住民文學選集・小說（一）～（四）

2024年10月初版

定價：新臺幣1700元

作者	陳英雄等
主編	孫大川
副主編	蔡佩含
執行主編	林宜妙
叢書主編	孟繁珍
特約編輯	王裕惠
	楊書柔
內文排版	莊沐平
	溫盈盧
封面繪圖	蔡佩含
封面設計	兒日

選文暨編輯團隊

召集人：孫大川

行政統籌：林宜妙

小說：蔡佩含、施靜沂

詩歌：董恕明、甘炤文

文論：陳芷凡、許明智

散文：馬翊航、陳溱儀

出版者	原住民族委員會
	中華民國台灣原住民族文化發展協會
	山海文化雜誌社
	聯經出版事業股份有限公司
地址	新北市汐止區大同路一段369號1樓
叢書主編電話	(02)86925588轉5318
台北聯經書房	台北市新生南路三段94號
電話	(02)23620308
印刷者	世和印製企業有限公司
總經銷	聯合發行股份有限公司
發行所	新北市新店區寶橋路235巷6弄6號2樓
電話	(02)29178022

編務總監	陳逸華
總編輯	涂豐恩
總經理	陳芝宇
社長	羅國俊
發行人	林載爵

行政院新聞局出版事業登記證局版臺業字第0130號

本書如有缺頁，破損，倒裝請寄回台北聯經書房更換。 ISBN 978-957-08-7250-7 (平裝)

聯經網址：www.linkingbooks.com.tw

電子信箱：linking@udngroup.com

國家圖書館出版品預行編目資料

臺灣原住民文學選集・小說（一）~（四）/陳英雄等著．
孫大川主編．初版．新北市、臺北市．原住民族委員會、中華民國
台灣原住民族文化發展協會、山海文化雜誌社、聯經．2024年10月．
共1688面．14.8×21公分．
ISBN　978-957-08-7250-7（平裝）

863.857　　112022364